OMG! Noël, un chalet et mon EX

DE LA MÊME AUTRICE
AUX ÉDITIONS J'AI LU

Tabarnak, je passe Noël au Canada !

Natacha Pilorge

OMG! Noël, un chalet et mon EX

J'AI LU

Prologue

Caroline

Dix ans plus tôt

Quatre ans de ma vie se terminent là, dans cette immense salle des sports de la East Hight School de Denver. Comme beaucoup de mes camarades, j'y ai vécu les pires comme les meilleurs moments de ma vie. Nous sommes tous réunis pour recevoir notre *graduation* après nos longues et éprouvantes études. Ensuite chacun d'entre nous s'envolera pour préparer son avenir.

L'association des élèves a fait un travail incroyable. Des ballons, des rubans, des fleurs aux couleurs rouge et blanche de notre école sont accrochés un peu partout. Mes camarades et moi-même avons revêtu notre toge et notre chapeau à pompon. Les filles sont maquillées comme des voitures volées et les mecs sont sur leur trente-et-un. Nos familles fières et émues nous observent de loin. Nous sommes tous conscients que ce sont nos derniers moments ensemble. Certains se reverront, d'autres se perdront de vue. C'est dans l'ordre des choses. Malgré tout, ce constat me broie le cœur.

Le proviseur apparaît sur la scène, signe que la cérémonie va débuter dans quelques minutes. Je jette un coup d'œil à mes parents et ma sœur qui prennent place à quelques rangs du mien. Je leur souris timidement, partagée entre la joie et la tristesse. Ma mère hoche la tête pour m'encourager et ma frangine, Charlotte, trépigne de faire la fête ce soir. Oui, sur l'insistance de nos géniteurs, je n'ai eu d'autre choix que d'accepter de la chaperonner à MA soirée. Vis ma vie de grande sœur…

D'origine française, nous avons quitté notre petit village pour réaliser le rêve américain de mon père. Et il l'a fait. Il est à présent à la tête d'une entreprise d'import-export de produits français. Le roi du camembert, du saucisson et du vin. Il est le fournisseur de plusieurs grandes tables du Colorado et fait travailler des centaines de personnes. Il a mis sa famille à l'abri du besoin comme il l'a toujours souhaité. J'avais trois ans et ma sœur deux lorsque nous avons emménagé à Denver. Ma vie est ici et de la France, je n'ai gardé que la langue. Je ne compte plus combien de fois où on me demande de parler français parce que mes potes trouvent ça *cute*.

M. Johnson entame son discours, puis c'est au tour du major de notre promotion. Moi, je n'ai d'yeux que pour le garçon qui a marqué mes années lycée. Pablo Veroni. Le mec le plus canon et le plus sympa de ce bahut. Celui qui m'a fait découvrir l'amour, mon corps et tout ce qu'il pouvait ressentir par une simple caresse. Officiellement, nous ne sommes sortis ensemble que quelques semaines l'année dernière, mais pour moi, c'est quatre ans d'une histoire passionnée.

Je suis complètement dingue de lui et il ne le sait même pas. Nous avons rompu d'un commun accord. Enfin, ça, c'est ce que j'aime lui faire croire pour ne pas paraître désespérée. En réalité, je n'ai jamais autant souffert que le jour où il m'a annoncé qu'il avait peur de briser notre amitié à cause de ce que nous étions en train de faire. J'ai eu envie de lui crier que c'était un peu tard. Qu'il aurait dû y penser quand il m'a allongée sur son lit et qu'il m'a fait l'amour. Ma première fois. Je ne regrette pas et si c'était à refaire, je n'hésiterais pas une minute. Parce que c'est Pablo et que ça ne pouvait être personne d'autre que lui. Il a été tendre, prévenant, romantique et terriblement doué. Son expérience m'a évité bien des déconvenues. Vierge, je l'ai laissé me prendre ce que j'avais de plus précieux.

Et puis un jour, il a changé. Moins d'attentions, plus de temps passé avec ses copains. Moi, je souriais, mais intérieurement, je me disloquais. Quand il m'a annoncé vouloir arrêter notre relation, j'ai souri et je lui ai dit qu'il avait raison pour ne pas perdre la face. Depuis, je me languis du jour où il prendra conscience de son erreur et qu'il comprendra que je suis la femme de sa vie. Je suis ridicule, je le sais. Pourtant, je ne peux pas lutter contre ce que me dicte mon cœur. Je suis persuadée qu'il reviendra vers moi.

Reste à savoir quand...

En attendant, je me fais du mal à le regarder parader au bras de nombreuses filles. C'est un bourreau des cœurs qui assume totalement son penchant pour la gent féminine et profite de son statut de star du lycée. Italien par sa mère, il arbore des yeux verts qui tranchent avec ses cheveux d'un brun sombre. Grand, musclé par ses nombreuses heures de sport avec ses copains, il est à tomber. Je trouve qu'il a des airs de Michele Morrone. Ça y est, vous comprenez pourquoi je suis en pâmoison devant lui ?

Je sursaute quand Rosie, ma meilleure amie, me donne un coup de coude.

— C'est à nous, me souffle-t-elle avant de regarder ce qui accaparait mon attention en ce moment si solennel. Caro, tu...

— Caroline Servois ! annonce le proviseur, m'évitant une énième leçon de morale.

Je plaque un sourire sur mes lèvres et me lève pour recevoir mon diplôme. Comme la tradition l'exige, je remercie

M. Johnson puis passe mon pompon de droite à gauche. Ça y est, c'est terminé...

Après une interminable séance photo avec ma famille, mes amis et mes professeurs, mes camarades et moi nous regroupons au centre de la salle puis hurlons notre joie en lançant nos chapeaux. C'est également ça, le rêve américain. Mon père a les larmes aux yeux et m'observe avec fierté.

Avec Pablo, Rosie et le reste de l'équipe – y compris ma sœur –, nous discutons du grand bal qui a lieu ce soir. Évidemment, Charlotte ne manque pas l'occasion de se placer. Ce qu'elle peut m'énerver à s'incruster dans ma vie. En même temps, nous avons si peu d'écart d'âge que finalement, il n'y a pas beaucoup de décalage. Mais c'est mon jour, ma soirée, mes amis ! Elle minaude et essaie une fois encore d'attirer l'attention de Jude Evans, le meilleur ami de celui qui fait battre mon cœur.

— J'ai hâte que tu voies ma robe ! s'exclame-t-elle en papillonnant des cils.

Il lui sourit poliment puis reprend sa conversation avec Joey, l'intello de la bande. Je note la déception liée à ce manque d'intérêt. J'ai beau lui dire qu'il n'est pas fait pour elle, Chacha s'en moque et insiste. Après tout, qui suis-je pour lui faire la leçon ? Je suis pire qu'elle.

Nous nous donnons rendez-vous le soir même puis je rejoins mes parents qui ont réservé dans un des plus beaux restaurants de Denver. Un client de mon père...

*
**

Je tire sur ma robe pour la rallonger. Peu à l'aise et la sensation d'avoir un peu forcé sur le maquillage et les paillettes, je me dandine d'un pied sur l'autre. J'aurais peut-être dû choisir cette robe longue et voluptueuse avec laquelle j'hésitais dans la boutique ? J'ai ma réponse lorsque je remarque

Pablo accompagné d'une sublime créature aux courbes parfaites. Moulée dans un bout de tissu ridiculement petit et perchée sur des talons vertigineux, elle marche comme une princesse, pendue au bras de mon Pablo. Raven. La Raven qui est sortie avec à peu près tous les gars du lycée. Nous nous tolérons parce qu'elle gravite autour de moi, mais je ne m'en ferai jamais une amie. Encore plus maintenant que je sais qu'elle a mis le grappin sur celui dont j'attendais l'invitation.

Un esprit vengeur s'empare de moi. Ni une ni deux, je remonte le satin sur mes cuisses et me redresse en pinçant les lèvres, vexée qu'il ne s'arrête même pas pour me saluer.

— Laisse tomber, me conseille Charlotte. La mer est pleine de poissons et je peux te dire qu'il y a un grand blond qui rêve d'avoir ne serait-ce qu'un regard de toi.

Je me tourne et cherche de qui elle parle, mais ne vois personne. Chacha soupire et hoche la tête vers...

— Zack ?! m'écrié-je un peu trop fort.

Ce qui me vaut une grimace, non, un sourire de ce mec qui bien que sympa reste... Zack ! Le mec le plus... le moins... Il porte des lunettes qui lui font des yeux minuscules et sa peau est si grasse qu'elle brille de mille feux. Et je ne parle pas de son pantalon trop court.

Je sais que c'est méchant et que je dois passer pour une pétasse, mais Zack, quoi ! Je réponds à son geste de la main, aïe, il doit prendre ça pour une invitation à m'accoster. Il est gentil, bon délire, mais je refuse qu'il se fasse des idées. Il ne se passera jamais rien entre Zack et moi. *Never*...

Comme il fait partie de la bande et que je l'aime bien, je crochète le bras de Chacha et me dirige vers lui malgré tout.

— Prêtes pour une soirée de folie, les filles ? lance-t-il avec son éternelle bonne humeur.

C'est super méchant si je dis qu'il n'a que ça de séduisant ? Oui, houuu, vilaine fille ! Vite, je dois me rattraper.

— Accepterais-tu d'accompagner deux jeunes femmes sans cavalier ?

Ravi, il sourit de toutes ses dents et nous montre son appareil dentaire. J'aurai au moins fait un heureux.

⁂

Nous sommes tous réunis au centre de la piste de danse et nous déhanchons sur les hits qui ont bercé nos années de lycée. Les garçons ont légèrement abusé du punch relevé à la vodka en douce. J'en ai bu deux verres et ça m'a suffi pour être désinhibée. Je sais que je ne donne pas le bon exemple à Charlotte, mais au moins, je m'amuse et ris en essayant d'occulter Raven qui se frotte à mon Pablo. Aucune pudeur...

Jalousie ? Bien sûr, et plutôt deux fois qu'une. Je ronge mon frein, mais refuse qu'il s'en aperçoive. Alors, je me trémousse, passe de Zack à Joey puis à Jude. J'ondule, l'allume et mes efforts finissent par payer.

Une musique plus lente et plus sensuelle est annoncée par le DJ.

— C'est l'heure de la dernière danse ! Invitez votre partenaire ou la personne qui vous est chère et que vous regretterez. La East Hight School vous souhaite bon vent !

Pablo chuchote à l'oreille de Raven. Elle fronce les sourcils et grimace en me regardant. Je déglutis difficilement quand son cavalier avance vers moi d'une démarche assurée. Celle qui me fait fondre. Et ce regard... Charmeur, sexy. De ceux qui vous susurrent qu'il va vous bouffer toute crue. Nos yeux s'arriment et pour rien au monde je ne veux que cet instant prenne fin.

— J'aimerais t'offrir cette dernière danse, déclare-t-il de sa voix grave.

Pour toute réponse, je hoche la tête comme une débile. Il pose une main dans le bas de mes reins et l'autre sur ma nuque. Je frémis à son contact. Impossible de lui en vouloir de m'avoir tant fait souffrir. Je veux oublier ces années à l'attendre et ne garder que ce souvenir. Il m'a choisie, moi. La fille qui compte pour lui.

J'inspire son parfum alors que j'enlace sa taille et pose ma joue sur son torse. Je ne rêve pas, son cœur bat aussi vite que le mien. Il resserre plus fort sa prise et son pouce caresse lentement cette peau fine et réceptive à la base de mes cheveux.

— J'ai toujours adoré tes réactions, murmure-t-il.

Les minutes passent et plus rien ni personne n'existe. Il n'y a plus que Pablo et moi. L'intensité du moment est si forte que des larmes silencieuses roulent sur mes joues. Quand la musique s'arrête, il recule légèrement et essuie délicatement les traces de mon émotion avant de se pencher vers moi.

— Merci, Caroline. Je ne t'oublierai pas de sitôt. Tu es ma plus belle rencontre et je regretterai certainement plus tard de ne pas avoir su te garder.

Les mots se bousculent dans ma gorge, mais la boule qui s'y est formée empêche un quelconque son de sortir. Mon souffle se coupe quand ses lèvres se posent sur les miennes. Elles y restent plus longtemps que nécessaire, m'embrouillent le cerveau et me tuent quand Pablo s'écarte puis se tourne vers les autres.

Charlotte attrape mes doigts et les presse en guise de soutien.

— Ça va aller, ma sœur. Il ne sait pas ce qu'il perd.

Incapable de répondre, je tente un sourire, mais le cœur n'y est pas. Nous suivons les autres jusqu'au parking. Je repère la voiture de mon père au loin et lui fais signe que nous arrivons. Il a insisté pour venir nous chercher et je lui ai envoyé un message un peu plus tôt pour lui dire que la soirée était terminée.

— Hey, j'ai une idée ! lance Raven qui attend que tout le monde l'écoute avant de reprendre : Et si on se promettait de se revoir dans dix ans ? C'est vrai, on est tous d'accord pour dire que nous allons nous éloigner et nous perdre de vue.

Vas-y, enfonce le couteau dans la plaie...

Raven n'est pas méchante, juste un peu garce et très, très agaçante avec ses airs de petite-bourgeoise. Il faut dire qu'elle me tape régulièrement sur le système à toujours se comparer à moi et à marcher sur mes plates-bandes. Malgré tout, elle a aussi de bons côtés et c'est pour cela qu'elle fait partie du groupe. Bon, elle se fait aussi beaucoup chambrer et nous gonfle parfois prodigieusement, mais elle est cool quand elle oublie le monde d'où elle vient.

Zack remonte ses grosses lunettes sur son nez et s'approche d'elle en criant :

— Je savais que j'allais te manquer ! Viens me faire un câlin !

Raven grimace avant de reculer et de relever le menton façon princesse.

— T'es gentil, mais non merci.

— Un jour, tu comprendras ton erreur, ma belle.

Zack ne perd pas son sourire, mais je sais qu'il est piqué. Il est malheureux de toujours se faire rembarrer, mais ne l'avouera jamais.

— Moi je suis partant ! s'exclame Jude, le binôme de Pablo. J'ai même hâte d'y être pour voir vos tronches dans dix piges. Perso, je serai toujours aussi beau gosse.

— Tu parles, je suis sûre que tu auras de la bedaine et que tu auras divorcé au moins deux fois avec des pensions alimentaires que tu traîneras comme des casseroles.

Ça, c'est Ruby, la copine de Raven. Aussi pénible que sa pote, elle a du mal à encaisser le fait que Jude l'ait éconduite. Il faut dire que ce dernier possède un tableau de chasse bien garni, mais qu'il n'a jamais sauté le pas avec elle. Alors, quand l'opportunité se présente, Ruby ne perd pas l'occasion d'être désagréable.

Sans répondre à la vacherie de Ruby, certainement non loin de la vérité, il tend le bras et regarde Pablo qui hoche la tête.

— Pareil !

Zack les imite et en trente secondes, notre pacte est scellé. Nous nous donnons rendez-vous dans dix ans. J'ai très envie de chanter les paroles de la chanson de Patrick Bruel que je connais par cœur. La faute à ma mère – une fan absolue de ce type qui a, on ne va pas se mentir, pris un sacré coup de vieux mais qui reste carrément canon. Ses chansons ont bercé mon enfance comme d'autres chanteurs français qu'elle affectionne beaucoup.

— Bon, je dois y aller, annonce Raven. Notre avion décolle demain matin et je dois préparer mes valises. Il me tarde tellement d'arriver chez ma tante en Californie.

— « Il me tarde tellement d'arriver chez ma tante en Californie », l'imite Rosie en prenant une voix aiguë ridicule.

Je me mords la langue pour ne pas exploser de rire.

Merde, ils vont vraiment me manquer…

— De toute façon, faut que j'y aille aussi, j'ai dégoté un job dans un super restaurant et je commence demain, enchaîne Pablo.

Il serre la main des garçons et embrasse une à une les filles du groupe. J'attends mon tour, une crampe à l'estomac qui n'en finit pas de grossir. Quand il se plante en face de moi, les autres se dispersent comme par magie. Mon cœur se lance dans une course folle et tout autour de nous devient flou.

— Je te souhaite un bel été, Caroline, me murmure-t-il rien que pour nous. Je suis persuadé que tu deviendras une femme accomplie et heureuse.

J'aimerais lui dire tellement de choses… que je l'aime, qu'il va me manquer… mais les mots ne sortent pas. C'est trop tard. Pablo se penche et doucement, ses lèvres se posent à nouveau sur les miennes. Je ne ferme pas les yeux. Lui non plus. Nous voulons graver ce moment à tout jamais dans nos mémoires.

— On se croisera peut-être, mais sinon, on se revoit dans dix ans ?

— Oui… Au revoir, Pablo…

Oui, au revoir Pablo ? Mais qu'est-ce que je peux être stupide !

Il m'offre un dernier sourire avant de faire demi-tour et de disparaître. Je suis seule avec mes souvenirs et mes regrets.

Sur la route qui me ramène chez moi, je me fais la promesse de toujours dire ce que je pense pour ne rien regretter. Je réussirai ma vie et lorsque je reverrai Pablo, il ne pourra qu'observer celle que je suis devenue et ce qu'il a laissé filer.

1

Caroline

Je salue mes clients avec la conviction qu'ils signeront le compromis de cette sublime maison dans le Lower Downtown. Pourquoi je le sais ? Simplement parce que je fais partie des meilleures dans mon domaine. J'adore me challenger et plus les biens sont incroyables, plus le défi est grand. Ce couple va dépenser un million de dollars parce que madame s'ennuie dans son ranch au Kansas et qu'elle veut se rapprocher de sa meilleure amie à Denver. À coup sûr, son mari va céder à son caprice, histoire d'avoir la paix. Il a quoi ? Vingt ans de plus qu'elle ? Je ne juge pas et ils doivent chacun y trouver leur compte. En fait, cela m'indiffère totalement. Pour satisfaire mes clients, j'ai pour habitude d'entrer dans leur intimité afin de cerner au mieux leurs besoins. Et je peux vous dire que je vois des choses bien pires.

Je ferme la porte à clé avec la satisfaction du devoir accompli. Le retour jusqu'à l'agence qui m'emploie est rapide et même si j'adore mon job, il me tarde que cette journée se termine. J'y travaille depuis quatre ans. C'est ma petite sœur qui m'y a fait embaucher. Je n'ai cessé de faire mes preuves et je dois avouer que je m'éclate. Je gagne confortablement ma vie, ne dépends de personne et ne rends de comptes qu'à moi-même.

Cela n'a pas toujours été le cas. Mariée à vingt ans à Jonathan, j'ai vécu en couple durant six ans. Notre belle histoire d'amour a pris fin il y a un peu plus de dix mois. Une banale tromperie que j'aurais pu éventuellement pardonner si seulement il n'avait pas fait sa valise dans l'heure qui a suivi et était parti illico de notre luxueux appartement dans le centre de Denver. Je ne l'ai pas retenu. À quoi cela aurait-il servi ? Il m'a expliqué qu'il ne m'aimait plus, qu'il n'était plus heureux et que le mieux était de divorcer.

Grâce à mon caractère bien trempé, je ne me suis pas effondrée tout de suite, mais j'ai eu l'impression qu'il me plantait un couteau dans le cœur. Je n'ai rien vu venir et me complaisais dans cette relation tranquille et sans heurts. Au fil du temps, notre routine était bien huilée. Mon thé m'attendait sur le bar de la cuisine le matin alors que monsieur était déjà parti au travail. Je lui envoyais un message pour le remercier et lui souhaiter une bonne journée. Nous nous retrouvions le soir pour dîner quand il n'était pas en déplacement pour son travail. Agent de mannequins, il parcourt le monde avec eux. J'avais confiance et je pensais bêtement lui suffire.

Si j'avais eu un peu de poils sur le torse et un appendice entre les jambes, ça aurait sûrement été le cas... Vous l'avez compris, Jon m'a cocufiée avec l'un de ses chouchous des tapis rouges. Ma tête lorsque je l'ai retrouvé à genoux devant ce type tout juste majeur ! Je n'en croyais pas mes yeux. Tant et si bien que j'ai explosé de rire. Ce qui d'ailleurs leur a enfin fait prendre conscience qu'ils avaient de la visite. J'avais une heure de battement entre deux clients et je me faisais une joie de le surprendre à son bureau. Ça, pour le surprendre... Ils ont remballé leur matos, penauds, tandis que je prenais conscience que mon existence allait virer à cent quatre-vingts degrés.

Le soir même, je me retrouvais seule et comprenais qu'il y avait longtemps déjà que mon mari batifolait avec des hommes. Quelle imbécile ! Comment ne me suis-je pas rendu compte avant de son changement d'orientation sexuelle ? Ça faisait quelque temps déjà que notre intimité n'était plus aussi... olé olé. Mais j'avais mis ça sur le dos des années qui passaient. Finalement, le petit câlin du samedi soir avant de dormir me convenait plutôt pas mal. Il faut dire que nos parties de jambes en l'air n'ont jamais été dingues. Classiques, sans folies ni extravagances. C'est sûr que si je fais la comparaison avec mon premier partenaire – et le seul avant Jon –, je dois bien avouer que faire l'amour avec mon futur ex-mari était d'un ennui... Toujours est-il que j'ai été deux fois amoureuse dans ma vie et qu'ils m'ont tous les deux brisé le cœur.

Les mois ont passé, la rancœur s'est tarie et j'ai repris ma vie en main. Je ne dirais pas que je suis totalement guérie, la preuve, je n'ai rencontré personne depuis cette trahison, mais je me sens bien. J'ai trouvé un équilibre qui me convient et je me consacre à présent entièrement à mon métier.

C'est justement ce que me reproche ma frangine qui s'échine à me sortir de ma solitude. Et c'est pire depuis que j'ai reçu ce mail d'une ancienne camarade de classe. Raven... Je l'avais presque oubliée, ainsi que ce pacte débile que nous avions fait le soir qui marquait notre dernier jour de lycée.

Bref, elle me convie moi, ainsi que tout notre groupe, à Aspen pour nous remémorer ces années extraordinaires. Au programme, une semaine de flash-back, de bonne humeur et d'activités en tout genre. Je n'ai jamais revu aucun de mes amis de l'époque. J'aurais pu. Peut-être que si je n'avais pas ignoré leurs messages durant ce premier été sans eux, nous serions toujours en contact. Avec le temps, ils se sont lassés et je n'ai plus pensé à eux. Ridicule de se revoir si longtemps après.

Si pour certains, c'était une période formidable, de mon côté, je n'ai cessé de m'efforcer à la rayer de mes souvenirs. J'étais tellement déprimée que je voyais ma vie foutue.

L'homme que j'aimais disparaissait de ma vie. Je ne voulais rien qui me rappelle cette perte si douloureuse.

Mon premier chagrin d'amour...

J'ai mis des mois, voire une année à me faire une raison. Et puis, j'ai rencontré Jonathan, mais Pablo est toujours resté dans un coin de mon cœur. Mon Italien aux yeux verts... Alors, évidemment, je n'irai pas à cette petite sauterie. D'une, parce que j'ai du travail et des rendez-vous à honorer. Et de deux... j'ai du travail et des rendez-vous à honorer.

Je suis pathétique. Même pas capable de trouver une bonne excuse... Je devrais prendre des cours pour apprendre à mentir. Je pourrais demander à mes ex, ils sont experts en la matière.

Ironie ? Tout à fait, mais je vous rappelle que je suis une femme blessée...

Je soupire en pénétrant dans l'agence et suis accueillie par ma sœur, Charlotte, surexcitée, comme d'habitude.

— La boss a reçu un appel de M. Grant, s'exclame-t-elle. Tu as encore fait un miracle. Il achète sans négociation et te remercie d'avoir si bien ciblé sa demande. Sa femme est aux anges.

— Je ne veux pas me vanter, mais c'était du tout cuit.

Je lui frappe dans la main, emmêle mes doigts aux siens puis saute sur un pied et termine par siffler en tournant sur moi-même. Très puérile, mais ça nous fait marrer et c'est notre façon de célébrer la signature d'un contrat.

— Ce brave M. Grant va avoir le droit à une petite turlutte, se marre-t-elle.

— Au prix de la baraque, j'espère qu'il aura mieux qu'une petite turl...

— Félicitations, Caroline ! s'exclame Kristen, ma boss, alors que je ravale ma vulgarité. Vous avez encore fait un formidable travail. Pour la peine, je vous accorde la semaine de vacances que vous avez posées un peu au dernier moment, je tiens quand même à le préciser. Mais nous sommes hors saison et vous avez largement mérité ces congés. D'ailleurs, j'ai décidé de fermer l'agence. Nous avons toutes les trois besoin de repos. Profitez bien de l'air de la montagne et revenez-nous encore plus déterminée que vous ne l'êtes déjà ! Sur ce, je vous laisse. Ma fille a eu la délicieuse idée de tester ses talents de coiffeuse sur la magnifique crinière de son frère. Je vais essayer de rattraper les dégâts…

La porte claque alors que je cligne des yeux sans comprendre le discours de ma patronne. Des vacances ? Le coiffeur ? La montagne ? Je me tourne vers Chacha qui semble passionnée par ce qu'elle lit sur l'écran de son ordinateur éteint. Elle ne m'a pas fait ça ? Non, elle n'a pas osé !

— Chacha ?

— Hum ?

— Charlotte, Paulette, Jeanine Servois !

Elle grimace comme chaque fois que je la nomme par les prénoms de nos grands-mères. Ouais, on est d'accord, ça craint. Je tairai les miens qui sont les féminins de ceux de nos grands-pères. Merci papa, merci maman. Bref, ma frangine sait que ça va chauffer pour son matricule.

— Tu n'y serais jamais allée si je ne t'avais pas un peu forcé la main, se défend-elle. Et puis dans le fond, je sais que tu meurs d'envie de montrer à cette Raven que tu as mieux réussi qu'elle. Sans compter que puisque l'agence est fermée, je suis disponible pour t'accompagner. C'est pas génial ?! On va à Aspen ! Aspen ! Aspen !

Elle entame une sorte de moulinet avec ses bras et un pied puis l'autre en scandant le nom de cette station de ski mondaine. Elle me lance un clin d'œil complice, s'imaginant certainement que je suis ravie de cette nouvelle. Sauf que ce n'est pas le cas. Je suis même furax qu'elle prenne des décisions à ma place et surtout sans me consulter. Charlotte et moi avons un an d'écart et sommes fusionnelles. Si à l'adolescence elle m'insupportait, je me suis vite rendu compte qu'elle était ma meilleure amie et la seule sur qui je pouvais compter. J'étais entourée d'une multitude de copines, mais il n'y avait que ma sœur qui me comprenait et savait guérir mes peines. Elle a connu cette bande, elle aussi, bien que j'aie toujours tenté de la tenir à distance.

Face à mon silence, elle s'apprête à prendre la parole, mais je l'en empêche en levant le bras et en tendant l'index.

— Non ! lancé-je fermement. Je ne veux rien entendre. Je vais rentrer chez moi et faire comme si tu n'avais pas manigancé dans mon dos. Peut-être même que je pourrai te pardonner. Ou pas. En attendant, tu vas rappeler l'autre, là, Raven, et lui dire qu'on ne viendra pas.

— Mais, Caro...

— On en a déjà discuté et j'ai été claire, je ne veux pas y aller. Je n'ai rien à prouver à ces gens sortis de ma vie il y a très longtemps. Je les ai oubliés, un point c'est tout. À quoi ça servirait de raviver le passé ?

— À montrer à cette Raven que tu as une vie parfaite, par exemple. Ou encore à revoir Zack. Vous vous entendiez super bien. Ou Rosie ! OK, ce n'est pas ta meilleure amie qui organise ce séjour, mais on s'en balance après tout. On y va pour revoir ceux qui ont marqué nos années lycée. Depuis combien de temps n'as-tu pas pris de vacances ? Au pire, si l'ambiance est pourrie, on fera nos trucs de notre côté et on les ignorera. En plus, j'ai repéré une combi de ski trop canon. J'ai besoin de décompresser. Ça va être cool ! Tu fais genre tu t'en fous, mais c'est faux et tu le sais très bien. Je nous vois déjà dévaler les pistes de ski, barboter dans la piscine de ce superbe chalet. En plus...

Je ne l'écoute plus. Peu à peu, l'idée fait son chemin. Je m'imagine dans un jacuzzi sur la terrasse de cette incroyable maison à flanc de montagne. Oui, il se pourrait que je sois allée voir ce que proposait Raven. Juste pour vérifier qu'elle avait toujours cette fichue manie d'étaler son pognon pour mettre tout le monde dans sa poche. Ça m'arrache la langue de l'avouer, mais ce qu'elle a préparé fait rêver. Sept jours dans un immense chalet, non, un palace à Aspen. Entièrement équipé, des dépendances avec des chambres en veux-tu en voilà pour coucher les personnes conviées à cette fiesta. Une piscine extérieure, un jacuzzi avec vue sur Red Mountain enneigée et bien sûr, elle a concocté un programme qui satisfera tout le monde. Les hommes comme les femmes trouveront leur bonheur entre le ski, le spa, la descente aux flambeaux et la patinoire.

Ahhh, elle m'énerve !! Elle m'agaçait il y a dix ans et c'est encore plus vrai aujourd'hui.

— On va faire nos langues de vipères et déblatérer sur ceux qui ont pris du poids ou encore celles qui n'ont pas eu la chance de vieillir aussi bien que toi et moi, poursuit Chacha avec pour objectif de me faire flancher. On pourrait même être surprises.

— Permets-moi d'en douter…

— Je ne comprends pas. Tu es la meilleure vendeuse de biens de Denver et de ses environs. Tu possèdes un appartement incroyable, une garde-robe qui ferait pâlir Rihanna et…

— Et je suis en instance de divorce avec un mec qui préfère s'envoyer en l'air avec des hommes à peine majeurs, la coupé-je.

— À part nous et les parents, qui est au courant ?

Le ton de sa voix est mystérieux et elle lève les sourcils de haut en bas. Elle a cette fichue manie de savoir avant moi ce qui me ferait du bien. Pourtant, une chose me retient et elle devine aisément le problème.

— Et rien ne dit que Pablo sera là.

— Il le sera et tu le sais parfaitement, la contré-je, immédiatement sur la défensive.

— C'est l'occasion de lui montrer tout ce qu'il a manqué en préférant ton amitié.

Je soupire pour toute réponse. Rien que de songer à la possibilité de faire face à Pablo, mes sens s'éveillent et les souvenirs assaillent mes pensées.

— De toute manière, c'est trop tard, conclut Chacha. Il fallait répondre avant-hier et j'ai dit oui.

Elle glousse et son sourire m'indique qu'une fois de plus, ma sœur a anticipé mon changement d'avis. Si j'ai un tempérament de feu, je suis également très indécise pour tout ce qui concerne ma vie personnelle.

— À ta tête, j'imagine que nous n'avons plus qu'à faire nos bagages, lancé-je en lui tournant le dos pour masquer le sourire qui fend mon visage.

Elle frappe dans ses mains en poussant un cri de victoire. Je regrette déjà d'avoir accepté. Ceux qui me connaissent savent que je suis une très mauvaise menteuse et ça m'a d'ailleurs valu certaines déconvenues. Comme la fois où j'ai rapporté au magasin une robe que j'avais portée lors d'une soirée. Elle était fantastique sur le cintre, mais finalement, je ne la trouvais pas si incroyable que ça au bout de deux heures. La vendeuse m'a demandé si je l'avais mise. J'ai répondu que non, mais mes joues devaient être si rouges et mon nez aussi long que celui de Pinocchio qu'elle a secoué la tête en me la rendant. J'ai repris mon bien et suis partie honteuse. Je ne suis plus jamais retournée dans cette boutique.

En même temps, c'est aussi pour ma franchise que je cartonne dans mon job. Au moins, je peux être fière de ma carrière, à défaut de me vanter d'un mariage réussi...

Merde, je vais revoir Pablo !

Et rien qu'à cette idée mon estomac fait déjà un salto et me laisse fébrile.

2

Pablo

Huit heures du matin, je slalome entre les passants, Julia agrippée à mon cou et une petite valise licorne rose bonbon que je traîne derrière moi. Je profite d'être bloqué à un passage piéton pour m'enivrer une dernière fois de l'odeur de ma poupée qui niche son nez dans mon cou. Je regrette déjà d'avoir pris la décision de partir une semaine en vacances. En fait, je m'en suis mordu les doigts à la seconde où j'ai dit oui. Même si je suis conscient que je mérite un peu de repos et que je ne fais rien de mal, j'ai l'impression d'abandonner la chair de ma chair. La première fois en quatre ans que je prends du temps pour moi et rien que pour moi. Ça me broie le cœur de quitter ma fille pour prendre du bon temps, mais je suis persuadé que, pour elle comme pour moi, ça sera bénéfique. Nous avons besoin de souffler et elle sera bien entourée en compagnie de sa grand-mère qui se fait une joie de garder sa petite-fille. Je ne doute pas une seconde que la prunelle de mes yeux va être gâtée. Elle s'apercevra à peine de mon absence. Mon père a disparu tragiquement dans un accident de la route lorsque j'avais douze ans. Depuis ce jour, ma mère s'est consacrée à mon éducation puis à sa petite-fille.

Mais je n'y peux rien, il y a ce truc désagréable dans mon ventre qui ne cesse de remuer et me fait douter.

— Papa ?

— Oui, mon ange ?

— La dame, là-bas, elle nous regarde bizarre.

Évidemment, Julia tend son bras et pointe du doigt une charmante demoiselle qui me sourit timidement avant de se dandiner d'un pied sur l'autre. Bien que gêné par le manque de discrétion de ma fille, je ne la corrige pas.

— Tu crois qu'elle a envie de faire pipi ? m'interroge mon adorable petite impertinente. Elle fait comme moi quand ze me retiens fort.

Je me mords l'intérieur de la joue pour ne pas exploser de rire. Effectivement, ça peut prêter à confusion, mais je crois plutôt que, malgré une attitude qui se veut timorée, la nana est surtout en train de me séduire. Elle se lèche les lèvres et s'approche de plus en plus en se frayant un chemin parmi les badauds.

— Non, mon ange, elle est juste très pressée.

Le bonhomme passe au vert et je continue ma course sans me retourner. Je ne dirais pas que c'est une habitude, mais je me fais très souvent draguer et encore plus lorsque je me promène avec ma fille. C'est dingue l'effet que ça produit sur les femmes de voir un homme s'occuper d'un enfant. Ça m'a parfois facilité quelques approches, mais je n'en profite pas. Je ne suis pas un bourreau des cœurs. En tout cas, je ne le suis plus. Plus depuis que j'ai rencontré la maman de Julia et encore moins depuis son décès.

Samantha et moi vivions une magnifique histoire et étions tellement heureux... La mort nous a séparés beaucoup trop tôt. J'étais fou amoureux de ma femme et je crois que je ne me remettrai jamais de cette séparation forcée. Elle avait réussi à faire de moi un honnête homme. Patiente, compréhensive et si belle, elle m'a envoûté dès le premier regard.

Nous nous sommes rencontrés lors d'un événement qu'un ami commun organisait. À l'époque, j'habitais Phoenix et bossais comme chef de cuisine dans un grand restaurant. Très vite, nous avons évoqué notre envie de fonder une famille et Julia a pointé le bout de son nez un an et demi après notre rencontre. Sam était une formidable maman et ce qui me désole le plus, c'est que notre fille ne se souviendra pas de ces moments de douceur, de ces murmures qu'elle lui soufflait à l'oreille en lui contant ce qu'elle ambitionnait pour elle plus tard. Ma femme est partie alors que notre petit ange n'avait pas encore un an.

Elle se sentait fatiguée depuis quelques semaines et traînait une migraine plus ou moins forte, mais toujours présente. On lui a diagnostiqué une tumeur au cerveau. Le pire, c'est qu'elle devait être là depuis des années, mais que la grossesse et l'accouchement avaient accéléré le processus de la maladie. Jusqu'à entraîner son décès quelques mois après. Nous n'avons pas eu le temps de nous préparer, d'envisager la suite. Comment aurions-nous pu ? C'est tellement injuste. Douloureux. Incompréhensible.

Les premières semaines qui ont suivi sa mort, j'étais tellement triste que je me suis retrouvé dans l'incapacité de m'occuper de Julia. Ma mère et mes beaux-parents se sont relayés pour m'aider. Et puis, j'ai pris conscience que ma fille n'avait plus de maman et que petit à petit, son papa disparaissait également tant j'étais triste. Le jour où elle s'est mise à pleurer et crier « papa » a été le déclic qui m'a permis de sortir de ma torpeur. Ma fille m'a fait un électrochoc. Avec elle, j'ai réappris les gestes du quotidien. J'ai souri à nouveau.

Elle a quatre ans aujourd'hui et ressemble tant à sa maman que c'en est troublant. Je donnerais ma vie pour celle qui est si différente de moi avec ses cheveux blonds comme les blés et ses yeux bleus si expressifs.

Je voue mon existence à élever ma fille. Tout ce que je fais, c'est pour elle. Pour qu'elle ne manque de rien et soit fière de son papa. J'ai ouvert un restaurant qui tourne du tonnerre dans le centre de Denver après le... mon retour dans ma ville natale. Je n'ai pas choisi le métier le plus facile, élevant un enfant seul, mais c'est un rêve que j'avais depuis très longtemps. Les grands-parents de Julia se relaient pour s'occuper d'elle lorsque je suis au boulot. Ils sont incroyables et sans eux, je crois que je ne m'en sortirais pas aussi bien.

Je pose mon ange dans la petite allée qui mène à la porte d'entrée. Cette année encore, ma mère n'a pas fait les choses à moitié. Elle a reproduit le village du père Noël dans le jardin devant la maison et des guirlandes sont accrochées partout sur la façade et les fenêtres. Lorsque nous passons devant la reproduction du fameux monsieur en rouge, il nous chante un « We Wish You a Merry Christmas ». Je souris parce que c'est une tradition solidement ancrée dans la famille Veroni. Lorsque j'étais enfant, nous commencions à décorer dès mi-novembre et étions l'attraction du quartier. Rien n'a changé aujourd'hui. Nous nous réunissons avec la même joie tous les 24 décembre autour d'une bonne table. Je mets de côté ma tristesse de ne pas partager ce moment avec Sam pour ma fille.

— Mamie ! hurle-t-elle de sa voix cristalline.

Ma mère ouvre et intercepte le boulet de canon qui lui saute dans les bras. Ces deux-là s'entendent à merveille et sont ravies de passer cette semaine ensemble.

— Ma chérie, que je suis contente de te voir !

— Tu me serres fort, arrête ! Il est où Carotte ?

— Il t'attend dans sa cage et j'ai posé une friandise pour lui sur la table de la cuisine.

Julia se précipite à l'intérieur de la maison pour rejoindre son meilleur ami, un lapin. Ma mère se redresse et m'embrasse avec tout l'amour qu'elle me porte.

— Tu es prêt, mon grand ? me demande-t-elle en constatant mon air maussade.

— Ouais. Mais… je ne sais pas si c'est une bonne idée. Jul…

— Ah non ! me coupe-t-elle en refermant légèrement la porte pour épargner les oreilles de celle qui est le sujet de notre conversation. Ne te sers pas de ta fille comme excuse. Elle veut voir son papa heureux. Entre l'école et toutes les activités de Noël que je nous ai préparées, je peux t'assurer qu'elle ne s'apercevra même pas de ton absence. Alors tu vas lui faire un bisou et partir rejoindre ton ami. Tu vas penser à toi et t'amuser. Tu as le droit de t'octroyer quelques jours de repos loin de toutes tes responsabilités. Samantha serait d'accord avec moi. Elle refuserait que tu continues à te morfondre.

Je hoche la tête, sentant les larmes poindre. Elle a raison. Je le sais, mais ça n'en reste pas moins difficile. Je me suis promis d'aller de l'avant pour Julia, pour sa mère. Alors je vais le faire.

Sept jours à Aspen avec tous les copains du lycée. Je me souviens que nous avions fait le pacte de nous retrouver aujourd'hui le soir du bal de promo. Certains de nous étaient enthousiastes et je suis persuadé de les revoir. D'autres ont grimacé. Je n'ai gardé de contact avec personne à part mon pote de toujours, Jude. J'ai vécu avec lui les bons comme les mauvais moments. Son mariage puis son divorce. La création de sa société, ses coups de cœur et ses coups de gueule. Il m'a supporté tandis que je me noyais dans un chagrin qui n'en finissait plus.

Plus jeunes, nous étions les beaux gosses du lycée. Les plus jolies filles apparaissaient sur notre tableau de chasse. Insouciants, nous estimions n'avoir de comptes à rendre à personne d'autre qu'à nous-mêmes. Notre deal était de se refiler les nanas les plus… douées. Je n'en suis pas fier aujourd'hui, mais je ne regrette pas ce passé. Quel mec n'aurait pas profité de son statut ? Chacune des filles était consentante et savait dans quoi elle s'embarquait. Il faut avouer que nos idylles, bien que rapides, leur donnaient une certaine notoriété. Il me semble même qu'un club clandestin a été fondé. Le club des Judlo. Un mélange de nos deux prénoms. C'est dingue quand j'y pense...

D'après Jude, cette escapade va être inoubliable. Avec mon meilleur ami à mes côtés, je n'en doute pas une minute. Il doit d'ailleurs m'attendre à mon appart alors que je fais traîner le temps en rappelant les choses à ne pas oublier concernant Julia tout en suivant celle qui m'a mis au monde dans la maison. Un sapin immense trône fièrement dans le salon. Cette année, ma mère a opté pour la sobriété et a ressorti les traditionnelles couleurs rouge et verte. Il y a des guirlandes au plafond, sur la rambarde de l'escalier et de multiples ornements un peu partout. J'inspire l'odeur caractéristique de ce conifère chargé, mais vraiment beau. Il me rappelle tant de souvenirs heureux. J'aspire à respecter ces traditions et les reproduire avec Julia. Je veux voir les mêmes étoiles dans ses yeux que celles qui parsemaient les miens lorsque j'étais enfant.

— Si elle n'arrive pas à dormir, lis-lui une histoire de princesse, poursuivis-je. Ah, et j'ai mis sa crème pour le corps dans sa trousse de toilette. N'utilise que celle-là. Elle n'en supporte aucune autre. Elle a la peau tellement fragile.

Ma mère pianote sur le plan de travail de la cuisine pour me signifier son impatience. Je n'y prête pas attention. J'ai besoin de m'assurer que tout est sous contrôle avant de partir. Je me connais, je risque de cogiter et finalement de faire demi-tour si j'ai oublié un truc.

— Autre chose ? La petite va finir par être en retard à l'école et je crois savoir que tu es attendu.

— Son cours de danse, mercredi à seize heures, et l'anniversaire de son amie samedi. Je n'ai pas eu le temps d'acheter un cadeau. Merde !

Je me mords la langue pour mon langage et vérifie que Julia ne m'a pas entendu. Concentrée à enfiler un bonnet de père Noël à Carotte, elle ne fait absolument pas attention à moi.

— Je m'en chargerai...

— Et son doudou est...

— Dans sa valise, je sais. Pablo, ce n'est pas la première fois qu'elle vient en vacances à la maison. Je te rappelle qu'elle dort ici tous les mardis soir.

Je jette un coup d'œil vers le fruit de mes entrailles. En parlant d'entrailles, elles se tordent à l'approche de cette séparation que je retarde. Ma mère attrape ma main et la presse dans la sienne.

— Vas-y, mon chéri. S'il y a le moindre problème, je te préviens, OK ?

— D'accord.

J'appelle Julia et la serre contre moi.

— Papa t'aime de tout son cœur, mon ange.

— Oui, ze sais, me répond-elle alors que ses bras entourent ma nuque.

— Je te téléphonerai tous les jours avant le dodo du soir et tu me raconteras ta journée.

— Hum, hum...

Elle tente de s'extraire de mon étreinte en se tortillant.

— Papa va penser fort à toi et tu vas beaucoup, beaucoup me manquer, insisté-je.

— Laisse ma petite-fille respirer, s'interpose ma mère en écartant ma fille. Va chercher ton cartable, ma puce.

Je la foudroie du regard alors que Julia passe les bretelles de son petit sac à dos en forme d'ourson.

— Bon, eh bien, je vais y aller, soupiré-je en me relevant. Si je ne le fais pas maintenant, je ne le ferai jamais.

Je dépose un dernier baiser sur la tête de ma fille et lui souffle encore une fois que je l'aime. Je sais que je peux être parfois étouffant, mais je n'ai plus qu'elle...

J'embrasse également ma mère et me retrouve à nouveau dans la rue. Seul. C'est la première fois que je vais être séparé aussi longtemps de ma fille. Je tente de refouler la boule d'angoisse qui obstrue ma gorge et de retenir les larmes qui noient mes yeux. Histoire de cacher ma peine, je chausse mes lunettes de soleil bien que le temps soit couvert en ce début du mois de décembre. Un appel de Jude m'aide à chasser mes idées noires.

— Qu'est-ce que tu fous ? On devrait être partis depuis une bonne demi-heure !

— C'est bon, j'arrive, grogné-je, les dents serrées.

— Magne, les meilleures chambres seront prises si on arrive les derniers.

Jude et son sens des priorités...

Je ne serais pas allé à Aspen s'il n'était pas venu. Franchement, j'ai autre chose à faire que me remémorer des anecdotes d'il y a dix ans. Bon, pour être honnête, ça fait aussi un bail que je n'ai pas skié et j'adore ça.

— Je suis là dans cinq minutes. Monte chez moi et prends mon sac pour le mettre dans le coffre. On gagnera du temps. Et n'oublie pas de fermer à clé. On se retrouve en bas.

— Yep ! On va s'éclater comme au bon vieux temps, Pablito ! Tu crois que Raven se souvient de moi ? J'ai toujours été en kiffe sur elle. Quand je pense que tu te l'es tapée et pas moi... C'est l'heure de rattraper mes erreurs, mon pote ! Au fait, tu ne m'as jamais dit si...

Je raccroche en me marrant. Une chose est certaine, je ne vais pas m'ennuyer.

— Tu imagines bien que j'ai refusé cette proposition ! s'énerve Jude en crispant ses doigts autour du volant. Elle me prend pour un débile ? Je ne suis pas comme son nouveau mec, moi. Je ne dis pas « amen » à ses moindres désirs. La maison en Californie… Elle rêve ! J'ai passé des mois à la retaper. J'y ai mis un paquet de pognon, dans cette baraque. Elle ne l'aura pas !

Face à mon silence, Jude tourne brièvement la tête vers moi.

— Hein, j'ai raison ?

— Tu détestes cette maison, me risqué-je à lui répondre. Tu l'as achetée uniquement parce qu'elle te l'avait demandé. Vas-tu y retourner, au moins ? Tu dis tout le temps qu'il fait trop chaud là-bas.

Il prend une mine outrée face à mes propos.

— Quoi ? tenté-je.

— Tu ne veux pas que je lui file un rein aussi ? Elle m'a déjà pompé un max de fric avec sa pension compensatoire alors qu'elle a tout ce qu'il lui faut avec ce type aussi vieux que son père.

Jude mène une vie confortable. Dans la finance, il a su investir au bon moment et fait fructifier son argent dans des placements réfléchis. Maylin a profité de son amour et de sa générosité jusqu'au jour où elle a trouvé un pigeon bien plus riche que lui. La colère de mon ami l'empêche d'être triste. Il était très amoureux et je crois qu'il a du mal à digérer cet échec. Leur séparation date d'il y a six mois et depuis, ils se livrent une guerre féroce. Je sais qu'il encaisse, mais que sa déception est énorme. Je crains le jour où il s'effondrera. Je serai là et je le relèverai. Comme il a été présent pour moi. Toujours de bonne humeur, jovial et souriant, il ne montre ses faiblesses qu'à moi.

— Jude, je comprends ta peine et je suis persuadé que contrairement à ce que tu t'échines à répéter, les sentiments ne s'effacent pas en un claquement de doigts. C'est normal que tu protèges ce que tu possèdes, mais si en lui refilant cette villa tu as la paix et que tu peux avancer, donne-la-lui, en fixant des conditions. Elle récupère la maison et rien d'autre. Fin de l'histoire et tu passes enfin à autre chose.

Il fronce les sourcils et garde le silence. Il sait que j'ai raison. Jude n'est pas matérialiste et surtout, il est intelligent. Mes paroles vont faire leur chemin puis il m'en reparlera en temps voulu. Il monte le son de l'autoradio alors que sa voiture avale les kilomètres. Plus je m'éloigne de Denver et plus le poids dans ma poitrine s'allège. Peu à peu, j'envisage la semaine qui s'annonce comme une parenthèse bienvenue et salvatrice.

Nous arrivons dans la station d'Aspen en début d'après-midi. Je suis déjà venu, mais jamais en cette période. Cette ancienne ville minière s'est transformée dans les années cinquante pour devenir l'une des plus bourgeoises du monde. L'ambiance ici est très... Hollywood. C'est bling-bling et paillettes. Je suis loin de ce monde, mais j'avoue que niveau décorations de Noël, c'est vraiment beau. Chaque vitrine de boutique est ornée de sucres d'orge géants, tous les arbres sont illuminés par des guirlandes et des sapins sont posés à tous les coins de rue. C'est chic et dosé à la perfection. Des calèches promènent les touristes et les badauds emmitouflés dans leur parka hors de prix déambulent gaiement. Lorsque j'ouvre la vitre, « Let it Snow » résonne et me fait revenir en enfance. Ma mère m'a fait écouter toutes les musiques de Noël qui existent.

La circulation me laisse le temps d'observer les pistes au loin. Je trépigne de chausser les skis en espérant que je ne rentre pas avec une jambe dans le plâtre. Des années que je ne me suis pas adonné à ce sport que j'affectionnais à une époque de ma vie. J'ai d'ailleurs apporté tout mon matériel et il me tarde de retrouver mon niveau.

— Il paraît que Zack sera là. Je me demande s'il a encore ses énormes lunettes. Le pauvre, on n'a pas toujours été sympa avec lui. Il était pourtant cool.

— Faut dire qu'on était loin d'être des anges.

— Et ça n'a pas changé, mon pote !

Il tend son poing que je frappe volontiers. Nous ne nous voyons plus aussi souvent qu'avant que je devienne père, mais quand c'est le cas, ceux qui croisent notre route s'en souviennent. Sans complexe, sûrs de notre pouvoir de séduction, nous ne laissons pas les gens indifférents. Soit on nous adore, soit on nous déteste. Pas de demi-mesure. Il m'a fallu du temps avant de me laisser séduire par une autre femme que Samantha. J'avais l'impression de salir notre amour, de la tromper. Et puis, au bout de deux ans, j'ai cédé à mes pulsions et j'ai couché avec une nana. C'était un premier pas vers la guérison.

Nous arrivons enfin et je dois dire que ça en jette. Jude siffle face à la propriété incroyable qui sera notre lieu de vacances pour les sept prochains jours. Une maison principale immense tout en bois et dominant la vallée. Des annexes éparpillées sur un terrain enneigé que je devine joliment paysagé sous la couche de poudreuse. Il y a déjà pas mal de voitures stationnées dans l'allée, ce que Jude ne manque pas de me faire remarquer.

— Je te l'avais dit, on aurait dû partir plus tôt !

— À mon avis, il y a assez de piaules pour tout le monde. Raven n'a pas fait les choses à moitié.

Nous descendons de la voiture et prenons tout de même quelques secondes pour admirer les montagnes.

— Veroni et Evans !

Nous nous retournons de concert vers celui qui nous interpelle par nos noms de famille comme à l'époque du lycée. Jude cligne plusieurs fois des yeux tandis que la bouteille d'eau que j'avais dans les mains s'échoue au sol.

— Euh… tu vois comme moi ? demande mon ami.

— Pas possible…

Zack, le bigleux de la classe, le boutonneux, celui qui ramassait râteau sur râteau, se plante devant nous.

— Comment ça fait plaisir de vous voir, les gars ! s'exclame-t-il en nous donnant à chacun une accolade chaleureuse et virile. Vous n'avez pas changé !

Jude est le premier à reprendre ses esprits.

— Hey, on s'entretient, mon pote ! Mais toi… j'ai failli ne pas te reconnaître !

Toujours dans la finesse…

— Ouais, c'est dingue comme une petite chirurgie de ma myopie et un traitement contre l'acné ont tout changé.

Tu m'étonnes… Ce n'est plus du tout le même mec.

D'un physique ingrat – et ce n'est pas méchant de dire ça, mais la stricte vérité –, il est passé à… ça. Une carrure de bûcheron, un look hipster, une barbe bien taillée et surtout, je note que ses yeux sont bleus. Durant mes quatre années de lycée, je fuyais son regard pour ne pas exploser de rire. Bon, OK, j'ai dû le faire deux ou trois fois. Mais à ma décharge, la correction de ses lunettes était tellement forte qu'on aurait cru qu'il portait des fonds de bouteille. Ça lui faisait des iris minuscules.

— Vous n'allez pas rester dehors, hein ? lance-t-il sans se départir de son sourire. Raven a réparti les chambres et comme nous tous, vous êtes dans la maison principale. Venez, je vous sers de guide, mes poulets ! On va s'éclater !

Waouh ! Quel enthousiasme ! Je m'attendais à ce que les gens aient changé, mais à ce point…

— Qui aurait cru que Zack le bigleux nous ferait de l'ombre dix ans plus tard ? chuchote Jude en me tendant mon sac de voyage.

— Et je pense qu'on n'est pas au bout de nos surprises…

3

Caroline

— Les sœurs Servoiiiiisssss !

Nous avons à peine franchi le seuil du chalet que la voix de crécelle de Raven résonne et me colle un frisson désagréable. Nasillarde, haut perchée, avec une pointe d'accent bourgeois qui vous file de l'urticaire et vous donne envie de vous moquer.

— Elle est obligée d'insister comme ça sur la fin de notre nom de famille ? T'imagines si on s'interpellait tous en braillant comme elle ?

Ma sœur grimace avant de se retourner et de sourire de façon très hypocrite à l'organisatrice de ce séjour.

— Raven Holliiiiing !

Évidemment, Charlotte ne pouvait pas s'empêcher de la caricaturer en employant le même ton. Je me retiens difficilement de rire. Raven se penche en avant et tend sa bouche en cul-de-poule pour nous embrasser à distance.

— Mouah ! Mouah !

On a le droit à deux bises volantes et des battements de cils qui se veulent émus de nous revoir.

— Oh, les filles, je suis tellement contente que vous ayez pu venir ! Hier, encore, je disais à Ruby que ça n'aurait pas été pareil sans vous !

— Oh… euh…, bafouillé-je, ne sachant quoi répondre.

Pas le temps d'en placer une, notre hôte poursuit :

— Vous avez une petite mine. Heureusement, j'ai tout prévu ! Vous allez repartir d'ici requinquées ! Attendez, je vous donne les clés de votre chambre. Vous ne m'en voudrez pas, hein, mais je vous ai rassemblées. Ça a été un casse-tête pour caser tout le monde et Ruby a trop besoin de son intimité pour lui imposer une colocataire. Quant à moi, c'est un peu normal que je sois seule, hein ?

Bah oui, bien sûr, on comprend. Un peu plus, elle nous plantait une tente dans le jardin. Ce n'est pas comme si ce chalet ne pouvait pas accueillir une colonie de vacances. Elle fait encore plus de cinéma qu'il y a dix ans. Toutefois, une chose est très étrange… Elle paraît bien plus jeune qu'à l'époque. Et ses yeux, bizarrement tirés vers ses tempes, sont la preuve qu'elle a eu recours à quelques petits coups de bistouri. Et puis franchement, elle pense vraiment qu'on ne se douterait pas que sa poitrine est en plastique ? Ses seins sont tellement remontés qu'elle pourrait mourir étouffée. Et que dire de ses cheveux…

— Elle porte une moumoute, murmure Chacha en retenant un gloussement.

— Non ?

— Je te jure. Regarde, là.

Elle me montre sans aucune discrétion le dessus de son oreille. Je fixe alors mon attention sur Raven et cette fois, j'explose de rire. Je note un point de colle mal dissimulé et son fond de teint étalé à la truelle ne cache rien de la perruque blonde qu'elle a sur la tête. Charlotte se tourne vers la fenêtre pour masquer son hilarité, mais ses épaules qui tressautent ne trompent personne. Raven revient vers nous et ne rate pas notre amusement.

— Qu'est-ce qui se passe ? s'étonne-t-elle en ricanant avec nous alors que nous rions à ses dépens.

Je tente de me calmer mais ne cesse à présent de regarder la bordure de ses cheveux. Je donne un coup de coude à ma sœur pour qu'elle réponde à ma place. Ce qu'elle fait après s'être raclé la gorge. Elle a toujours été plus douée que moi pour jouer la comédie.

— Caro venait de me dire qu'elle avait envie de faire pipi dans la neige.

Je m'étouffe quand j'entends cette excuse ridicule. Raven ouvre des yeux ronds avant de faire comme si cette idée était la meilleure du monde.

— Ah, ah, ah !! Tu as toujours été la première à mettre l'ambiance, se gausse-t-elle de manière exagérée.

Ah oui ?! Ravie de l'apprendre...

— Un sacré boute-en-train, ma sœur ! Hein, Caro ?

Je hoche la tête pour toute réponse. Notre hôte m'observe de la tête aux pieds avec suffisance avant de s'exclamer, pour être certaine qu'on l'entende bien à des kilomètres à la ronde :

— C'est dingue, j'ai le même pantalon que toi ! En taille trente-six, évidemment.

Je vais lui faire bouffer sa perruque...

J'intime silencieusement à Chacha qui amorce un pas vers elle de la fermer, mais – heureusement – une nouvelle voiture approche et pousse la fausse blonde à nous lâcher la grappe.

— Oh, je me demande qui arriiiivvveee ! Je vous laisse vous installer, mes chéries ! On se voit vers vingt heures pour l'apéritif dînatoire ! J'ai fait simple pour ce soir ! Tchaooo !

Après avoir enfilé un manteau en fausse fourrure, elle se précipite dehors. Je soupire et m'aperçois que même si Raven n'a pas changé, ce break va me faire un bien fou. Avant de monter le gigantesque escalier qui mène aux étages, je prends le temps d'observer la pièce dans laquelle nous nous trouvons. Un immense lieu de vie baigné de lumière grâce à des fenêtres sur tout un pan de mur et une multitude de guirlandes électriques dont les diodes clignotent harmonieusement. À notre droite, la partie salon avec un canapé en U sur lequel au moins douze personnes peuvent tranquillement regarder le feu crépiter dans la cheminée aux proportions impressionnantes. Des tapis, des bougies qui sentent bon la cannelle, des fauteuils confortables recouverts de coussins moelleux aux couleurs de Noël à différents endroits. Je m'imagine déjà m'y lover avec un bon bouquin. Plus loin, le coin repas avec une table directement taillée dans le tronc d'un arbre. Un immense sapin décoré dans les tons or et rouge. Des nœuds, des boules, des étoiles et toujours ces mêmes lumières qui donnent à l'espace un aspect cocooning que j'adore. Au pied de l'arbre, différents personnages sont disposés comme un bonhomme casse-noisettes, un lutin et un père Noël.

J'ai l'impression qu'on est passé d'Halloween à Noël sans transition. Jusqu'à l'année dernière, cette fête était importante pour moi et je trépignais de faire des cadeaux aux gens que j'aime, de décorer mon appartement et de parcourir les différents marchés de Noël en buvant un bon chocolat chaud. Aujourd'hui, je n'ai aucun entrain. Mais depuis que nous sommes arrivées, Aspen et ce chalet me replongent doucement dans cette ambiance chère à mon cœur.

Je continue mon inspection et découvre à gauche une cuisine ouverte sur le reste de la pièce. Un bar en béton noir sépare les espaces surmontés d'un entrelacs de lustres modernes. De l'électroménager dernier cri, le tout dans des tons sombres toujours assortis de matières naturelles. C'est vraiment sublime ! On croirait cette maison tout droit sortie d'un magazine de déco. Il me tarde de découvrir le reste de cette bâtisse que tout agent immobilier rêverait d'avoir dans son portefeuille. Je n'imagine même pas le prix. En fait, si, j'ai ma petite idée et ça me fait tourner la tête. Je savais que Raven menait une vie confortable, mais à ce point… Et je ne parle pas des différents bâtiments annexes que l'on a aperçus en arrivant. Cet endroit vaut des millions.

— Tu te bouges les fesses, je voudrais faire le tour du propriétaire avant la petite sauterie, braille ma sœur en traînant sa lourde valise. Même pas un mec galant pour nous aider. Finalement, rien n'a vraiment changé en dix ans…

Je ricane et la rejoins le sourire aux lèvres. Oui, je me sens bien. Mon stress semble se dissiper et ma légèreté revenir au galop. Nous aurions pu arriver plus vite si Chacha n'avait pas voulu faire du shopping au dernier moment pour être sûre d'être au top. À la place, il n'est pas loin de dix-sept heures.

Nous grimpons tant bien que mal l'escalier qui mène à notre chambre. J'entends des rires, des discussions provenant des différentes chambres lorsque nous longeons le couloir à la moquette épaisse qui ralentit notre progression. Les roulettes de nos bagages patinent dans la semoule.

— Avec tout le pognon qu'elle a, la Raven ne pouvait pas embaucher un groom ou faire installer un ascenseur ! râle Chacha. C'est quelle chambre déjà ?

— Flocon.

— Tellement kitsch…

— Il va falloir penser à te détendre, la rabroué-je. Je te sens légèrement sur les dents.

— J'aurais bien besoin d'un bon coup de qu…

— Caro !!

Je cligne plusieurs fois des yeux avant de lâcher ma valise et courir vers Rosie, ma meilleure amie durant mes années lycée. Je lui donne une étreinte avant de lui coller deux bises. Je ne pensais pas que ça me ferait autant plaisir de la revoir.

— Ros' ! Je suis tellement contente !

— Et moi donc ! Quand je pense qu'il a fallu attendre si longtemps. T'abuses vraiment ! C'est pas faute d'avoir tenté de te contacter.

Honteuse, je baisse les yeux. J'ai été tellement triste que j'ai rompu le contact avec tout le monde. Ensuite la vie a repris son cours et le temps étant passé, je ne me voyais pas revenir la fleur au fusil. Pourtant, je m'entendais bien avec Rosie. Sans prise de tête, drôle et d'humeur égale, elle savait mettre l'ambiance comme personne dans la classe. Elle n'a pas changé. Sauf ses cheveux maintenant coupés au carré. Ses yeux brillent de sincérité et son sourire respire la bienveillance.

— L'été après le diplôme n'a pas été une période facile et...

— T'inquiète, c'est pas grave, me coupe-t-elle, ne semblant pas m'en vouloir outre mesure. Au fait, tu as vu qui ?

— Raven, bien sûr...

Elle grimace et confirme ma première impression.

— Et toi, continué-je. Tu sais qui est déjà là ?

Ma question n'est pas anodine. Depuis que je suis arrivée dans ce chalet, un homme a infiltré mon esprit et semble s'y être incrusté. Pablo Veroni. J'ai tellement espéré... Il ne voyait en moi qu'une bonne copine. Pourtant, nous fréquentions le même groupe d'amis et je lui envoyais des signaux clairs. J'ai souvent pleuré, seule dans ma chambre en me demandant ce que je devais faire pour qu'il me considère autrement. Il a fallu qu'un de ses potes s'intéresse à moi pour que Pablo s'aperçoive que j'existe. À partir de ce moment-là, il a utilisé ses techniques de drague habituelles et j'étais la plus heureuse du monde. J'étais folle de lui et prête à tout accepter.

Lorsque nous étions ensemble, il était doux, romantique et me faisait me sentir unique et belle. La suite, on la connaît. Quelques semaines d'une relation idyllique puis une rupture sous un prétexte bidon. Notre diplôme en poche, il embauchait dans un grand restaurant. Quant à moi, je partais passer l'été loin de lui pour tenter de l'oublier. J'ai ensuite appris qu'il avait quitté Denver, puis plus de nouvelles.

Il m'a brisé le cœur. Je l'aimais sincèrement, mais pour qu'une histoire fonctionne, il faut être deux. Et moi, j'étais la seule à y croire.

— J'espère que tu es accrochée à ta culotte, parce que Zack est là, lance Rosie en haussant ses sourcils de haut en bas.

— C'est pas celui qui a essayé d'emballer toutes les meufs du bahut ? hurle Chacha depuis l'autre bout du couloir. C'est bon, j'ai trouvé notre piaule ! Elle est sensass !

Mon amie se marre devant le naturel de ma sœur avant de reprendre :

— Je t'assure qu'il n'a plus rien à voir avec l'ado qu'il était à l'époque. Si je n'étais pas mariée et mère de deux charmants bambins, je peux te dire que j'aurais tenté ma chance.

Mariée et deux enfants ? Je suis sacrément à la bourre.

Elle s'évente le visage et attise ma curiosité.

— Ah ouais ?

Rosie se marre et me lance un clin d'œil.

— Tu verras par toi-même. Je te laisse t'installer, mais on pourrait papoter un peu avant de tous nous retrouver ce soir ?

— J'adorerais ça !

— On se rejoint dans le petit salon du deuxième étage ?

— Mais cette maison compte combien de pièces ?!

— Trop...

Elle dépose un baiser sur ma joue et part presque en sautillant vers l'escalier. Sa fraîcheur me fait vraiment du bien malgré cette tension dans mon corps depuis que je songe à Pablo. Je gagne la chambre Flocon et reste figée sur le seuil.

— Ça en jette, hein ?

Charlotte tourne sur elle-même au milieu de ce qui ressemble plus à un appartement qu'à une chambre. Les couleurs et la décoration dans les teintes beige et rouge sont harmonieuses. Un coin bureau avec une bibliothèque remplie de livres, un canapé près de la fenêtre, un renfoncement dans lequel se trouvent un dressing suivi d'une salle de bains et le lit *king size* sur lequel ma sœur se laisse tomber.

— Il va nous falloir un GPS pour nous retrouver dans ce plumard ! C'est dingue ! Bon alors, Zack ?

— Hein ?

Elle se redresse et penche la tête sur le côté. Elle claque des doigts pour me faire revenir sur terre. J'en ai vu, des biens d'exception, mais celui-là le surclasse et de loin.

— Le bigleux ?

— Il paraît qu'il est devenu canon.

— Impossible ! Le crapaud ne se transforme en prince que dans les contes de fées. Un moche reste un moche.

— Mon Dieu, tu es horrible, la sermonné-je en me retenant de rire parce que finalement, moi aussi j'ai du mal à y croire.

Elle hausse les épaules et commence à me parler de ce qu'elle aimerait faire durant cette semaine. Je ne l'écoute que d'une oreille. Je repense à ce que m'a dit Rosie et je me rends compte que je pourrais bien être la seule à avoir raté ma vie sentimentale. J'ai cru avoir trouvé celui avec qui je passerais le reste de mon existence et je me suis plantée. Et le pire du pire, il s'est barré avec un homme. Je sais que je n'y peux rien, mais j'ai honte. J'ai perdu toute confiance en moi et en mon potentiel de séduction. Jusqu'à présent, je n'ai évoqué à personne les raisons de ma rupture avec Jonathan. Il n'y a que Charlotte et mes parents qui sont au courant. Je me demande ce que je n'ai pas fait ou mal fait pour que mon mari aille dans les bras d'un mec. Pourquoi m'a-t-il fait ça ? Mon cœur a été piétiné.

Alors je vais continuer à m'inventer une vie et crier à qui veut l'entendre que je suis une femme heureuse. Je préfère mentir que d'affronter les regards compatissants de mes anciens camarades, peut-être tous mariés et parents de magnifiques enfants. Moi, j'ai mon travail, un superbe appartement dans le centre de Denver et c'est tout. Ma meilleure amie est ma sœur…

Je suis pathétique.

Le moral soudain en berne, je décide de ranger mes vêtements dans l'immense penderie et de me préparer à retrouver Rosie avec la ferme intention de renouer les liens qui faisaient de nous des amies.

4

Pablo

Avec Zack, Joey et Jude nous squattons le balcon de notre étage et refaisons le monde face à un panorama à couper le souffle. Les montagnes enneigées embrassent le ciel nuageux. Des pics rocheux semblent émerger de la poudreuse. Je réchauffe mes mains autour d'une tasse de café. Malgré la fraîcheur des températures, nous apprécions d'être à l'extérieur et voulons voir le coucher du soleil. Julia est dans un coin de ma tête et dans mon cœur, mais j'accepte cette séparation et l'accueille désormais plus sereinement.

— Alors comme ça tu es papa ? s'étonne encore Joey.

Ce type a toujours été un ovni. Premier de la classe, chouchou des profs, il était le *bad boy* dans toute sa splendeur. Dans son look et son attitude, il envoyait le message à quiconque croisait sa route qu'il ne fallait pas le chercher. Il n'a pas beaucoup changé, à part les petites rides aux coins de ses yeux et ses tempes grisonnantes. Il arbore un jeans baggy et un sweat dont il a remonté la capuche sur son crâne. Plusieurs bagues ornent ses doigts et il porte ses éternelles lunettes d'intello, à la différence qu'elles sont maintenant assez stylées et d'inspiration rétro.

— Eh oui ! Une jolie poupée de quatre ans, réponds-je fièrement en tendant mon portable pour leur montrer une photo datant d'hier.

Zack siffle et me félicite pour ma princesse. Mais bien sûr, ce qui devait arriver arriva...

— Il est clair que jolie comme elle est, elle ressemble à sa mère, balance Joey en voulant me chambrer.

Jude se racle la gorge alors que je baisse la tête et range mon téléphone dans ma poche. Mon cœur se comprime dans ma poitrine et je déglutis difficilement, comme chaque fois que le sujet de Samantha est évoqué. Zack file au curieux un coup de coude amusé, se méprenant sur mes réactions.

— OK, sujet tabou ? demande l'intello.

— On va dire ça.

Les mots sont comme du verre pilé dans ma gorge.

Jude vient à mon secours en changeant de sujet.

— Bon alors, qu'est-ce que vous devenez sinon ?

Je le remercie silencieusement de me permettre de botter en touche et de reprendre mes esprits. Plonger dans le passé ternirait mon humeur.

Joey prend la parole en premier :

— Je suis ingénieur en agronomie. Je parcours le monde pour aider les populations à accéder à l'eau potable et mieux irriguer leurs plantations. En ce moment, je suis entre deux missions. Je pars dans quinze jours au cœur de l'Afrique. Mon métier laisse peu de place à une vie sentimentale. Donc je suis célibataire.

— Pourquoi ça ne m'étonne pas ? se moque Jude. Déjà au lycée, tu n'en avais rien à faire des filles.

L'intéressé nous surprend en sortant de la poche de son pull une petite fiole. Il verse un peu de son contenu dans son café et nous en propose.

— Alors comme ça, tu t'es dévergondé ? me marré-je en acceptant son remontant.

— Qui te dit qu'à l'époque je n'étais pas un rebelle ?

— Oh, mais tu l'étais. Sauf que je crois que je ne t'ai jamais vu picoler.

— Comme vous tous, j'ai évolué...

Je sens un brin de nostalgie dans sa voix et son attitude. Visiblement, d'autres que moi ont aussi subi les affres de la vie... Il plonge son regard dans son mug tandis que Zack explique qu'il est gérant d'une salle de sport dans une petite ville non loin de Denver. Si nous sommes tous surpris de son changement de style, nous nous gardons bien de lui en faire la remarque pour ne pas le mettre mal à l'aise. C'est sans compter sur Jude qui met les pieds dans le plat mais hésite toutefois sur les termes à employer.

— Non, mais, mec, comment on peut passer de... d'un...

— D'un mec hideux à une gravure de mode ? complète celui qui a le mieux vieilli de nous quatre.

Conscient de son manque de tact, Jude se frotte la nuque. Ce n'est pas un mauvais gars, seulement il fait partie de ces gens qui n'ont pas de filtres et disent toujours ce qu'ils pensent.

— C'est un peu ça, ouais. Ça ne veut pas dire que tu étais moche, mais...

— Oh si, je l'étais et je n'ai pas honte de le dire. J'ai toujours été le bon copain, même dans ma vie d'adulte. Un type sympa, à qui on se confie et qui se planquait dans la déconnade. Même si je savais que mes chances étaient nulles avec les filles, je tentais le coup. Je suis quelqu'un de persévérant.

Nous ricanons avant qu'il poursuive.

— À l'époque, je bossais pour une plate-forme logistique. Un job purement alimentaire. Une collègue, Brianna, venait de se faire embaucher. J'ai eu un coup de foudre comme on n'en a qu'un dans sa vie. C'est une femme incroyablement belle, intelligente et altruiste. Cette fois, il était hors de question que je grille ma seule cartouche. J'ai décidé de me prendre en main et de gagner son cœur avant de lui chanter la sérénade. Je me suis fait opérer de ma myopie, soigner mes problèmes de peau et j'ai passé des heures à sculpter ce corps de rêve.

Il gonfle son biceps et hausse plusieurs fois les sourcils avant de reprendre. Nous sommes suspendus à ses lèvres.

— J'ai joué à *Pretty Woman* et je me suis relooké. Au bout de quelques mois et quand enfin j'ai accepté mon reflet dans le miroir, j'ai osé l'aborder. Je vous passe les détails, mais elle est à présent ma femme. Nous sommes mariés depuis deux ans. Et le pire, c'est que Bri m'a avoué que je lui plaisais déjà avant ma transformation, mais que je lui portais tellement peu d'intérêt qu'elle avait préféré lâcher l'affaire. La morale de cette histoire, c'est que quand on veut, on peut. Il ne faut jamais reculer devant un obstacle. Et puis, je ne l'ai pas fait seulement pour elle. J'avais besoin de ce changement pour être bien dans ma peau et dans ma vie.

Nous le félicitons tous et lui frappons dans la main. J'admire les personnes déterminées qui vont au bout de leur projet. Zack a l'air très épanoui et heureux, c'est le principal.

C'est au tour de Jude de raconter son évolution. Il impressionne les gars. Je peux les comprendre. Mon ami n'a jamais brillé par ses notes et faisait partie comme moi des je-m'en-foutistes. Il était plutôt le cancre de la classe et excellait à amuser la galerie. Seulement, c'est un mec qui sait ce qu'il veut et se bat pour l'obtenir. Il a pris la filière bancaire un peu par hasard en se disant « pourquoi pas » et s'est pris au jeu des placements financiers.

— Y a-t-il une Mme Evans ? s'intéresse Joey.

— Il y en a eu une... Maintenant, on se bat pour des petites cuillères. La procédure de divorce est en cours. Mais on est là pour se détendre et passer un bon moment alors on va éviter le sujet si ça ne vous dérange pas...

Il se renfrogne avant qu'un sourire qui ne me dit rien qui vaille étire ses lèvres.

— Bon, maintenant qu'on a fait le tour de ce qu'on est devenu... on en parle de Raven ?

Je reconnais les signes qui indiquent qu'il est tombé sous le charme de la bourgeoise. Ses yeux pétillent, ses joues rougissent et sa langue n'est pas loin de toucher le sol. Je n'ai jamais eu beaucoup d'affinités avec cette fille. OK, je suis sorti avec elle plus jeune, mais je ne sais toujours pas pourquoi aujourd'hui. Peut-être parce qu'elle insistait lourdement ? Non, en réalité, je m'étais dit « pourquoi pas ». Notre relation éphémère ne m'a pas marqué et je crois qu'il en est de même de son côté.

Même si c'est grâce à elle qu'on est tous réunis, ses attitudes précieuses n'ont pas changé et j'ai peur qu'elle ne se mette pas mal de monde à dos.

— En cinq minutes, elle a réussi à me filer des complexes, lance Joey. J'ai pourtant assez de revenus pour vivre confortablement. Mais là, on ne joue pas dans la même cour. Vous avez vu ce chalet de malade ?

Sa tasse est à présent vide, mais il se ressert un peu d'alcool. Il tend sa fiole vers nous, mais nous refusons d'un signe de tête ou de la main alors que Jude poursuit après avoir haussé les épaules.

C'est moi ou Joey boit beaucoup ?

— Les années ne l'ont pas affectée. Elle est sublime. Si elle n'intéresse aucun de vous, je me mets sur le dossier.

— À ton aise, déclare Zack. Moi, je suis hors course. Je suis amoureux et fidèle.

— Pas mon délire, ajoute Jo.

Mon pote se tourne à présent vers moi. Je lève les mains pour me défendre.

— Oh là, non, pas pour moi ! J'ai déjà donné. Mais méfie-toi, j'ai cru apercevoir un gros caillou à son annulaire.

— Je ne suis pas jaloux et j'espère que son mec non plus, répond Jude sûr de lui. D'accord, donc Raven est chasse gardée !

Il se frotte les mains et je sens qu'il va me saouler jusqu'à ce qu'il arrive à ses fins.

Pourvu qu'il se débrouille bien et que l'affaire se règle rapidement pour qu'il me fiche la paix...

— Vous avez croisé qui d'autre ? me renseigné-je en guettant l'heure sur mon portable.

— Hope est arrivée en même temps que moi, annonce Joey.

— Ah oui ! Et alors ?

Zack s'est redressé et je note un léger stress l'envahir. Hope était la terreur de la classe. Une fille peu fréquentable qui traînait avec les pires racailles du lycée. Un style gothique flippant, un langage fleuri et une légère tendance à la baston. Elle squattait parfois avec nous, mais restait toujours à distance. Je suis même surpris que Raven l'ait invitée.

— J'ai bien envie de vous laisser découvrir ce qu'elle est devenue.

— T'es pas drôle, Jo, râle Zack.

— Je n'ai jamais dit que je l'étais. Un conseil, ne la cherchez pas trop...

Jude mime un frisson de terreur et Zack grimace.

— Je vous retrouve dans cinq minutes au salon avec tout le monde, les gars, lancé-je en me levant. J'ai promis à ma princesse de l'appeler avant son coucher.

Je m'éclipse et longe le long couloir la tête penchée sur mon téléphone, prêt à lancer l'appel. Quand le visage de mon ange apparaît, je souris comme un idiot en entrant dans ma chambre.

— Salut, ma chérie !

— Papa !

Je sens mon cœur se gonfler d'amour. Elle me manque tant. C'est bête, mais j'ai la trouille qu'elle ne m'oublie. Je m'empresse de lui demander comment sa journée d'école s'est passée. Elle me raconte les bêtises qu'elle a faites avec sa copine. Elles se sont amusées à s'arroser dans les toilettes et ont fini trempées.

— La maîtresse, elle est pas zentille. Elle m'a grondée et z'ai été punie.

Son petit cheveu sur la langue me fait craquer. Toutefois, je ne dois rien laisser paraître pour garder ma crédibilité de papa quand je la sermonne.

— Mon ange, il ne faut pas jouer avec l'eau. En plus, il fait froid, tu aurais pu attraper un rhume.

Je fronce les sourcils pour accompagner mon ton réprobateur, mais ses petits yeux se noient de larmes et je le regrette immédiatement.

— Ma beauté, ne pleure pas... Tu sais, où est papa, il y a plein de neige. Je vais faire un bonhomme de neige et je t'enverrai une photo, d'accord ?

Elle retrouve le sourire et je me sens tout de suite mieux. Je la fais ensuite rire et discute avec ma mère pour m'assurer que tout va bien. Je raccroche quand je suis soulagé et que j'ai répété vingt fois à ma fille que je l'aime. Même si je pense à elle constamment, je dois bien avouer que ça fait beaucoup de bien de souffler un peu. Ici, je ne suis pas le chef d'entreprise ou le père célibataire. Je suis un mec de presque trente balais qui retrouve une seconde jeunesse. Je suis loin de toutes mes responsabilités et je n'ai à penser qu'à moi. J'ai envie de légèreté et d'insouciance. Avant qu'il arrive malheur à ma femme, j'aimais rire et je n'étais pas le dernier à faire l'idiot.

Les retrouvailles avec les gars se sont super bien passées et il me tarde de voir les autres. Je ne doute pas que l'ambiance sera bonne. Nous avons tous mûri et nos différences font de nous un groupe éclectique. J'espère que cette fois, nous resterons en contact après ce séjour.

Après un dernier coup d'œil dans le miroir, je me demande si je dois me changer. Un jeans troué aux genoux, un tee-shirt manches longues *oversize* et les dernières baskets à la mode. J'ai tenté de coiffer mes cheveux qui mériteraient un bon coup de ciseaux, mais ils ont décidé de n'en faire qu'à leur tête. C'est mon style et je suis à l'aise ainsi. Et puis, je sais que Jude aura un look similaire au mien, donc je reste comme ça et me presse pour rejoindre le groupe.

Un brouhaha et des rires me mènent jusqu'au salon de mon étage. Je me demande combien de pièces il y a dans cette immense baraque. Je me fais bousculer par une tornade qui se retourne et s'excuse.

— Oups, désolée ! Oh, mais c'est le sexy Pablo ! Salut, tu te souviens de moi ?

J'ai un moment de flottement. Son visage me dit vaguement quelque chose, mais elle me semble jeune et n'a clairement pas fréquenté ma classe de terminale. Est-ce que j'ai couché avec elle et je ne m'en souviens plus ? Je commence à paniquer et cherche une excuse bidon qui expliquerait mon trou de mémoire.

— Charlotte Servois ! La sœur de Caro ! Je vous collais sans arrêt parce que c'était trop la classe de traîner avec des quatrième année !

— Chacha ! m'exclamé-je soulagé.

Cette fois, je suis certain de ne pas être sorti avec elle. Et pour cause, c'est avec sa sœur que j'ai pris du bon temps. Je me rappelle maintenant de cette petite nana tout feu tout flamme. Surtout, je me rappelle sa bonne humeur.

— Bordel de cul ! Oh, merde ! Je ne dis pas autant de gros mots d'habitude, c'est juste que je suis un peu excitée. Enfin, pas excitée comme tu le penses... Quoique, je pourrais l'être.

J'ai l'âge maintenant et d'ailleurs, je ne suis plus vierge ! Hein ? Je viens vraiment de dire ça tout haut ?

J'explose de rire. Elle parle comme une mitraillette et elle ne semble pas avoir d'emprise sur les mots qui sortent de sa bouche. Cette fille est rafraîchissante et paraît troublée par ma présence. Soudain, je prends conscience que si Charlotte est là, cela veut dire que Caroline est aussi de la partie. Je n'avais pas pensé à la petite Frenchie depuis des années et même en venant ici, l'idée de la revoir ne m'a pas effleuré. Comme si j'avais zappé cette femme de ma mémoire, je ne pensais qu'à retrouver mes potes.

Pour être honnête, c'est le cas de toutes celles qui ont partagé un bout de chemin avec moi. Samantha a pris toute la place dans mon cœur et mon esprit. Pourtant, j'ai de très bons souvenirs de ces quelques semaines avec Caro. Faut dire qu'elle était vraiment cool et super canon. Je n'avais jamais envisagé de relation avec elle jusqu'à ce que Jude me fasse remarquer sa beauté et ses formes. Alors je l'ai mieux regardée et je me suis rendu compte qu'elle était plus qu'intéressée par moi. Je l'ai invitée à boire un verre et l'affaire était pliée. Elle a été ma première vraie petite copine. Avec elle, ce n'était pas qu'une simple histoire de sexe. Bien que j'aie rompu assez rapidement. À l'époque, mes hormones et moi étions les meilleurs amis. Elles me soufflaient que j'étais jeune, beau gosse et qu'il était dommage de gâcher une amitié. En réalité, la belle était un peu trop accro et ça me faisait flipper. Elle me parlait de l'avenir après seulement quelques jours. Je peux vous dire que quand une fille vous dit ça alors que vous vivez votre *best life* au lycée, ça calme.

Bref, j'ai agi comme un égoïste et maintenant que je repense à tout ça, j'appréhende un peu ces retrouvailles.

— Je suis ravie d'apprendre que tu as une vie sexuelle épanouie, ricané-je.

Ses joues prennent une jolie teinte rose et elle mordille sa lèvre. Oh là ! Qu'elle ne s'imagine pas que je la drague.

Je suis ouvert pour décompresser, mais je ne veux pas d'embrouilles.

5

Caroline

Charlotte m'a plantée au milieu de ceux qui sont devenus pour moi des inconnus. Je les observe tout en sirotant ce délicieux cocktail coloré et sucré. C'est mon deuxième et je me sens nettement moins stressée qu'en arrivant dans ce salon *cosy*. La musique est sympa et pas trop forte, de telle sorte que l'on peut s'entendre discuter sans avoir à hurler. Pour le moment, je reste à distance, souris et dodeline de la tête sur les rythmes d'une chanteuse dont je n'ai pas retenu le nom.

Je suis soulagée en constatant l'absence du premier homme à m'avoir brisé le cœur. Enfin, pour le moment, il n'est pas là. Parce que j'ai fait ma fouine et je sais de source sûre qu'il est bien arrivé accompagné de son fidèle ami, Jude. Je ne sais pas comment je vais réagir. Rien que d'y penser, j'ai chaud et mon cœur s'emballe. J'ai l'impression de redevenir cette lycéenne complètement flippée de se retrouver face au beau gosse de l'école. Si ça se trouve, il est devenu laid et ne me plaira plus du tout. Ça me faciliterait la tâche. Pfff ! Bien sûr qu'un type comme lui ne peut pas régresser niveau sexytude. Il est certainement encore plus beau qu'à l'époque. Ce n'est pas comme Zack. Lui partait de zéro, alors il ne pouvait pas faire pire. Je me foutrais des claques pour être aussi méchante si seulement ce n'était pas la vérité.

Mais qu'est-ce qu'elle fout la frangine ? Faut pas deux plombes pour changer de pompes !

Quelle idée aussi d'enfiler des talons de douze centimètres alors que c'est une habituée des sneakers. Je l'avais avertie qu'elle aurait mal aux pieds. Surtout que sur cette moquette épaisse, il est bien plus agréable d'être chaussé confortablement. S'il n'y avait que moi, je me baladerais même pieds nus. Ce qu'elle peut être têtue quand elle s'y met !

Ouais, lorsque j'ai un peu picolé, soit je me dévergonde complètement, soit je déprime. Ah, et il y a ma bouche. Elle devient molle et... je touche mes lèvres pour m'assurer que je n'ai pas dépassé la dose raisonnable. Non, ça va encore. Quelques petits engourdissements, mais rien de grave.

Je me retourne vers le bar et attrape une bouteille d'eau avant d'en boire un peu plus de la moitié d'une traite, histoire de faire passer les effets libératoires du cocktail. Après ça, je devrais me sentir mieux. Peut-être même que j'irai prendre l'air sur le balcon éclairé de plein de bougies.

— Sacrée descente.

Je sursaute puis fais face à cette voix que je reconnais entre mille et... je recrache le contenu de ma bouche sur le tee-shirt de... Pablo ! Mon cœur se met à tambouriner dans ma poitrine, je dois ressembler à une tomate tellement je rougis de honte, et si mes jambes ramollissaient il y a quelques instants sous l'effet des verres avalés, je risque à présent de m'effondrer au sol tant elles flageolent. Remarquez, je me ferais peut-être engloutir par une faille spatio-temporelle et ce qu'il vient de se produire serait oublié à tout jamais. Hélas, ce n'est pas parce qu'on veut fort quelque chose que cela se passe.

— Euh... salut ! lance-t-il, mi-amusé, mi-dégoûté.

Pablo se saisit d'une serviette en papier et s'essuie en souriant. Je ne sais plus où me mettre et évite de fixer son regard, de peur qu'il ne lise toute la gêne dans le mien.

— Je suis désolée... je... Tu m'as surprise et...

— Pas de problème, ce sont des choses qui arrivent.

De se faire cracher dessus ? En même temps, j'ai envie de dire, heureusement qu'il le prend ainsi. Y a plus sympa comme manière de se saluer après dix ans. J'essaye de réguler les pulsations de mon palpitant qui malmènent ma respiration et me font tourner la tête. J'ai l'impression que l'air n'arrive pas en quantité suffisante dans mes poumons.

Oh, et puis zut ! Je ne vois pas pourquoi je réagis comme ça. Le plus gêné dans l'histoire, ça doit être lui ! Il m'a larguée sous un prétexte bidon. Et puis, il y a prescription depuis le temps, non ? D'ailleurs, je suis passée à autre chose depuis un bail. Je n'ai presque pas pensé à lui de toute façon.

Vilaine menteuse ! me souffle la petite voix dans ma tête à qui je tends mon majeur. Mentalement, bien sûr, je ne fais pas réellement un doigt d'honneur alors que je suis entourée de mes anciens amis de lycée.

Lorsque mon cœur a de nouveau été piétiné par mon connard d'ex, j'ai décidé de ne plus jamais me laisser marcher dessus par un mec. Aussi sublime soit-il. Et *my God*, Pablo est à tomber ! Les souvenirs que j'avais de lui ne lui rendaient pas hommage. Bien que je fasse mon maximum pour masquer mon trouble, mes yeux parcourent son torse que je devine massif sous le tissu large de son tee-shirt. Des épaules carrées, un cou qui donne envie de s'y accrocher, et je crois défaillir quand je surprends son sourire charmeur lorsqu'il comprend que je le détaille. Ses dents sont blanches, alignées, ses lèvres aussi pulpeuses que lorsque nous avions dix-huit ans. Celles sur lesquelles j'ai tant fantasmé de mes quinze ans jusqu'au jour où j'ai enfin eu le plaisir de les embrasser. Je ressens encore la sensation de douceur, ces papillons dans mon ventre et l'envie que ce baiser dure toujours.

Punaise ! Je dois absolument me reprendre. Je refuse qu'il pense que je suis à nouveau sous son charme. Ce qui est tout à fait vrai, soyons honnêtes. Et son parfum… boisé, sauvage, masculin et…

— J'ai croisé ta sœur dans le couloir, annonce-t-il, me coupant dans mes divagations. Elle n'a pas changé. Et toi non plus.

Je tente d'analyser ses paroles. Est-ce que ça veut dire que je suis encore à son goût ? À l'époque, il m'avait dit qu'il me trouvait belle. Un truc bizarre remue dans mon estomac et je n'aime pas les picotements sur ma peau face à cet espoir ridicule. Il faut que je réagisse et que je trouve un truc à dire. Vite !

— Cigarette.

— Hein ?

— J'irais bien… fumer une clope !

Voilà autre chose. Je n'ai jamais fumé de ma vie. J'ai même horreur de l'odeur, alors pourquoi j'ai balancé cette connerie ? Les cocktails ! L'alcool possède aussi cet étrange pouvoir de me rendre débile.

— OKKK !

Je n'attends pas de me ridiculiser davantage et me précipite à l'extérieur. Je repère facilement le coin des fumeurs aux volutes bleutées qui dansent au-dessus des flammes des petites bougies dispersées ici et là. D'ailleurs, ce n'est pas dangereux d'en mettre partout comme ça alors que la baraque est en bois ? Je reprends enfin le souffle que j'avais perdu sans m'en apercevoir lorsque je pose un pied sur le balcon.

Ces retrouvailles m'ont chamboulée plus que je ne me l'étais imaginé. Pablo a marqué mon cœur et malgré les années, force est de constater que ça n'a pas beaucoup changé. J'ai honte de l'avouer, mais avec Jonathan, il m'est arrivé à plusieurs reprises de simuler. Avec Pablo, j'avais connu le feu, la passion, le besoin de s'unir à l'autre au risque de me consumer sur place. Chaque parcelle de mon corps le réclamait et le suppliait d'éteindre ce feu crépitant qui me brûlait la peau. Jon était plus... mesuré. Je me souviens d'un jour où nous avions dîné au champagne chez des amis. Au retour, les bulles me montaient doucement à la tête. J'ai eu le malheur de lui expliquer qu'une bonne petite fessée ne serait pas de refus[1]. Qu'est-ce que je n'avais pas dit... Il s'est raclé la gorge, a augmenté le son de la radio et ne m'a pas touchée durant plusieurs jours.

Les mains agrippées à la balustrade, je me perds dans l'immensité du ciel parsemé d'étoiles. Je sais que je ne devrais pas, mais je ne résiste pas à comparer les deux hommes. La beauté italienne surpasse de loin celle de Jonathan. Remarque, il est aussi blond que Pablo est brun. Jon a le teint pâle tandis que la peau de mon amour de jeunesse a la couleur et la chaleur du soleil. Et ses petites rides aux coins des yeux lui donnent un charme fou. Je soupire en me fustigeant d'avoir été aussi ridicule. Je m'en veux d'avoir perdu mes moyens. Et c'est pire quand j'en viens à la conclusion qu'il me fait toujours autant d'effet.

Je salue Joey qui se dirige vers moi d'un pas nonchalant. Si j'en crois ses pupilles dilatées et l'odeur désagréable qui règne ici, il n'a pas fumé qu'une cigarette.

— Caroline. Je suis content de te revoir.

Son débit et ses gestes sont lents. Je ne l'ai jamais vu boire autre chose qu'un soda lorsque nous nous retrouvions au bar à côté du lycée. Il a toujours été sérieux et surtout sobre de toute substance. D'ailleurs, plus vieux d'un an, il avait son

---

1. Je vous rappelle que ce roman est une pure fiction. N'y voyez aucune ressemblance avec ma vie personnelle... Non, parce que je vois d'ici certaines qui vont me faire la remarque que je suis une coquinette !

permis de conduire et nous servait de chauffeur chaque fois que nous sortions le soir.

— Ça me fait plaisir à moi aussi, réponds-je avec sincérité.

— Pourtant, tu n'en as pas l'air.

— Ah si si, je t'assure ! Je suis un peu étourdie, c'est tout.

— Joey ! Espèce d'enfoiré, t'as fini le bédo sans même me laisser une taffe ?

Je reconnais Hope qui, pour le coup, n'a absolument pas changé, elle. Même look flippant et même langage fleuri. Je compte toutefois plusieurs nouveaux piercings sur son visage et quelques jolis tatouages supplémentaires sur ses mains et son cou. Je ne l'ai jamais vue sans ce maquillage épais et ces fringues que je qualifierais de… particulières. Pourtant, je suis certaine qu'elle est belle sans tous ces artifices. Rien que ses yeux verts, ses lèvres charnues et ses formes parfaitement moulées dans ce pantalon en cuir sont la preuve de ce que j'avance. Je note aussi beaucoup de douceur et de bienveillance dans son regard quand elle le pose sur ma personne. Elle n'a jamais été désagréable avec moi. Même si nous n'étions pas copines, nous nous respections mutuellement. Certains lycéens ayant croisé son chemin ne peuvent pas en dire autant. Elle était la terreur du bahut. Bagarreuse, insolente, seules ses bonnes notes lui sauvaient la mise.

— Hope ! m'exclamé-je, vraiment contente qu'elle soit là elle aussi.

Je m'approche pour lui faire la bise, mais elle recule en m'ordonnant silencieusement de garder mes distances.

OK, elle ne m'appréciait peut-être pas autant que je le croyais, finalement. Je me racle la gorge, mal à l'aise, alors qu'elle jette un coup d'œil à l'intérieur du chalet.

— Excuse-moi, mais je dois tenir mon rôle, chuchote-t-elle.

Je cligne plusieurs fois des yeux sans comprendre avant de lui sourire et de répondre sur le même ton :

— Ton secret est bien gardé avec moi.

Elle me sourit avant de se recomposer un visage fermé.

— C'est cool qu'on ait tous pu venir, lancé-je alors que le silence nous entoure.

— Ouais, gronde la gothique. Heureusement que Joey m'a invitée, sinon je n'aurais même pas su que cette gentille Raven organisait une semaine de retrouvailles.

— Obligé, répond celui dont elle semble être proche.

Ils se frappent le poing et je m'étonne de leur complicité. Je n'ai pas le souvenir qu'ils étaient amis à l'époque...

— Elle a sûrement dû oublier, tenté-je d'excuser notre hôte.

Hope se marre et je sens enfin sa carapace se fissurer. Son visage est moins dur et ses yeux brillent différemment. Elle m'attire un peu plus loin, à l'abri des regards indiscrets.

— Nan, on n'a jamais pu se blairer, lâche-t-elle, amusée. Je ne suis là rien que pour la faire chier. En vrai, je déteste la neige et tout ce qui s'en approche. Je suis plutôt soleil et cocotiers. Mais j'ai pas mal bossé ces derniers mois et j'avais besoin de vacances.

Alors, là, je suis perdue. C'est quoi ce délire ? Hope n'est plus Hope ? Et Joey ? C'était un intello plutôt sympa, mais là il semble désabusé et... triste. Décidément, ce séjour commence vraiment bizarrement. Face à mon incompréhension, elle m'explique en s'approchant, comme pour être sûre de ne pas être entendue par quelqu'un d'autre que moi :

— Je n'ai plus rien à voir avec la fille que j'étais au lycée. C'est même tout l'inverse. Je suis mannequin pour une célèbre agence internationale. Ils kiffent mon côté androgyne et décalé. Par contre, c'est vrai que je n'ai pas été conviée et qu'histoire de faire enrager la bourgeoise Joey m'a dit de venir telle que j'étais il y a dix ans. Juste pour donner un peu de piquant... En réalité, il m'a fallu deux heures pour me maquiller ainsi, et je ne t'explique pas la galère pour enfiler ce pantalon. Il y a bien longtemps que je ne m'étais pas lookée comme ça. Remarque, ça me va encore pas mal, non ?

J'ouvre grand la bouche en comprenant que Hope est devenue… normale ? Elle me lance un clin d'œil en prenant la pause façon podium avant de rire. Je n'en reviens pas.

— Merde, tu ne vas pas nous faire un malaise, hein ? s'inquiète-t-elle.

— Nan, c'est juste que, tu es… surprenante. Dans le bon sens du terme.

— Je suis consciente de ne pas avoir laissé un souvenir incroyable durant mes années lycée. C'était une façon de tenir les autres à distance. J'étais assez mal dans mes pompes à cette époque. Comme tout le monde, j'ai eu ma période rebelle.

Elle tire la langue et agite deux doigts façon métalleux.

— Tu foutais la trouille à beaucoup de gens, lui avoué-je, à présent plus détendue.

— Ça me faisait kiffer ! T'aurais vu la tête de Raven quand j'ai débarqué tout à l'heure… Elle s'est mise à bafouiller et a cherché une excuse débile à son manque de politesse.

— Mais alors, vous ne vous êtes jamais perdus de vue, tous les deux.

Joey est appuyé contre la façade en bois un peu plus loin et nous jette des regards réguliers. J'ai aperçu un sourire en coin à l'évocation de l'accueil de Raven. Il s'est allumé une nouvelle cigarette et fait des ronds en recrachant la fumée. Je grimace en chassant le nuage qui vient vers moi.

— On va dire que je lui ai arrangé un coup qui aurait pu mal tourner et qu'on est inséparables depuis. Sauf quand on est en voyage à l'autre bout du monde pour le boulot. L'intello et la badas… Ça ferait un joli titre pour un roman ! Bon, c'est pas que je m'ennuie, mais on se les caille un peu, là.

Si on allait boire un verre à l'intérieur ? Tu me raconteras ce que tu es devenue. Par contre, ne m'en veux pas si je redeviens limite désagréable. J'ai une réputation à tenir…

J'ai encore du mal avec ce changement de personnalité. Je la reconnais uniquement grâce à ce pantalon tellement moulant qu'on dirait qu'il a été cousu sur elle, ses chaussures à plateforme, ce sweat noir à l'effigie de je ne sais quel groupe de rock et ses cheveux noirs aux pointes rouge sang.

— Que le spectacle commence ! lance-t-elle en ouvrant la baie vitrée. C'est quoi cette musique de nazes ! Vous êtes vraiment une bande de *losers* !

Je la suis en me retenant de rire. La musique est plus forte que tout à l'heure et tout le monde a l'air de s'amuser. Je cherche celui qui m'a tant troublée en quelques mots et un regard. Lorsque ses yeux percutent les miens, je prends une décharge électrique dans tout le corps. Je traverse la foule alors que Hope se dirige droit vers lui.

Plus la distance se rétrécit et plus mon cœur s'emballe. Raven et Ruby observent celle qui sort clairement du lot avec méfiance et évitent tout contact physique avec elle. Comme si elle avait la peste. Cette attitude me dérange. Ça ne me plaisait déjà pas au lycée, sauf que je ne disais rien de peur de récolter la médisance de mes pseudo-copines. Je me rends compte aujourd'hui que j'étais plus proche des mecs que des filles. En tout cas, je ne reproduirai pas les mêmes erreurs.

Quand Jude cogne dans l'épaule de Pablo pour détourner son attention, ses yeux me quittent et je ressens une frustration m'envahir. Je voulais qu'il ne voie que moi. Être celle qui marque son esprit. Charlotte apparaît et je réalise qu'elle discute avec ceux qui forment un demi-cercle dont fait partie mon fantasme d'adolescente. Il y a Jude, Zack, Raven, Ruby et Rosie.

Regarde-moi, Pablo ! Regarde ce que tu as raté, ai-je envie de lui crier. À la place, je prends un air décontracté et lance :

— Salut, tout le monde ! *Caro is back !*

C'était quoi ça ?

Comment se coller la honte en trois mots...

6

Pablo

J'écoute les autres parler sans vraiment les entendre. Depuis que Caroline m'a... craché dessus, je suis perturbé. J'ai retrouvé son sourire timide, ses yeux qui se plissent quand elle réfléchit avant de prendre la parole pour ne pas dire de bêtises, sa main qu'elle passe dans sa chevelure blonde quand elle est mal à l'aise. Et ses formes ? Si au lycée elle était déjà bien... proportionnée – notez que je reste poli et gentleman –, ce n'est rien à côté de son corps de femme d'aujourd'hui.

Je dois bien avouer être troublé par ces retrouvailles. Tellement que lorsque je reprends le fil de la conversation, je suis un peu perdu.

— Et donc mon mari m'a dit : « Vas-y, amuse-toi avec tes amis. Ton budget est illimité, *darling.* » Alors vous pensez bien que je me suis fait plaisir. J'espère que ça vous plaît ?

Raven et sa voix haut perchée me filent déjà la migraine. Elle pose ses doigts sur mon avant-bras. Je le retire tout de suite en prétextant me servir de ce délicieux mini-burger sans prendre la peine de lui répondre. De toute façon, son toutou le fait pour moi.

— Évidemment ! C'est juste incroyable ! Tu nous gâtes tellement...

Je rêve ou bien Ruby va se mettre à chialer et ériger une statue en son honneur ? L'organisatrice de ces retrouvailles semble n'en avoir rien à faire et continue de siroter son champagne à la paille. La trace de rouge à lèvres couleur pompier sur le tube de carton me fait grimacer.

— Demain, j'ai prévu une petite randonnée en raquettes dans les environs, annonce Raven. Comme je me doute que certains vont se coucher tard...

Elle porte son regard sur Jude et Zack qui se marrent au sujet d'un truc que j'ignore avant de reprendre :

— Le départ est à onze heures. En fin d'après-midi, ceux qui le souhaitent pourront aller faire un tour au marché de Noël en ville. Et le soir, retour dans le passé ! Musique de 2010 et jeu de la vérité comme au bon vieux temps !

Ruby applaudit et j'ai envie de lui hurler de la fermer, mais je vois la baie vitrée s'ouvrir puis se refermer. Mon palpitant pique un sprint et mes yeux ne lâchent plus Caroline tandis qu'elle se dirige vers nous, accompagnée par Hope et Joey. Zack marmonne je ne sais quoi lorsqu'il remarque son bourreau du lycée s'approcher.

— Elle fout toujours autant la trouille, chuchote Raven entre ses dents en plantant un sourire hypocrite sur ses lèvres. Carooo !!!

Je ne rate rien des réactions de celle qui vient d'être interpellée. Légère grimace, le corps qui se tend avant de lui répondre sur un ton moqueur :

— Raveeeeen !!!

Charlotte se marre sans aucune discrétion. Quant à moi, je masque difficilement un rictus amusé face à cette pointe d'insolence qui marque un caractère affirmé. Nos regards sont arrimés l'un à l'autre et font augmenter le rythme de mon cœur. Elle semble me reprocher silencieusement tellement de choses que je me retiens de lui adresser la parole.

— Où est-ce que tu te cachais ? l'interroge Rosie.

Caro évite mon regard mais n'hésite pas à faire de grands sourires aux autres. OK, donc je ne me trompe pas, elle m'en veut. Mais pourquoi ? Je n'en ai aucune foutue idée. Dans mes souvenirs, nous ne nous sommes pas quittés en mauvais termes le soir du bal de promo.

— J'avais besoin de prendre l'air et j'ai retrouvé ces deux-là sur le balcon.

Elle montre Joey qui se sert allègrement un verre de vodka et Hope qui, elle, décide de se tirer. L'ambiance change légèrement.

— Chaque fois qu'elle me regarde, j'ai l'impression qu'elle va planter ses canines dans mon cou et pomper mon sang jusqu'à ce que mort s'ensuive, frissonne Zack.

Ruby renchérit :

— Je ne comprends pas ce qu'elle fout là. Non, mais franchement, elle a toujours fait bande à part. Elle nous détestait il y a dix ans et c'est clairement le cas encore aujourd'hui.

— Mais je ne l'avais pas invitée, figure-toi, ajoute la poupée siliconée. Tu te doutes bien que c'était la dernière personne qu'il me tardait de revoir, contrairement à d'autres...

Ses yeux pivotent vers Jude qui lui lance un clin d'œil. Mais je sens de l'électricité dans l'air quand Caro ouvre la bouche.

— Vous ne croyez pas qu'elle a le droit à une seconde chance ? Vous l'avez toujours mise à l'écart. Avez-vous essayé une seule fois d'aller au-delà des apparences et de vos préjugés ?

Décidément, j'apprécie ses prises de parole et le fait qu'elle dise tout haut ce que nous pensons tout bas.

— C'est moi qui l'ai invitée, balance Joey d'une voix grave. Si ça pose un problème à quelqu'un, qu'il vienne me trouver.

Un silence s'étire alors que les bourgeoises ne savent pas quoi répondre et que leurs joues rougissent. Joey hoche discrètement la tête en direction de Caro puis bouscule d'un coup d'épaule Raven qui pousse un cri de surprise avant de bégayer.

— Mais il... Quelle mouche l'a piqué ?

— C'est vrai, on n'a rien dit de mal ! s'indigne Ruby.

Caroline pose son verre un peu brusquement sur la table derrière nous avant de s'agacer :

— Oh, ce que vous êtes pénibles ! Vous l'étiez au lycée et c'est pire aujourd'hui !

Charlotte acquiesce aux propos de sa frangine.

— Ouais, tout pareil !

Elle crochète le bras de Caroline et elles s'éloignent en chuchotant. Rosie, Jude et Zack font de même. Les filles reportent leur attention sur moi, visiblement satisfaites que je ne leur fasse pas faux bond. Sauf qu'il est évident que je ne compte pas leur tenir compagnie plus longtemps. Je chope une bouteille de champagne et un plateau de mignardises sur la table avant de les planter là. Je trottine pour rattraper les autres qui ont rejoint Joey et Hope. Je brandis mon butin et leur propose de me suivre dans une partie de la maison que j'ai découverte tout à l'heure. À ma grande surprise, tout le monde accepte et je les guide donc au premier étage. Tout au bout du couloir, derrière une porte que je déverrouille en attrapant la clé au-dessus du chambranle, se trouve une immense terrasse recouverte d'une véranda en forme de dôme, entièrement vitrée.

— Waouh ! s'exclame Charlotte qui lève le visage vers le ciel parsemé d'étoiles.

Zack s'installe sur un rocking-chair avant de souffler :

— Je n'aurais pas dit mieux...

Tout le monde trouve sa place soit sur un fauteuil confortable, autour de la petite table ou sur un hamac. Ici, on est comme coupé du temps. Plus de bruit, de musique.

Nous sommes seuls face au paysage enneigé et éclairé par la lune. Spontanément, mes pas me guident vers Caro qui se recroqueville sur le canapé et se recouvre d'un plaid comme pour se protéger de moi. Ne comprenant pas les griefs qu'elle a contre moi, je m'assois à côté d'elle après avoir déposé la bouteille et les gâteaux sur la table devant nous.

— La vue est dingue, s'extasie Rosie. Je suis sûre que ça couperait la chique à mes enfants, et pourtant ce sont de vrais moulins à paroles.

— Tu aurais dû venir avec eux.

Elle grimace face à la remarque de Zack.

— Tu rigoles ! C'est la première fois en huit ans que j'ai une vraie semaine de vacances. Pas de disputes, de vaisselles, de lessives et autres joyeusetés de ma vie quotidienne. Je les aime de tout mon cœur. Aaron et Marlon sont ma vie, mais j'ai le droit, non, je mérite ce séjour.

Si au début de son discours, elle paraissait sûre d'elle et de ses propos, elle se met aussitôt à renifler.

— Mes bébés me maaanquent ! chouine-t-elle soudain.

Maladroit, Zack tente de la réconforter en lui tapotant le dos, mais il manque de lui décrocher un poumon. Il faut croire qu'il ne maîtrise pas sa force et récolte un regard noir de la part de Rosie.

Chacun prend ensuite son temps pour admirer au loin les pistes de ski et la ville en contrebas. Nous sommes comme suspendus au-dessus du vide. Moi, je jette quelques coups d'œil à Caroline. Elle mordille ses lèvres et se tortille les doigts.

— J'y suis peut-être allée un peu fort avec Raven, finit-elle par dire en gigotant comme pour s'éloigner le plus possible de moi. Après tout, elle nous accueille ici gentiment et moi je l'agresse.

— C'est une conne, lance Hope avant de s'allumer un joint. Elle n'a jamais pu me blairer et c'est réciproque.

Caro tente de trouver des excuses à l'attitude de Raven.

— Je crois qu'elle est malheureuse malgré ce qu'elle s'échine à montrer. On devrait s'intéresser à elle et aller au-delà de nos préjugés la concernant également. Hope, tu vois de quoi je parle.

Cette dernière aspire une longue taffe avant de tendre son bédo à Joey. Avec lui, on va de surprise en surprise.

— Sainte Caro, soupire-t-elle.

Charlotte se lève afin de se saisir de la bouteille et de la déboucher. Le bruit du bouchon attire l'attention de Jude qui applaudit en s'écriant :

— Aaah ! La soirée peut commencer !

Elle boit au goulot avant de la passer à mon pote. Tout le monde boit une gorgée chacun son tour. La bonne humeur et la légèreté de la cadette Servois nous permettent de nous détourner de sujets délicats.

— Quand je pense que je suis en train de trinquer avec vous... Vous étiez mes idoles à l'époque, mais ma frangine ne supportait pas de m'avoir dans ses pattes.

Caroline sourit avant de lui répondre :

— Ce qui ne t'empêchait de me coller au train.

— Fallait bien que quelqu'un protège tes arrières et répète aux parents quand tu faisais des conneries.

— Alors c'était toi ! Espèce de...

L'aînée se redresse et lui envoie un coussin en riant. J'apprends ensuite qu'elles bossent ensemble dans une agence immobilière de prestige à Denver et qu'elles sont plus unies que jamais. Leur complicité me fait penser à celle que je partage avec Jude. La femme dont je ne cesse d'observer les réactions, les sourires et que je redécouvre avec plaisir reste très évasive sur sa vie personnelle. Je me demande ce qu'elle a à cacher et je ne suis pas le seul puisque Rosie met les pieds dans le plat.

— Et tu as quelqu'un dans ta vie ? Des enfants ? Un chien ?

Caro se renfrogne et se racle la gorge.

— J'ai... Je suis..., bafouille-t-elle. Non, je suis libre comme l'air depuis peu.

J'ignore pourquoi, mais cette information ne tombe pas dans l'oreille d'un sourd et un espoir naît dans mon cœur pourtant brisé.

— Bienvenue au club ! lance Jude qui tend le champagne dans sa direction. Il vaut mieux être seul que mal accompagné. Et si tu t'ennuies, on pourrait...

Je le connais. Je vois parfaitement où il veut en venir et ça me contrarie. L'époque où nous échangions nos conquêtes est révolue. D'autant plus qu'elle a compté pour moi. OK, je m'en aperçois un peu tard, mais maintenant que c'est fait, je refuse qu'il la voie autrement que comme une ancienne pote de lycée. Je le coupe avant qu'il termine sa proposition qui n'a rien d'innocente.

— Vous croyez qu'il y a moyen d'échapper à la rando, demain matin ?

Jude me regarde avant de sourire bêtement. Il a capté mon manège et hoche la tête discrètement. Je n'éviterai pas une discussion avec lui.

— Je ne compte pas perdre mon temps à galérer dans la neige, grogne Hope. Pour une fois que je peux me la couler douce, je vais en profiter.

— C'est une manière de découvrir la région. Et puis, on sera tous ensemble.

Rosie tente de motiver le groupe, mais il n'y a que Caro et Zack qui semblent ravis. Et moi, mais pas pour les mêmes raisons. Je veux juste continuer à rôder autour de celle qui a partagé quelques semaines avec moi il y a dix ans. J'ai besoin de comprendre pourquoi elle m'intrigue autant. Ou plutôt, pourquoi elle m'attire autant... Et j'aimerais connaître les raisons de la distance qu'elle met entre nous.

Nous nous remémorons ensuite des anecdotes de notre jeunesse. J'écoute plus que je ne participe. La présence de Caroline à mes côtés me déstabilise. Je n'ose pas bouger de peur de la frôler. J'appréhende ce que je pourrais ressentir. Ses yeux dévient régulièrement vers moi et quand ils croisent les miens, elle les baisse bien vite. M'en veut-elle encore pour mon attitude au lycée ?

Vers deux heures du matin, chacun regagne sa chambre. La soirée doit être terminée parce que lorsque j'atteins le deuxième étage, le silence règne. Il faut croire qu'on n'a plus la vitalité de nos dix-huit ans. Vingt pour moi. J'ai redoublé deux fois au collège. Un problème d'orientation que je ne regrette pas. Sans ça, je n'aurais pas rencontré Jude et les autres. Je m'apprête à fermer ma porte quand mon pote la retient et se faufile à l'intérieur de ma piaule.

— Tu pensais vraiment éviter cette petite conversation, se moque-t-il avant de s'étaler sur mon lit.

Je me passe la main dans les cheveux en soupirant.

— Y a rien à dire.

Il se redresse comme un ressort, un sourire sadique sur les lèvres. Ses yeux de fouine me scrutent et je sais que c'est le moment de passer à table. De toute façon, je n'aurai pas la paix tant que je ne lui aurai pas tout balancé.

— Qu'est-ce que tu veux que je te dise ? Que Caro réveille en moi des trucs que j'avais oubliés et qui me font flipper ? Que je me foutrais des baffes parce que si ça n'a pas fonctionné la première fois, y a pas de risque pour que ça le fasse aujourd'hui ? Ou alors que je me déteste parce que rien que de m'imaginer la prendre dans mes bras, j'ai l'impression de tromper Sam ?

J'arpente la pièce en tirant sur ma tignasse. J'ignore si je lui pose les questions ou bien si je m'interroge moi-même. Tout se mélange et j'ai la sensation que maintenant que je m'épanche sur mes sentiments et ce qui encombre mon esprit, plus rien ne peut m'arrêter. Je n'attends pas que mon ami réponde et enchaîne :

— C'est clair que je n'avancerai jamais dans la vie si je reste ancré dans le passé... Mais j'ai peur. En même temps, étant donné les regards qu'elle m'a lancés toute la soirée, c'est évident qu'elle ne peut plus me blairer.

Je me perds dans mes élucubrations. Face au silence de mon ami, je me tourne vers lui. Il pianote tranquillement sur son téléphone sans me prêter aucune attention. Il n'en fallait pas plus pour m'énerver.

— Je me demande pourquoi je te raconte tout ça !

— T'as fini ? J'attendais juste que tu vides ton sac. Je te connais, tu fais les questions et les réponses. Si je t'avais coupé, tu m'aurais envoyé balader parce que je t'empêche de t'exprimer.

Je ronchonne dans ma barbe, car évidemment, il a raison.

— C'est bon ? Je peux en placer une, alors ?

Je lui fais un signe de la main pour lui indiquer que je suis tout ouïe avec un sourire forcé et une once de mauvaise foi.

— Bah, en fait, je n'ai pas grand-chose à ajouter. Tu sais parfaitement ce que je vais dire. Mais comme je suis le meilleur des potes et puisque tu n'as que moi... je vais tout de même me répéter. Primo...

Il me rejoint près de la fenêtre, me montre son pouce qu'il agite sous mon nez.

— Tu as décidé d'y aller à ton rythme, OK. Au début, je comprenais. Mais depuis le décès de Samantha, je me demande si tu n'as pas retrouvé ta virginité.

Je baisse la tête parce que, bien que je m'autocongratule en me disant que j'ai fait le pas d'aller vers les femmes, on peut compter sur les doigts d'une main celles que j'ai mises dans mon lit en quatre ans.

— Oui, je ne te rappelle donc pas ce palmarès assez pitoyable. D'accord, tu as eu une période de deuil. Normal, et je ne te blâme pas pour ça. Tu n'oublieras jamais ta femme. Elle restera toujours là. Dans ton cœur.

Il frappe ma poitrine alors que mes yeux se noient de larmes.

— C'est moche ce qui t'est arrivé, reprend-il sans attendre une réaction de ma part, mais il est temps d'avancer. Tu es un super papa. Ta fille est heureuse et ne manque de rien. Sauf peut-être d'un père épanoui... Tu as le droit de retrouver le bonheur. Ce soir, je t'ai vu... différent de ces dernières années. Tu as souri. Et mon frère, ça faisait un bail que tu n'avais pas eu cette expression sur ce visage de beau gosse. Dis-moi que ton cœur n'a pas battu quand Caro est apparue ? Dis-moi que tu n'as rien ressenti et que tu n'as pas été jaloux quand je lui ai fait du gringue ? Vas-y, dis-le-moi et je te lâche la grappe.

Il me toise, fier de lui, en posant ses mains sur ses hanches. Je me laisse tomber sur le fauteuil derrière moi et déglutis pour faire passer la boule qui obstrue ma gorge. J'essaie de répondre, mais les mots restent coincés. En une soirée, Caroline m'a retourné le cerveau. Pourtant, à part me foudroyer du regard, elle n'a absolument rien fait. Je ne sais pas comment l'expliquer. Peut-être qu'elle réveille en moi des sentiments que j'avais oublié depuis bien longtemps.

Toutes mes certitudes volent en éclats. Malgré cela, il y a toujours cette petite voix dans ma tête qui me crie que ce n'est pas bien. Ces convenances m'obligeant à respecter la mort de ma femme. Cette promesse de l'aimer jusqu'à la fin de mes jours. L'insouciance à peine retrouvée, je me referme comme une huître. J'ai besoin de dormir, de réfléchir à tout ça et de faire le tri dans tout ce qui me retient de vivre librement.

Jude se penche et attrape ma nuque avant de déposer un baiser sur mon crâne.

— Repose-toi, mon frère, murmure-t-il. Demain est un autre jour. Tu peux décider de prendre ta vie en main ou... laisser passer cette chance de vivre enfin. Bonne nuit, Pablo.

Je relève la tête, acquiesce avant d'essuyer une unique larme qui roule sur ma joue. Elle est salvatrice, et peut-être que j'ai justement besoin de lâcher toutes mes émotions avant de rebondir et aller de l'avant...

7

Caroline

— OK ! Vous placez vos chaussures dans la raquette puis vous serrez les attaches. Comme sur les rollers, pas trop fort pour ne pas avoir mal, mais suffisamment pour être correctement maintenus !

Le guide nous fait une démonstration et je m'applique à reproduire ses gestes alors que Charlotte ronchonne.

— Faut savoir. On serre ou on ne serre pas ? Faut être clair dans les explications.

Jude ricane puis s'approche pour l'aider. Je surprends un regard et un sourire complice de la part des deux. Je rêve ou il se passe un truc entre eux ? Il se baisse pour vérifier qu'elle est correctement équipée.

— Il faut que je fasse une rando en raquettes pour avoir un homme à mes pieds ! s'exclame Chacha. Si tu comptes me demander en mariage, je te préviens, je ne suis pas une fille facile !

— Tu me lances un défi, là ?

Ah oui, quand même. J'ai vraiment loupé un épisode, parce que je n'ai rien vu venir. Ma frangine et Jude ? Je croyais qu'il avait Raven en ligne de mire. Ses remarques et ses attentions envers la bimbo étaient pourtant limpides hier soir.

Le type qui prend sa mission à cœur frappe avec ses bâtons.

— On se concentre ! Les recommandations que je donne peuvent vous sauver la vie.

Raven se fige et blêmit. Ruby recule, se mélange les raquettes et termine les fesses dans la neige en poussant un cri aigu. Je pouffe discrètement. Joey et Hope, qui sont finalement de la partie, ne se privent pas de se moquer. Raven tend la main à son amie pour l'aider à se relever, mais sa pote l'entraîne dans sa chute et elle s'étale, elle aussi, dans la neige. Cette fois, tout le monde explose de rire. Le son grave d'un certain mec sur ma droite remue quelque chose dans mon ventre. Heureusement, je n'ai pas le temps de m'appesantir, parce que la scène est vraiment drôle. Elles galèrent et se rejettent mutuellement la faute de leur maladresse. Bizarrement, ces filles me font de la peine.

Je m'approche pour leur porter assistance. La première se remet sur ses raquettes et je m'apprête à faire de même avec la seconde, mais je suis surprise de voir Hope la prendre par le coude pour la remettre debout. Raven fronce les sourcils, en hésitant à accepter ce coup de pouce. Elle cherche sûrement où est le piège et je peux la comprendre. Je pense que la gothique va perdre patience et abandonner sa tentative de réconciliation, mais étonnamment, Raven finit par hocher la tête. Aucun sourire. Aucun mot n'est échangé entre elles, mais l'intention est là. Je souris pour remercier Hope. Discrètement, elle m'envoie un clin d'œil. Malgré ses paroles cinglantes, ses gestes sont à l'opposé de ce qu'elle inspire et bientôt, tout le monde saura qu'elle n'est plus la fille rebelle que l'on a connue jadis.

— Eh bien, on n'est pas sortis de l'auberge avec vous, se plaint le guide. Bon, je crois que le mieux, c'est que vous me suiviez et que... Bref, en piste !

Il secoue la tête, désabusé, et se met en marche. Je prends deux secondes pour observer sa technique, histoire de ne pas reproduire la maladresse de Raven et de Ruby qui sont les moins à l'aise de notre groupe.

— Ça va, finalement, ce n'est pas si compliqué.

Chacha semble fière d'elle et c'est vrai qu'elle ne se débrouille pas si mal. Elle lève les genoux comme si elle voulait enjamber quelque chose. Sa technique est hilarante et certainement peu conventionnelle, mais, je dois bien l'avouer, efficace. Je l'imite et finis par avancer à bonne allure.

Je prends le temps d'admirer le paysage qui nous entoure. La forêt est recouverte de blanc et les sapins tranchent par leur vert éclatant. Tout est calme, apaisant. Il y a une légère brise dans l'air. Du bout de son bâton, le moniteur nous montre des terriers, puis il nous fait signe de nous taire. Nous suivons des yeux l'endroit qu'il nous désigne et découvrons une famille de chipmunks. Ces cousins de l'écureuil nous jettent des coups d'œil méfiants puis disparaissent rapidement. Je déconnecte complètement dans cette nature épargnée par la pollution et les constructions de masse.

J'essaie tant bien que mal d'ignorer le poids du regard qui pèse sur moi et réchauffe mon corps. Le temps d'un instant, je ne sens plus la morsure du froid. Juste cette traînée de feu qui longe ma colonne vertébrale et vient se nicher dans mon ventre. Pablo me déconcentre. Me trouble. M'agace. J'allonge le pas en me remémorant la soirée d'hier. Étrange. Déstabilisante. Il avait le choix de s'asseoir ailleurs, mais il a choisi de le faire à mes côtés. Près. Trop près. Sa proximité, son bras qui parfois frôlait le mien. Les papillons qu'il a fait renaître dans mon ventre, ses regards dans ma direction et ses sourires discrets, mais sexy. Nous avons échangé quoi ? Trois mots et il tente déjà de me séduire ? Certes, il n'y va pas avec ses gros sabots et est plus subtil qu'il y a dix ans, mais je ne tomberai pas dans le panneau. Pas cette fois. Je ne sais pas ce qu'il cherche ou s'il est amnésique. Mais aujourd'hui, je ne suis plus une gamine raide dingue de lui. J'ai vécu, souffert, et je me suis fait la promesse de ne plus jamais me faire avoir par un mec. Et clairement, Pablo reste le même.

Rien que pour lui rendre la monnaie de sa pièce, j'ai bien envie de me jouer de lui. Alors que les paysages défilent, un scénario prend naissance dans mon esprit torturé et friand de vengeance.

— On peut savoir pourquoi tu souris comme si tu t'étais envoyée en l'air toute la nuit ? me demande ma sœur, revenue à ma hauteur. Attends ! Ne me dis pas que... ? Oh ! Avec qui ?

Son éclat de voix suscite l'attention du groupe. Jude se retourne et lève un sourcil curieux. Elle lui lance un clin d'œil et le pauvre garçon est tellement troublé qu'il manque de finir les quatre fers en l'air.

— Tu n'as jamais été douée pour la discrétion, mais là tu m'épates... Et pour ta gouverne, on dort dans la même chambre. Alors si je m'étais tirée en douce, tu t'en serais aperçue, répliqué-je.

— Ça veut dire que tu n'as couché avec personne ?

— Non, Charlotte ! C'que tu peux être lourde !

Elle secoue la tête puis soupire comme si c'était la pire nouvelle de l'année. On n'a vraiment pas le même sens des priorités.

— Alors je ne comprends pas ce qui te rend si heureuse de bon matin, si ce n'est pas un homme. Franchement, se lever aux aurores pour faire du sport...

— Je suis montée te réveiller à dix heures.

— Je te rappelle qu'on est en vacances.

Je secoue la tête. De toute façon, avec elle, je n'aurai pas le dernier mot. Charlotte m'observe en plissant les yeux.

— Ou alors...

Je ne retiens pas mes lèvres de s'incurver de nouveau vers le haut.

— Donc, j'ai raison, chuchote-t-elle à la Chacha, c'est-à-dire qu'elle parle assez fort pour réveiller deux ou trois marmottes qui font la grasse matinée. C'est bien un mec aux origines italiennes qui te met en joie.

Elle se tourne à demi en direction de Pablo. Je fais de même et ne rate pas le regard de ce dernier braqué sur moi. Ou plutôt sur mon derrière.

— C'est dans la poche, ajoute ma sœur que cette nouvelle semble enchanter. Punaise, vas-y, roule des fesses et fais-le baver !

— Et comment tu veux que je fasse avec ça ?

Je lui montre mes raquettes, elle hausse les épaules.

— Mets-y un peu du tien !

Je me marre et débute mon jeu de dupes en ondulant des hanches. Bon, en tout cas, j'espère que c'est ce que ça donne, parce qu'entre la neige, mon équipement contre le froid et les raquettes j'ai l'impression de marcher à la façon d'un pingouin et non comme sur un tapis rouge.

Quoi qu'il en soit, ça remue quelque chose en moi d'agréable. D'addictif. J'ai peur de m'y perdre, mais j'aime trop les challenges pour renoncer maintenant.

*
**

Nous sommes rentrés après trois heures de randonnée. Je crois que Raven ne pensait pas que cette activité allait être aussi sportive. Elle et sa copine ont rapidement abandonné. De mon côté, hors de question de montrer mes faiblesses. Malgré ma fatigue, les douleurs dans les jambes et mes muscles tendus par l'effort, j'ai tenu bon et suis allée au bout. J'ai dû supporter les plaintes de Charlotte, les insultes de Hope, les blagues potaches de Jude et les coups d'œil réguliers de Pablo. Comment je le sais ? Simplement parce que je n'ai pu m'empêcher de le faire moi aussi. Juste pour vérifier qu'il n'était pas insensible à mes charmes. Sauf que chaque fois que je le surprenais les yeux rivés sur moi, mon cœur s'emballait et ma peau frissonnait. Je m'en veux de réagir ainsi et de lui laisser une porte ouverte pour me blesser ensuite. Je dois me protéger. Pour cela, rien de plus simple. Il me suffit de repenser au mal que Pablo m'a fait pour retrouver toute ma hargne.

Ouais ! À nous deux Veroni !

La méthode Coué a fait ses preuves[1]. En tout cas, comme dit souvent ma mère, il n'y a que la foi qui sauve...

Nous avons quartier libre cet après-midi. Certains d'entre nous décident de visiter Aspen et de faire des emplettes au marché de Noël. D'autres, comme l'objet de mes fantasmes, partent skier. J'ai eu un soupçon de déception en apprenant qu'il ne serait pas dans mon sillage. Une microseconde... Non, en vérité, ça ne me fait pas plaisir du tout. Il est parti en compagnie de son pote de toujours et des gars.

— Et sinon, quand est-ce que tu vas arrêter de faire la tête ? me demande ma sœur.

— Je ne fais pas...

Ouais, elle a raison et elle le sait. Résultat, elle me tire la langue en se moquant de moi et finit de me dérider.

— OK, désolée. Promis, je vais sourire. C'est mieux comme ça ?

Je plaque un sourire exagéré sur mes lèvres qui nous fait marrer. Chacha me connaît par cœur et sait parfaitement comment réagir face à mes sautes d'humeur. Je dois vraiment prendre sur moi. Pablo ne me gâchera pas mes vacances largement méritées. Ce n'est pas moi qui le dis, c'est ma patronne...

Charlotte me donne un coup de coude, ce qui fait beaucoup rire Rosie, avant de se précipiter vers un chalet d'où

1. Si, si, je vous assure. Dites-vous que vous êtes la meilleure et foncez !

provient une odeur absolument délicieuse. Ce marché est trop mignon et j'en prends plein les yeux. Une chorale sous un kiosque entonne des chants de Noël. Un homme secoue des clochettes qui résonnent et donnent le rythme. Des petites maisons en bois richement décorées avec des branches de sapin, de houx, agrémentées de guirlandes et de gros nœuds rouges. Tout est harmonieux et féerique. La neige naturelle craque sous nos pas et recouvre les toits. J'ai l'impression d'être dans un de ces feuilletons de Noël qui pullulent dès la mi-octobre sur toutes les chaînes de télévision.

Je suis Chacha jusqu'au stand de pain d'épices et autres gourmandises. Je ne sais pas où donner de la tête tant tout m'a l'air délicieux. Et surtout, horriblement cher ! Trente dollars pour une crêpe au sucre ?! Quand je pense que je les fais gratos à l'appartement... Mais bon, je suis ici pour en profiter alors va pour une crêpe à trente dollars. J'ai intérêt à la déguster.

Nous continuons notre visite avec une certaine légèreté. J'ai décidé de chasser Pablo de mon esprit et je m'y tiens. Je craque pour un bonnet à pompon et les filles achètent le même. Nous déambulons, blaguons au sujet des femmes et des hommes riches à millions et qui se pèlent sûrement les fesses dans leurs fringues de grands couturiers. Moi, je préfère être habillée chaudement avec des vêtements pratiques et pas chers. Je pourrais me le permettre, je gagne relativement bien ma vie, mais j'ai d'autres projets, comme investir dans l'immobilier ou voyager.

— Oh, regardez, le père Noël ! s'exclame Rosie. On va faire une photo et je l'enverrai à mes fils !

Elle nous entraîne derrière elle et je me laisse prendre au jeu. Nous faisons la queue, entourées d'une dizaine de gosses qui nous regardent en levant les yeux au ciel.

— Bah quoi ?! s'indigne Charlotte. Moi aussi j'ai fait ma liste au papa Noël et je veux m'assurer qu'il l'a bien reçue.

Un garçon plus téméraire que les autres la toise avec insolence.

— Pfff ! T'es trop grande pour faire une photo, râle le gamin.

— Et toi ? T'es pas trop grand peut-être ?

Chacha ne lâche rien et engage un combat visuel en croisant les bras sous sa poitrine. Je ricane tandis que Rosie vérifie son maquillage dans son miroir de poche.

— Oh ! Oh ! Oh ! Au suivant !

— C'est à nous ! crie Charlotte en courant vers l'homme en rouge assis sur un trône doré.

Nous approchons et le type sourit bêtement en nous observant avant de rentrer dans notre jeu.

— Alors, avez-vous été sage cette année, mesdemoiselles ?

— Oh oui, comme des images !

Ma sœur se penche ensuite à l'oreille du père Noël et lui chuchote je ne sais quoi. Son interlocuteur se retient de rire puis se racle la gorge.

— Eh bien, c'est un cadeau bien spécial, mais pas impossible. Comme vous la savez sûrement, le père Noël est un magicien.

Je rêve ou bien il lui fait du gringue ?! Les pères Noël, ce n'est plus ce que c'était. Son lutin assistant le presse de poursuivre. On nous invite à nous installer aux côtés de celui qui nous gâtera le 25 décembre. Je me place à droite, Charlotte à gauche et Rosie hésite avant de décider de s'asseoir sur ses genoux.

— Mes enfants vont être verts de jalousie ! articule-t-elle sans cesser de sourire au photographe.

Et puis, tout dérape quand d'un regard, Charlotte et moi faisons des oreilles de lapin au père Noël. Rosie se met à loucher, nous tirons la langue avant de nous faire virer manu militari par un lutin désabusé.

Le gamin insolent grommelle lorsque nous passons devant lui :

— Je suis certain qu'elles n'auront rien dans leurs chaussons. Elles ont fait des grimaces et c'est interdit. Hein, maman ?

Chacha se tourne et s'apprête à lui répondre, mais je la tire par le bras. On va éviter les esclandres dans cette station huppée.

Cette sortie m'a fait un bien fou et j'ai réussi le temps de quelques heures à déconnecter. Je n'ai pas pensé une minute à Jonathan, à Pablo ou au boulot. Bref, je me sens bien.

De retour au chalet, Chacha part faire une sieste et je compte bien profiter de ce moment de tranquillité. Je longe les couloirs en quête de la piscine, symbole de relaxation. Serviette sous le bras, vêtue de mon plus beau maillot de bain et emmitouflée dans ma parka, je descends au rez-de-chaussée. En traversant le salon, j'entends quelqu'un renifler. Je ne me serais pas forcément arrêtée si le bruit n'était pas suivi d'un sanglot. Je colle mon oreille à la porte qui mène je ne sais où. La main sur la poignée, je l'actionne et entrouvre le battant légèrement.

Raven est assise sur un canapé, dos à moi. Je vois son corps tressauter sous le coup de son chagrin. Elle est seule, les cheveux décoiffés et la tête penchée vers le sol. Cette nana a toujours porté ce masque qui lui donnait un visage sans émotion.

D'ordinaire fière, toujours tirée à quatre épingles et sûre d'elle, elle est à cette minute tout l'inverse de ce qu'elle a toujours été. Je ne sais pas si je dois intervenir. Si c'est ma place. Peut-être que je devrais appeler Ruby ?

La question ne se pose plus quand la porte grince tandis que je la pousse et annonce ma présence. Raven sursaute puis se retourne vers moi. Dans un geste de protection, elle essuie les traces de sa faiblesse d'un revers de la main et bondit sur ses jambes. Elle lisse les plis imaginaires de son pantalon à pinces et tente dans un vain espoir de dompter sa crinière qui cette fois paraît naturelle.

— Caroline, je... j'ai dû attraper un rhume ce matin.

Raven se saisit d'un mouchoir sur le guéridon à sa droite et tamponne son nez avec classe quand moi, j'aurais certainement soufflé dedans de manière disgracieuse. Je regarde derrière moi puis entre et nous enferme dans ce petit bureau *cosy*.

— Raven, si quelque chose ne va pas, je peux être une oreille attentive. Je sais que nous n'avons jamais été très proches, mais je suis là si tu as besoin.

Elle se redresse et carre les épaules. Ses traits reprennent leur dureté habituelle et si ses yeux rougis ne trahissaient pas sa tristesse, je pourrais croire que j'ai rêvé.

— Je t'aime bien, Caro, mais je viens de te dire que ça allait, me rabroue-t-elle. Je vais aller me reposer avant la soirée. Oh et je t'interdis de parler de ça à quiconque. C'est entendu ?

Je pourrais n'en avoir rien à faire, seulement, j'ai évolué. Je suis persuadée que quelque chose cloche et que ça lui ferait du bien de se confier. Malheureusement, je ne peux pas l'aider si elle ne le veut pas.

Lorsque je rejoins l'extérieur, le froid picote la peau nue de mes jambes et me fait frissonner. Je trottine dans mon accoutrement improbable jusqu'à la piscine. En après-skis, maillot et manteau, je me repasse la scène à laquelle je viens d'assister. Je sais ce que j'ai vu. Raven pleurait à chaudes larmes et malgré mes bonnes résolutions de ne pas me mêler de ses affaires, j'ai cette âme de saint-bernard qui me pousse à faire en sorte que les gens qui m'entourent se sentent bien. La sachant mal, je vais dorénavant être plus attentive à elle.

Je découvre Rosie immergée dans cette eau si chaude qu'une brume épaisse flotte dans l'air.

— Je peux me joindre à toi ?

Celle qui est devenue la maman débordée de deux bambins ouvre les yeux alors qu'elle semblait dans un autre monde. Un monde sans ses responsabilités du quotidien.

— Avec plaisir, sourit-elle. Ce silence et ce calme m'angoissent.

Je vire mes fringues rapidement en souriant à sa remarque puis descends avec précaution les marches. Un pur bonheur. Une eau chauffée à trente-trois degrés alors qu'on frôle le zéro à l'extérieur. Je nage jusqu'à Rosie qui barbote accrochée au bord avec une vue directe sur les pistes.

— Je suis étonnée qu'il n'y ait pas plus de monde ici, soupiré-je de bien-être.

— Faut croire qu'il n'y a pas beaucoup de courageux.

Je note que la bonne humeur qui teintait son visage encore ce matin s'est estompée. Décidément, il règne dans ce chalet une ambiance étrange qui ternit les caractères.

— Quelque chose ne va pas ?

— Oh, non ! Je me détends et je suis contente d'être là, mais... mes enfants et mon mari me manquent. Je n'ai pas l'habitude de faire des choses pour moi. Normalement, à cette heure, je cours pour ne pas être en retard à la sortie de l'école. D'ailleurs, je me fais violence pour ne pas sauter sur mon téléphone et appeler leur père pour m'assurer qu'il ne les a pas oubliés.

— Je suis sûre qu'ils vont tous parfaitement bien, plaisanté-je.

— Détrompe-toi. C'est la première fois qu'il gère les gosses et la maison sans moi. Je n'imagine pas comment je vais retrouver la baraque à mon retour, parce que sinon je plie bagage et je me casse.

Elle rigole et je l'accompagne.

— Il ne t'aide jamais aux tâches ménagères ou avec les enfants ? me risqué-je à lui demander.

— C'est un deal entre nous. Attention, ça me convient très bien. En fait, c'est notre mode de fonctionnement. Un peu archaïque, mais nous avons trouvé notre équilibre. Elis bosse dur. Il est chef d'équipe dans une grosse boîte dans le bâtiment. Il ne compte pas ses heures et me permet de rester à la maison pour élever nos garçons. J'apprécie vraiment d'être une maman au foyer et de gérer mes hommes.

Et je la crois. Depuis qu'elle évoque sa vie et sa famille, elle rayonne. Ses prunelles ont retrouvé cet éclat que je cherchais en arrivant il y a cinq minutes. Je la laisse poursuivre et s'épancher. Je sais à quel point ça peut être libérateur.

— Seulement, ces derniers temps, j'avais l'impression de n'être plus que ça. Une maman, une femme de ménage. Les courses, les entraînements de foot le samedi. Je dispute, deviens la vilaine sorcière qui sanctionne et monsieur rentre le soir et fout les pieds sous la table. Il se colle le bon rôle avec les gars. J'ai eu un ras-le-bol. J'avais l'impression de suffoquer. Elis ne comprenait pas mon épuisement. Alors quand j'ai reçu cette invitation, j'ai bondi sur l'occasion pour lui montrer que même si je ne ramène pas de salaire à la fin du mois, j'ai un rythme effréné. Bon, je ne te cache pas qu'il m'a suffi de quelques heures pour me rendre compte que ma vie est celle dont je rêvais.

Je l'écoute attentivement me confier ses doutes. Même si je n'ai pas les mêmes aspirations que ma copine et que mon côté féministe se révolte un peu, je l'admire. Ma priorité depuis que je suis devenue adulte était de réussir professionnellement. Peu de temps avant que je découvre Jonathan à genoux devant un mec, nous avions parlé de faire un bébé. Je me sentais prête. Lui avait émis des réticences, désirant profiter encore un peu de cette vie à deux. Ou à trois puisque je n'étais pas la seule dans son cœur. Je comprends mieux aujourd'hui pourquoi il avait besoin de temps.

— Bon, et toi ? reprend Rosie. Tu n'as pas raconté grand-chose. Tu cartonnes dans ton métier, mais le reste ? Qu'est-ce qu'il s'est passé dans ta vie depuis notre diplôme ?

Je déglutis péniblement. Pour faire passer ma gêne, je croise les bras sur le rebord de la piscine puis pose le menton sur mes mains. J'ai peur de lui révéler mon secret. Je crains la honte d'avouer mes échecs et je refuse de faire pitié. Alors je m'enfonce un peu plus dans mon mensonge.

— Rien d'intéressant, pour tout te dire. Avant de travailler avec Charlotte, j'ai bossé pour un assureur et...

Je me rends compte que mon existence est bien fade.

— J'ai beaucoup voyagé avant d'intégrer l'agence, continué-je. Mais maintenant, mon boulot me prend beaucoup de temps.

— Et donc, pas de mec ?

— Non. Comme le dit Jude, il vaut mieux vivre seul que mal accompagné.

Je botte en touche, mais mon amie n'en a pas fini avec ses questions.

— La dernière fois que nous nous sommes vues, tu étais toujours amoureuse de Pablo. Tu as réussi à l'oublier avec le temps ?

Je sais que sa curiosité n'est pas malsaine. Elle souhaite juste renouer le lien que nous avons perdu, mais je n'aime pas ressasser le passé. Surtout quand il s'immisce dans mon présent comme en ce moment. Je soupire et décide de jouer franc jeu. Après tout, mon ex montre de lui une image parfaite alors que dans le fond, il n'a rien de reluisant. Alors je lui raconte notre rupture, ma tristesse et l'espoir qu'il comprenne que j'étais la femme de sa vie. Elle est choquée et même si elle ne le dit pas, je sais qu'elle capte que tout n'est pas terminé.

— En fait, tu l'as attendu tout ce temps ?

— Non ! m'exclamé-je. Il y a prescription. Il m'a dit qu'il me quittait pour préserver notre amitié. Avec le recul, je trouve que c'était assez mature de sa part. Seulement, il n'a jamais gardé contact, alors je me demande à quoi ça a servi.

— C'est peut-être l'occasion de clôturer ce chapitre de ta vie. Je vois bien que ça te fait encore souffrir. Il suffit d'ailleurs de vous observer pour constater qu'il y a un truc entre vous. Une alchimie.

— On était amis depuis longtemps, c'est normal.

Je ne sais pas qui j'essaie de convaincre, mais visiblement ça fonctionne très mal. Je fais à présent face à la maison et bats des jambes. Elle réfléchit, regarde au loin puis soupire.

— Nan, je crois que malgré les années, l'attirance entre vous est toujours présente. Tu sais, je ne suis peut-être plus sur le marché, mais j'ai un sixième sens et je sais reconnaître deux personnes faites pour être ensemble. Et vous...

Elle s'évente le visage et manque de boire la tasse.

— N'importe quoi, ricané-je en rougissant. Je pense surtout que tu regardes trop de films à l'eau de rose. On est dans la vraie vie, pas dans une série pour adolescents.

— Mouais, si tu le dis. J'ai quand même été surprise quand j'ai appris qu'il était papa.

À ma tête, elle comprend que je n'étais pas au courant. Je crois que le sang a déserté mon visage et que mon cœur a raté un battement. Pablo a un enfant. Avec une femme.

À cette pensée, mon estomac fait un salto et mes mâchoires se crispent.

— Visiblement, le sujet de la mère est tabou, continue-t-elle en ralentissant son débit. Mais... tu ne le savais pas, c'est ça ?

— Comment aurais-je été au courant ? Comme toi, ça fait un bail que je ne l'avais pas vu.

Mon ton est agressif et mon masque tombe peu à peu. Je m'en veux tout de suite, mais je crois que Rosie ne s'en offusque pas. Elle comprend ma surprise.

— C'est vrai qu'il évite le sujet et parle très peu de lui. Il a montré une photo de la petite aux gars et Zack m'a dit que Pablo avait vraiment l'air d'être gaga de sa gamine.

— Zack parle trop..., bougonné-je.

— Ça a toujours été une fouine, celui-là. Bref, je suis soulagée que tu le prennes bien.

Ah bon ? Première nouvelle. Parce que moi, j'ai l'impression d'avoir pris un coup dans le ventre qui me coupe la respiration.

— Aucun problème, lâché-je pour clore le sujet.

Mauvaise foi, bonjour !

Je plaque un sourire tendu sur mes lèvres. Mon humeur se ternit, je me cramponne au rebord et j'ai envie de lui poser toutes les questions qui envahissent mon cerveau. Qui est la mère ? Sont-ils encore ensemble ? L'a-t-il aimée plus fort que moi ? Je ne connais pas celle qui a partagé cette intimité avec Pablo, mais je lui voue une haine féroce. Je suis bouffée par une jalousie que je contiens difficilement. Et je ne sais pas pourquoi, mais je ressens le besoin de me justifier à nouveau.

— Pablo et moi, c'est de l'histoire ancienne. Il n'y a plus rien et il n'y aura plus jamais rien.

— Donc tu ne verras pas de problème à ce que lui et les autres se joignent à nous dans la piscine ?

Une chair de poule parsème mon épiderme. Je ferme les yeux avant de me tourner et de le voir. Il rit en se dirigeant droit vers nous. Même en tenue de ski, il est à tomber. Je le regarde passer une main dans ses cheveux et les décoiffer un peu plus. J'ai toujours adoré ce geste que je trouve chez lui super sexy. Quand nous étions jeunes, il en jouait pour me taquiner et faire monter mon désir. Force est de constater que ça fonctionne encore aujourd'hui. Je m'enfonce un peu plus dans l'eau avec l'espoir vain de passer inaperçue. Si on se fait discrètes, il ne nous verra peut-être pas. En plus, maintenant que je suis en possession d'une certaine information, ma rancune est encore plus forte. Hier soir il me draguait alors qu'il a quelqu'un dans sa vie. Je prends cette nouvelle comme une trahison supplémentaire.

— C'est bien ce que je pensais, glousse Rosie.

— Chuuut ! Ils vont nous voir !

Elle se marre et comme toujours, mon seul moyen de défense, c'est l'attaque. D'un geste du bras, je lui envoie de l'eau au visage. Elle pousse un cri et m'arrose copieusement. Cette fois, c'est certain, je suis grillée.

8

Pablo

Ce temps passé sur les pistes de ski a été une bouffée d'air frais. Au sens propre comme au figuré. Le froid en cette fin d'après-midi commence à être mordant et j'ai à présent hâte d'aller me réchauffer près de la cheminée après avoir pris une bonne douche chaude. Les gars et moi nous sommes éclatés. Nous avons recréé les liens qui s'étaient rompus après que chacun a suivi sa voie. Pour la première fois depuis quatre ans, je ne me suis soucié que de moi. Je n'ai pas eu à m'inquiéter de l'heure ou de ce qu'on allait manger au dîner. Bien sûr, je pense à ma fille en permanence et je me fais la promesse de l'emmener au ski l'année prochaine. J'ai même réussi à mettre le restaurant dans un coin de ma tête et j'avoue que c'est très relaxant.

Zack est métamorphosé et je crois que sa transformation physique y est pour beaucoup. Il est ouvert et pas le dernier quand il est question de faire le con. En revanche, il n'est clairement pas doué pour le ski et a passé plus de temps les fesses dans la neige qu'à glisser. Qu'est-ce qu'on a ri ! Ça fait un bien fou, mais il me tarde à présent de raconter ma journée à Julia et de connaître la sienne.

— Dis donc, Joey, il se passe un truc entre Hope et toi ? demande Jude, friand de potins.

En réalité, cette question, tout le monde se la pose et il est évident qu'il y a anguille sous roche. Mon pote ne sait pas garder pour lui ce qu'il pense. Il est sans filtre. Ça lui a valu pas mal d'embrouilles, mais c'est aussi pour cette qualité que beaucoup de personnes l'apprécient. Joey, qui s'était quelque peu détendu, se rembrunit.

— Si on te le demande...

— Tu la kiffes, mec, ajoute Zack. Malgré son apparence, elle est sympa... quand elle ne nous insulte pas.

Il ricane à sa petite boutade, mais cette remarque ne semble pas plaire à celui qui se fait cuisiner et qui visiblement n'aime pas particulièrement qu'on s'immisce dans sa vie sentimentale.

— Avant de juger, apprends à en savoir plus sur la personne. Je t'aime beaucoup, Zack, mais si tu ne veux pas qu'on se prenne la tête, ferme-la.

Il accélère le pas et nous distance sans un mot de plus. Décidément, ce type est bizarre. On le pense ouvert à la discussion et accessible, mais la seconde d'après, il se referme. Il a l'air nerveux. Je me demande ce qu'il a vécu pour avoir ce voile sombre dans le regard. Malgré cela, je suis maintenant certain qu'il se passe vraiment un truc avec notre gothique. Je donne un coup d'épaule à Zack.

— Bien joué, lui lancé-je. Tu l'as vexé. T'as vraiment le chic pour mettre les pieds dans le plat.

— Je ne vois pas ce que j'ai dit de mal ! Franchement, il est chelou, ce mec.

Je me baisse et ramasse de la neige pour former une boule que je lui envoie pile sur le front, histoire de détendre l'atmosphère.

— Espèce de...

Il pose ses skis et me fait payer le prix de mon attaque. On devient de vrais gamins et bien sûr, on finit trempés. J'ai fait manger une bonne quantité de poudreuse à chacun de ceux qui m'ont accompagné. En retour, j'ai reçu pas mal de projectiles, mais sans vouloir me vanter, je m'en sors mieux que les autres. C'est hilares et frigorifiés que nous atteignons le chalet.

— Dis donc, je crois qu'il y en a qui se la coulent douce là-bas.

Zack hoche la tête vers la piscine où j'aperçois Caro et Rosie s'arroser dans l'eau fumante de la piscine extérieure.

— Vous pensez à ce que je pense ? demande Jude, les yeux brillants de connerie.

— J'en suis !

Le baraqué du groupe se désape déjà. Jude fait de même et moi je reste comme un idiot. Le regard braqué sur celui de Caroline qui à présent me supplie silencieusement de ne pas envahir son espace. Pas de bol pour elle, je suis un homme de défis. Alors comme mes amis, je vire mes fringues détrempées par notre bataille dans la neige et cours derrière eux en direction de la piscine. Les filles crient lorsque Jude et Zack sautent dans l'eau. Caro rit aux éclats mais se fige quand elle me voit avancer tranquillement vers elle. En boxer, les muscles tendus par le froid, je décèle son intérêt alors que ses yeux détaillent mon corps et s'attardent sur mon torse. Je travaille dur pour le dessiner et j'aime savoir que je lui plais malgré les années passées. J'en retire une réelle fierté. Je me les caille sévèrement quand même, mais je serre les dents et plaque un sourire séducteur sur mes lèvres. Celui qui ne relève que le côté gauche et qui la faisait craquer il y a dix ans.

— Hey, Aldo Maccione, arrête ton numéro de charme et ramène tes miches ! me hèle Jude en se marrant.

Je foudroie mon pseudo-meilleur ami du regard, mais ça n'a bien sûr aucun effet. Il rigole de plus belle. Pire, Caro détourne les yeux et discute avec les autres sans plus me porter d'intérêt. Qu'importe, je plonge non loin d'elle et ressors de l'eau façon pub pour gel douche en plaquant mes cheveux en arrière. Elle grimace ? La technique fonctionne pourtant dans les films…

— Joey n'est pas avec vous ? demande Rosie avec sa bonne humeur habituelle.

— Il fait la gueule. Encore…

Jude lève les yeux au ciel pour accentuer son dernier mot.

— Parce que tu as mis ton nez où il ne fallait pas, une fois de plus, le piqué-je pour me venger.

— Sache que je sais parfaitement où je mets mon pif et que jamais personne ne s'en est plaint.

Caro imite un haut-le-cœur et sa copine le frappe sur l'épaule.

— Non, sans déconner, vous ne le trouvez pas bizarre ? Ce n'est plus l'intello sympa du lycée. Il est froid, distant et j'ai l'impression qu'on ne peut rien lui dire sans qu'il nous saute à la gorge.

Zack a raison. Sans compter qu'il picole pas mal et fume un peu trop à mon goût. Mais qui suis-je pour lui faire la morale ? J'ai moi-même eu une période compliquée.

— Vous vous entendiez bien, intervient Caro. Tu pourrais peut-être discuter avec lui.

Le bodybuildé du groupe hoche la tête avant de reprendre.

— J'essaierai ce soir. D'ailleurs, je sens qu'on va bien s'amuser. Action ou vérité… J'ai l'impression d'avoir à nouveau dix-sept ans. Les boutons en moins.

S'il a l'air enjoué, moi, je crains le type de gages et de questions qui vont sortir. Ce genre de jeu peut vite dégénérer. Certaines vérités ne sont pas toujours bonnes à dire.

Caroline tente de garder une distance entre nous, mais ça ne m'empêche pas d'admirer ses formes. Divines. Elle est comme dans mes souvenirs. Des seins ronds et parfaits. Une taille fine, des hanches rebondies. Je me fais l'impression d'un ado en chaleur. Je n'avais pas ressenti ça depuis... Sam.

Non, en fait c'est différent. Avec ma femme, notre relation s'est construite dans le temps. Nous ne nous sommes pas sautés dessus au bout de cinq minutes, nous avons appris à nous connaître, à nous aimer. Si j'ai tout de suite été séduit, mes sentiments ont grandi en même temps que je devenais un homme. Notre relation était... romantique. Je ne sais pas si c'est le mot, je n'ai jamais été très doué pour évoquer ce que j'éprouvais.

Avec celle que je retrouve aujourd'hui, ce sont des pulsions presque animales. Même si nous ne sommes pas des inconnus l'un pour l'autre, nous avons tout à recommencer. Quelque chose m'attire vers elle. Un lien qui ne s'est pas rompu malgré les années. J'ai déconné avec elle et j'ai compris bien trop tard que je l'aimais. Mal, mais je l'ai aimée. Est-ce qu'il me reste des bribes de sentiments pour elle ? Je n'en sais foutre rien et en même temps, mon cœur est tellement brisé que je ne sais pas si je serai capable d'amour un jour. Je sais qu'il faut que je passe à autre chose, que je ne peux pas vivre dans le passé, mais c'est tellement difficile.

— Attention, bagarre ! hurle Jude qui me saute dessus et me noie, me sortant de mes idées noires.

Je donne un coup de pied au fond du bassin en lui chopant les chevilles, ce qui le fait basculer à son tour. Je remonte à la surface et avance vers Caro qui recule en secouant la tête.

— Non, non, non ! crie-t-elle. Tu ne vas pas faire ça sinon je...

Je ne la laisse pas terminer sa menace, l'attrape par la taille et la jette plus loin. Elle retombe dans l'eau tandis que Rosie s'en prend à Jude. Zack lui vient en aide.

— Bonne chance pour me battre ! s'exclame-t-elle. Je vous rappelle que j'ai deux gosses plus jeunes que vous et que je les mets à l'amende sans problème !

Elle arrive à se débarrasser d'un des gars, mais je n'ai pas le temps de savoir qui gagnera, car deux bras encerclent mon cou avant qu'une paire de jambes s'accroche à mes hanches. Caroline est dans mon dos et semble déterminée à me faire boire la tasse. Un délicieux frisson court le long de mon échine.

— Depuis le temps que j'attends ce moment où je pourrais me venger de tout ce que tu m'as fait endurer !

OK, elle a la rancœur tenace.

Bien qu'elle y mette de la force et qu'elle tente d'appuyer sur mes épaules, elle est loin de réussir sa mission. Je prolonge l'instant juste pour sentir son corps moulé au mien. Des flashs me reviennent en mémoire. Je la revois dans mes bras, frémissante, réceptive. Perdu dans le passé, je suis déstabilisé et termine sous l'eau. J'attrape ses cuisses, prends une nanoseconde pour les caresser du bout des pouces et la bascule en arrière.

Quand elle refait surface, elle explose de rire avant de rougir et de replacer ses cheveux en pagaille. Moi, l'espace d'un instant, je retrouve ce truc dans mon ventre. Ce truc qui me crie que mon cœur est complètement brisé, mais que je décide d'ignorer. Juste parce que ça me fait me sentir bien. Vivant. Enfin.

Nos éclats de voix et de rire ont rameuté certains de nos anciens camarades qui se sont joints à nous. Nous avons improvisé un aqua-volley entre mecs alors que les filles se sont assises sur le petit banc immergé et se sont fait masser par les jets d'eau. Nos regards échangés avec Caroline me déstabilisent. J'ai même surpris plusieurs sourires timides à mon intention. Seulement, je prends conscience que la nuit tombe doucement et que j'ai oublié ma fille. Il est dix-neuf heures trente quand je demande l'heure à Jude qui ne quitte jamais sa montre connectée. Je sors de l'eau rapidement et ramasse mes fringues sous les sifflets de mes coéquipiers.

— Qu'est-ce que tu fous ?! On était en train de gagner !

Je ne sais même pas qui me parle. Je ne me retourne pas. Rien ne compte plus que Julia. Et s'il lui était arrivé quelque chose ? J'enrage d'avoir retrouvé mon insouciance. J'ai perdu le sens des responsabilités et je m'en veux.

Ma peau, d'ordinaire hâlée même en hiver, est rougie par la différence de température, mais je ne sens pas la morsure du froid. Je cours dans la neige à demi nu. Lorsque j'atteins la maison, je grimpe quatre à quatre les marches et me précipite dans ma chambre. Je balance mes vêtements dans un coin et lance l'appel vidéo sans attendre. Les sonneries s'égrènent...

— Papa !

Le visage de ma poupée apparaît et je revis. Ses cheveux sont tressés et encore humides de son bain. Elle porte le pyjama rose que je lui ai acheté avant de partir.

— Ça va, mon cœur ? tenté-je de me reprendre, encore sous le coup de l'adrénaline.

— Trop bien ! Mamie, elle a fait des crêpes et elle a dit que ze pouvais même mettre de la chantilly. Et demain, elle m'emmène aux manèzes !

J'apprends ensuite qu'elle a opté pour un puzzle comme cadeau d'anniversaire pour la copine chez qui elle est invitée et qu'elle a eu le droit de choisir elle aussi une bricole. Bricole qui s'avère être un nouveau baigneur qu'elle a nommé Arthur, comme son nouvel amoureux. Je pensais pouvoir attendre un peu avant de devoir mettre des barreaux aux fenêtres et de foutre une alarme anti-intrusion pour dissuader les garçons de lui rendre une petite visite sans être annoncés. Visiblement, mon ange est précoce...

— C'est qui cet Arthur ? grogné-je. Je croyais que c'était ton papa le plus beau ?

Elle glousse en se tortillant. Mon Dieu, ce que je l'aime.

— Arthur est encore plus zoli. Et il a dit qu'il voulait se marier avec moi.

— Maman ? C'est quoi cette histoire ? Maman ?

— Du calme, Pablito, tente-t-elle de m'apaiser alors que Julia semble absorbée par la télévision. Elle a quatre ans. Ça lui passera.

— Je vais la changer d'école et l'inscrire dans un pensionnat pour filles.

Le pire, c'est que j'y songe sérieusement. Ma mère se moque de moi puis prend de mes nouvelles.

— C'est génial ! Avec Jude, on s'éclate vraiment bien. À tel point que j'en avais oublié de vous téléphoner. J'étais dans la piscine et...

— Pablito, je suis heureuse pour toi et comme tu le vois, la petite se porte à merveille. Alors arrête de stresser. Profite. Et sinon... tu t'entends bien avec tout le monde ?

Je vois exactement où elle veut en venir avec ses yeux qui brillent de curiosité et son air malicieux.

— Oui, maman. Tout le monde est très sympa.

— Et il y a cette fille que tu fréquentais ? Carine, je crois ?

Elle a toujours très mal joué la comédie et ça ne s'arrange pas avec le temps.

— Caroline, et tu le sais parfaitement. Oui, elle est là et elle m'adresse très peu la parole. Donc arrête de te faire des films.

Et c'est vrai, nous échangeons des regards, ça, pas de problème, mais nous avons très peu parlé. Ce que je sais, je l'ai appris en l'écoutant discuter avec d'autres.

— Il te reste quelques jours pour renouer les liens que vous aviez à l'époque.

Elle assortit sa remarque d'un clin d'œil alors que Julia crie famine. Je lui dis que je l'aime de toutes mes forces et raccroche. Je sais que je suis un poil trop protecteur et possessif avec ma fille, mais à ma décharge, je suis son père. Je dois pallier le manque de sa maman disparue, lui donner le double d'amour. J'ai peur de ne pas être assez présent. Je me remets tranquillement de mes émotions quand Jude apparaît. Je le regarde en penchant la tête sur le côté et explose de rire.

— Je peux savoir pourquoi tu es bleu et que tu claques des dents ?

Il se précipite dans la salle de bains et fait couler l'eau de la douche avant de m'expliquer :

— Charlotte a débarqué de nulle part alors que je sortais de la piscine. Je te rappelle que tu es parti comme si tu avais le feu aux fesses, alors je me suis inquiété et j'ai voulu voir ce qu'il t'arrivait.

— Fallait que je téléphone à Julia.

— Oui, bah je ne l'ai compris qu'après que cette traîtresse m'ait surpris en se pointant en bikini riquiqui. Résultat, j'ai glissé et je suis tombé le cul dans la neige.

— Mais je croyais que tu étais sur Raven...

— Je sais bien. Mais avec la sœur de Caro, c'est... Je l'aime bien.

— Étant donné ton air débile, tu l'aimes plus que bien.

Il sourit niaisement avant d'être pris d'un frisson qui me rappelle que moi aussi je suis en caleçon et que je me les pèle sévère. Alors qu'il file se réchauffer dans la douche avant de choper la crève, je fouille dans mon sac à la recherche de ma tenue pour ce soir et lui crie :

— Tu lui as dit pour ton ex ?

— Et toi, tu as parlé de Samantha à Caroline ?

— On a à peine échangé quelques mots, me renfrogné-je.

Pourtant, pour la première fois en quatre ans, j'ai envie de jouer franc jeu et de vider mon sac.

Après un repas rapide à base de pizzas, nous sommes tous réunis dans la grande pièce principale. La musique est à son maximum et tout le monde reprend en chœur les paroles de Michel Teló.

— *Ai se eu te pego !*

Les filles enchaînent la chorégraphie et moi, je ne cesse d'observer les déhanchés de Caroline. J'ai été son premier amant et lui ai appris pas mal de choses. Je me suis senti honoré, fier et empli d'une mission lorsqu'elle m'a avoué sa virginité. Avec elle, j'ai découvert ce que c'était de faire l'amour. Elle me jette des coups d'œil pour s'assurer que je l'ai en ligne de mire.

T'inquiète, bébé, je ne vois que toi.

L'ambiance est à son comble et ça faisait longtemps que je ne m'étais pas autant amusé. Jude me rejoint et me tend une bouteille de bière que j'accepte volontiers.

— Tu devrais aller lui parler.

Je me tourne vers lui en lui faisant croire que je ne comprends pas de quoi il parle.

— Tu sais parfaitement ce que je veux dire. Va parler à Caroline !

Pile au moment où il articule et hurle sa dernière phrase, la musique s'arrête pour enchaîner avec un autre tube de 2012, l'année de notre *graduation*. Je lève la tête illico pour vérifier que celle dont on parle n'a rien entendu. Heureusement, elle est tournée vers Rosie alors qu'elles chantent « Diamond » de Rihanna. Je soupire, mais ne manque pas de rabrouer mon ami qui commence sérieusement à me gonfler.

— Tu ne peux pas la fermer !

Il recule et semble vexé que je le rembarre ainsi.

— Et toi, quand est-ce que tu vas arrêter d'être aussi débile ? se renfrogne-t-il.

Dans le fond, je sais qu'il a raison. Il a toujours agi pour mon bien et comprend souvent avant moi ce qui est bon pour moi. Hors de question de me brouiller avec mon meilleur pote.

— Je vais le faire, OK, cédé-je en soupirant, vaincu.

— Alléluia ! Vous nous chauffez tous, là, avec vos regards de braise. Et il est temps de faire retomber cette pression qui te dévore.

Je sais que je dois le faire. Au moins pour m'excuser de mon attitude de l'époque. Je suis persuadé d'avoir pris la bonne décision en la quittant et elle n'a émis aucune objection. Après notre séparation, j'ai fait comme si rien ne s'était passé et continué ma vie comme avant notre histoire, sans faire attention à elle. Je me rends compte que j'étais un abruti. Ça, je veux bien l'admettre et lui demander pardon. Pour le reste... je suis paumé.

Caro glisse un mot à l'oreille de sa partenaire de danse et se dirige vers le couloir. Jude me pousse.

— Le destin veut que ça soit maintenant, mon frère.

Je grogne mais finis par obtempérer. Un truc assez désagréable gigote dans mon ventre. Je ne suis pas serein, mais décidé à briser la glace entre nous.

9

Caroline

Raven m'évite et se tient le plus loin possible de moi. J'ai bien remarqué qu'elle n'était pas aussi volubile et expansive que d'habitude. Quelque chose en elle a changé, bien qu'elle s'évertue à montrer le contraire. Mais moi, je sais, je l'ai vue pleurer et ce n'est clairement pas dû à un petit microbe comme elle s'en est justifiée. Ça ne m'empêche pas de m'amuser avec les filles en reprenant les chorégraphies et les paroles des tubes de nos années lycée. Si au début, j'avoue avoir volontiers trouvé le thème de la soirée super ringard, j'ai changé d'avis. Qu'est-ce que je m'éclate ! Charlotte m'entraîne dans ses pas et je ne me fais pas prier pour la suivre en remuant des hanches. Je lâche totalement prise et retrouve peu à peu mon insouciance.

J'ai terriblement chaud et la présence de Pablo n'arrange pas mon état. Son regard braqué sur moi. Sa façon de mordiller sa lèvre alors que je remue les fesses en relevant mes cheveux. Au départ, je maîtrisais la situation et ça faisait partie du plan. Et puis, au fur et à mesure de la soirée, mon corps s'est échauffé, mes sens se sont enflammés et mon cœur s'est mis à palpiter. Ses yeux longeaient chacune de mes courbes, s'arrêtaient sur mes seins, puis mon postérieur que je n'hésitais pas à bouger sensuellement sous son nez. Je suis en train de déraper et de me prendre à mon propre jeu.

J'ai besoin de m'aérer l'esprit avant de faire une bêtise que je regretterai certainement demain. Je m'excuse auprès de Rosie avec qui je m'amuse follement malgré ma mission séduction.

Au moment où j'atteins la porte de la salle de bains du rez-de-chaussée, je ressens sa présence. Je tente de ne pas m'y attarder et de faire comme si je ne l'avais pas remarqué. Mais seule dans ce couloir, difficile de l'ignorer.

— Caro ?

La main sur la poignée de la porte, je ferme les yeux un instant. Juste le temps de calmer le feu que sa voix allume dans le creux de mon ventre.

Je respire profondément avant de me retourner vers lui.

— On peut parler ?

— J'allais me rafraîchir et je...

— S'il te plaît.

Je fonds littéralement face à cet homme d'ordinaire si sûr de lui et qui devant moi perd toute sa confiance. Alors, évidemment, j'accepte d'un hochement de tête. Je le suis tandis qu'il monte à l'étage et ouvre la fameuse porte interdite.

— Tu sais qu'on n'a pas le droit d'être ici ? tenté-je pour détendre l'atmosphère lourde.

— Je n'ai jamais été très doué pour suivre les règles.

— Je ne te le fais pas dire, marmonné-je en m'installant dans un fauteuil suspendu.

Il ne relève pas ma pique et referme derrière lui. Je tente de réguler les battements de mon cœur en basculant la tête en arrière. Comme hier, je me perds dans le ciel étoilé. Il n'y a pas un nuage malgré la saison. Comme si, ici, rien ne venait ombrager le temps. Du bout du pied, je pousse sur le sol pour me balancer légèrement. Il est là, derrière moi. Il ne prononce pas un mot, mais j'entends sa respiration qui accélère, je sens l'odeur de son parfum. Ce n'est pas le même que lorsque j'aimais nicher mon nez dans son cou lorsque nous étions ados. Je décèle à présent des notes boisées, poivrées et enivrantes. Pourquoi m'a-t-il demandé de parler s'il ne dit rien ? Ce n'est pas à moi de faire le premier pas. Peu importe si depuis hier, je me rends compte que mon cœur ne l'a pas totalement oublié. Comment le pourrais-je ? Je l'ai aimé durant plus de quatre longues années. Pablo a marqué ma vie et il ne le sait même pas. Il ne se doute pas à quel point il m'a fait mal. C'est ça que je veux lui avouer. Pour qu'il prenne conscience de son comportement odieux. Je veux le blesser pour qu'il souffre lui aussi. Mais les mots se mélangent et ne sortent pas. Et il y a sa fille… peut-être sa femme… Je ne suis pas une briseuse de ménage.

Je soupire pour lui signifier mon impatience, prête à rejoindre Rosie et le planter là. Sauf que mon fauteuil ne se balance plus. Il s'est approché. Beaucoup trop près. Comme dans cette piscine quand ses mains m'ont touchée. Je ressens encore leur douceur sur ma peau en surchauffe. Je retiens autant que je le peux un frémissement. Ce fameux frémissement qui pourrait déclencher un tremblement de terre à l'autre bout du monde et tout dévaster sur son passage. Heureusement, je suis une femme de principes, et même si plus jeune il m'a fait souffrir, j'ai décidé qu'il ne me prendrait plus dans ses filets. Cette époque est révolue, je ne me ferai plus avoir.

En tout cas, c'est ce que je m'échine à me répéter, mais force est de constater que ce n'est pas très efficace.

— Caro, je tiens à te présenter mes excuses pour ce qui s'est passé entre nous il y a dix ans, me coupe-t-il dans mes réflexions. J'étais jeune et j'ai fait beaucoup de conneries. Je ne peux pas revenir en arrière, mais sache que si tu m'en laisses l'opportunité, j'aimerais te prouver que je ne suis pas quelqu'un de mauvais.

Qu'est-ce qu'il veut dire ? Qu'il regrette ? Il me contourne et se plante devant moi. Je remonte mes yeux de son bassin à son torse, longe son cou et atteins son visage. Je détaille ses expressions, cherche où est le piège. Je ne vois rien que de la sincérité. Ses prunelles brillent dans la nuit et me déstabilisent. Je note une certaine nervosité quand il passe ses mains dans ses cheveux.

— Tu m'as fait mal, annoncé-je la voix tremblante.

— Je sais.

— J'ai beaucoup pleuré.

— J'en suis conscient à présent.

Je gagne de plus en plus en assurance. Enfin, je vide mon sac et ça me fait un bien fou. Alors, je poursuis :

— Je t'ai aimé. Sincèrement. Non, en réalité, j'étais folle de toi. Trop longtemps... J'ai même l'impression aujourd'hui d'avoir perdu quatre ans de ma vie ! Je t'ai offert ce que j'avais de plus précieux. Et toi, tu... tu t'es foutu de moi alors que tu savais ce que je ressentais. Pourquoi m'as-tu séduite ? Pourquoi être sorti avec moi ? Je n'étais pas comme toutes ces filles avec qui tu passais du temps ! Je valais plus que ça !

Je ne pleure pas. Non, je n'ai plus de larmes, juste de l'aigreur et de la déception. Tout au long de mon discours, je n'ai pas baissé le regard. Je veux qu'il comprenne que je lui en veux réellement. Et puisque je suis lancée, je ne lui laisse pas le temps d'argumenter.

— À cause de toi, j'ai perdu confiance en moi et en les hommes.

— J'ai changé.

Je ricane en levant les yeux au ciel.

— Tu m'excuseras, mais j'en doute.

— Mets-moi au défi.

— Ce n'est pas un jeu, Pablo. On n'a plus dix-sept ans.

Il baisse la tête.

— Tu dois entendre que je ne suis plus celle que tu as connue et qui disait « amen » dès que tu ouvrais la bouche. Cette époque est révolue.

Un voile de tristesse tombe sur ses traits avant qu'il se redresse et fixe son regard dans le mien. Une question me brûle les lèvres et même si sa réponse peut m'achever, je n'hésite plus à la poser.

— M'as-tu seulement aimée ?

— Je...

Non, Pablo ! Finalement, je ne veux pas savoir. Laisse-moi l'espoir de penser que je n'ai pas été qu'une parmi tant d'autres.

Il recule et soupire en me tournant le dos pour observer l'extérieur.

— J'ai compris trop tard que tu avais une place importante dans mon cœur. C'est souvent quand on perd une personne qu'on s'aperçoit à quel point on tenait à elle. Et j'étais trop fier. Après, il y a eu le restaurant. Je voulais apprendre, devenir le meilleur et faire ma place dans ce milieu très fermé. Et...

Je tente de ralentir ma respiration. Je tortille nerveusement mes doigts en comprenant que j'ai existé, mais pas comme je l'imaginais. Il ne dit pas qu'il avait des sentiments. Il tenait seulement à moi. Pablo me fait à nouveau face et s'assoit sur le banc à quelques mètres de moi.

— Je t'ai quittée à l'époque parce que..., hésite-t-il. Parce que j'avais peur.

Je ris à nouveau pour lui montrer que je n'y crois pas une seconde.

— Peur ? Le grand Pablo n'avait peur de rien. Il paradait, profitait sans se soucier des autres. Pas même de celle à qui il « tenait ».

Je mime les guillemets pour renforcer l'ironie de ses derniers mots.

— Tu es injuste. Oui, j'insiste, tu comptais pour moi. Je veux dire, vraiment. Tu as été une amie avant de devenir ma copine. Et je n'avais pas des masses de véritables amies. Il y avait aussi ma réputation. Je voulais bouffer la vie par les deux bouts et je me suis perdu. C'était plus facile de te quitter que de t'avouer que je commençais à tomber amoureux de toi.

— Je ne comprends pas, soufflé-je.

Il m'aimait ? Mais il a rompu ? Je suis paumée...

— J'ai flippé. Je n'ai pas d'autre excuse que celle-là. Mais oui, j'avais des sentiments pour toi. Et je te remercie pour tout ce que tu m'as apporté à l'époque, Caro. OK, tu m'en veux, j'ai pigé. Et peut-être que tu ne voudras plus me parler ensuite. J'accepterais même si je trouverais ça dommage. On a grandi, changé, mais je sais que dans le fond, ce truc qui fait qu'on s'entendait bien n'a pas disparu.

J'intègre ce qu'il me confie et peu à peu, je me sens plus légère. J'ai compté pour Pablo. Même après m'avoir quittée, il a pensé à moi. C'est comme si un poids quittait mes épaules. Comme si mon cœur retrouvait un rythme normal alors qu'il y a une minute, il était comprimé et douloureux.

— Dis quelque chose, me supplie-t-il presque.

— Quel âge a ta fille ?

Je ne sais pas pourquoi je lui demande ça. L'envie de le connaître mieux, peut-être. De jouer cartes sur table pour repartir à zéro. D'abord surpris, il se met ensuite à sourire. Un sourire qui illumine son visage et fait bondir mon cœur.

— Quatre ans. C'est ma mère qui la garde.

Sa mère ? Où est donc la maman de la petite ?

— Elle est très curieuse, intelligente aussi et espiègle. Elle adore le rose et les licornes.

Je souris en pensant qu'elle s'entendrait très bien avec Charlotte. Son émotion lorsqu'il parle de son enfant me chamboule.

— Tu m'as troublé, dans la piscine, tout à l'heure, et j'ai oublié l'heure. J'ai promis de l'appeler tous les soirs après son bain. C'est pour ça que je suis parti précipitamment.

Je l'ai troublé...

Il sort son téléphone de la poche de son jeans et pianote dessus avant de tendre le bras.

— Je te présente Julia.

Je découvre une petite fille avec les yeux de son père, pétillants et rieurs. À part ça, ses cheveux sont blonds et bouclés et son teint est pâle alors que Pablo a la peau et la tignasse brunes de ses origines italiennes. Sur le cliché, la petite rit aux éclats, perchée sur les épaules de son papa.

— Elle est très belle.

Je n'en reviens pas qu'il ait un enfant. Ça me semble tellement irréel.

— Merci. Je l'aime plus que ma vie.

Je lui souris. Son émotion est palpable et me touche.

Même si j'aimerais le détester, je n'y parviens pas.

— Est-ce que tu crois qu'on peut redevenir amis ? me demande-t-il en se levant.

Amis ? En suis-je capable alors que malgré mes bonnes résolutions, mes sentiments pour lui sont en train de renaître de leurs cendres ? Puis-je encore être la bonne copine et mettre sous le tapis ce que je ressens ? Cette histoire de le faire payer ne me ressemble pas. J'ai beau m'en persuader, je ne suis pas rancunière. Enfin si... mais je sais aussi pardonner.

— OK, réponds-je simplement. Je peux essayer, mais je ne te garantis rien.

Ses lèvres s'incurvent vers le haut puis il me tend la main. Je me lève, l'attrape et la serre dans la mienne en signe de paix. Une douce chaleur se répand dans mon bras et se propage dans ma nuque puis va se nicher dans mon ventre. Le temps s'étire et nos yeux ne se lâchent plus. Mon pouls bat la chamade et je retiens de justesse un gémissement.

Je renoue avec ces sensations que je m'étais promis de ne plus éprouver. Jamais il ne m'a regardée comme il le fait aujourd'hui. Et pourtant, Dieu sait à quel point je l'ai espéré ! Sa bouche s'entrouvre et le bout de sa langue vient lécher sa lèvre supérieure. Mon souffle se raréfie alors qu'il avance encore. Nous ne sommes plus qu'à quelques centimètres l'un de l'autre. Je dois lever la tête pour garder ses yeux en ligne de mire. C'est un moment d'une grande intensité. Et c'est à cet instant que la voix stridente de ma sœur résonne derrière la porte.

Le *timing* est parfait. Vraiment, elle n'en rate pas une.

— Je ne dirai rien à Caro et tu feras de même avec Pablo.

— Deal, répond celui que j'identifie comme étant Jude.

Celui qui me trouble à bien des égards cligne plusieurs fois des paupières avant de chuchoter :

— Jude et Charlotte ?

— Je crois bien. Attends...

Après un instant de silence, un bruit sourd contre la cloison et les exclamations de Chacha.

— Aïe ! Vas-y mollo, tu viens de m'assommer. Je ne fais pas dans le SM si c'est ça que tu kiffes.

— Tu me rends dingue.

— Ah oui ? Dingue comment ?

Voilà que maintenant elle minaude... *C'est dégueu.*

— Oh putain ! murmuré-je. Ils vont s'envoyer en l'air !

Pablo éclate de rire discrètement. Je lui donne une tape sur le torse pour le punir.

— C'est pas drôle, il s'agit de ma sœur. Fais quelque chose.

— OK, on va s'amuser un peu... Suis-moi.

Il m'entraîne derrière lui puis se retourne pour m'intimer de me taire. Charlotte et Jude. Je vais vomir... Je suis l'aînée et, si j'ai conscience que ma sœur a plus d'expérience que moi dans certains domaines, je m'échine à me persuader qu'elle n'a pas de vie sexuelle. Pablo pose la main sur la poignée et l'ouvre d'un coup sec. Même si les deux ados en chaleur bondissent et s'écartent l'un de l'autre très vite, j'ai eu le temps de voir la main de Jude sur la poitrine de ma frangine et la langue dans sa bouche. Je grimace avant de froncer les sourcils.

— Ah bah vous êtes là ! s'exclame Charlotte après s'être raclé la gorge. On vous cherchait partout.

— Une chose est sûre, on n'était pas dans la bouche de Jude, grondé-je, outrée par son attitude.

Elle glousse tandis que Jude ne se mouille pas et sourit comme un idiot avant de lancer un clin d'œil à son pote.

— On ne faisait rien de mal. On...

— Vous nous cherchiez, la coupé-je alors qu'elle s'enfonce dans son mensonge. Ouais, tu l'as déjà dit.

J'ai envie de lui crier que je vais le dire à papa et maman puis de lui tirer la langue comme quand nous étions gamines.

— Et vous alors, vous admiriez les étoiles, peut-être ?

Je rêve ou elle inverse la situation ? Je ne sais pas pourquoi, mais je la jalouse un peu. Pas que je veuille embrasser Jude. Berk ! Non, je l'envie de ne pas se prendre la tête et de profiter de l'instant présent. Moi, je tergiverse, monte des plans diaboliques de vengeance que je suis incapable de mener à bien parce que finalement, je craque encore pour Pablo. Alors, je continue et me justifie avec ma mauvaise foi habituelle :

— Pas du tout, nous faisions la paix, figure-toi. Pas vrai Pablo ?

Au moins, moi, je me rapproche de la vérité. Bien évidemment, je ne lui avoue pas que nous étions à deux doigts de nous embrasser. Que s'ils ne s'étaient pas pointés, j'aurais cédé à mes pulsions. Des amis ne font pas ce genre de choses...

J'attends que celui qui me fait tourner la tête se prononce et lui donne discrètement un coup de coude pour le faire réagir.

— La paix, répète-t-il. Oui, c'est ça, nous sommes potes. De bons potes !

Il en fait des tonnes et évidemment Charlotte n'en croit pas un mot. Elle me scrute en plissant les yeux et tente de lire en moi.

— Bon, on rejoint les autres ? lancé-je pour dévier l'attention de ma fouineuse de frangine qui me doit elle aussi des explications.

10

Pablo

Les lumières du plafond ont été éteintes au profit de celles du sapin, des bougies et des flammes qui crépitent dans la cheminée. Rosie nous a préparé des chocolats chauds avec chantilly et coulis de caramel. Elle est également allée chercher des bonshommes en pain d'épices à l'épicerie. Je crois qu'elle veut reproduire les soirées qu'elle passe avec sa famille. Je me régale et me marre quand Jude me regarde et que je remarque de la crème fouettée sur le bout de son nez. Évidemment, en bon copain que je suis, je ne lui dis rien.

Pour le moment, tout est sous contrôle. Pour nous mettre dans l'ambiance, Raven a mis en sourdine une playlist de Noël et nous sommes tous rassemblés dans la partie salon de la pièce de vie. Certains sont assis sur l'immense canapé, d'autres sur le tapis moelleux ou encore sur des chaises. Deux saladiers sont disposés sur la table basse et attendent qu'on y plonge la main. Notre hôte énonce d'ailleurs les règles.

— OK, alors ici il y a des actions et là des vérités. Chacun son tour, on lance le dé et on pioche le papier désigné. Je compte sur vous pour être le plus honnêtes possible. Si vous vous défilez, je me réserve le droit de vous donner un gage. Je vous préviens, il peut être pire que le reste. Je sais qu'il y a beaucoup de non-dits, de rancœurs ou de fausses idées sur telle ou telle personne. Alors c'est le moment de tout mettre à plat. Après ce soir, rien ne sera plus pareil.

Elle fait un tour d'horizon, scanne son public pour être sûre que nous ayons bien compris le but de ce jeu débile, mais qui sera certainement l'occasion de belles découvertes. Je vois quelques-uns de mes camarades qui commencent à manifester leur angoisse en se rongeant un ongle ou en baissant la tête. Jude et Zack, eux, se frottent les mains, contents d'ajouter leur grain de sel, histoire de mettre l'ambiance. Hope semble n'en avoir rien à faire et mange des chips sans aucune discrétion en mettant des miettes partout. Joey a largement abusé de l'apéro, mais tient visiblement bien la route. Une question d'habitude ? Je dois me pencher sur la question, parce que ce type m'inquiète. Ruby est droite comme un I, un sourire figé sur le visage. Rosie et d'autres ont hâte que nous débutions. Quant aux sœurs Servois, elles chuchotent entre elles. Je ne crois pas me tromper en disant que je suis l'objet de leur conversation. Régulièrement, leurs regards bifurquent dans ma direction.

Pendant que Raven poursuit ses explications, je me replonge quelques minutes plus tôt. Pour la première fois en quatre ans, j'ai ressenti cette envie de me projeter plus loin que ce chalet, que cette semaine hors du temps, de ma vie. J'ai revu Caroline fragile, attentive à mes paroles et réceptive. Ça oui, elle l'était. Bien qu'elle se soit évertuée à garder une distance raisonnable entre nous, tout son corps réagissait à ma présence près d'elle. Comme avant. Comme quand il n'y avait pas ces barrières entre nous. J'ai été franc. C'est vrai, j'étais perdu à l'époque. Je voulais ma liberté et en même temps cette belle histoire qu'elle me proposait. Je savais que ce n'était pas compatible, que je la ferais souffrir. Sur le coup, je me suis senti soulagé quand je l'ai quittée. Mais très vite, elle m'a manqué. Et c'est là que j'ai compris que j'avais des sentiments pour elle. C'est ma faute.

Alors je lui ai avoué tout ça. Plus ou moins maladroitement et pas forcément en ces termes. Je ne me souviens plus exactement des mots que j'ai employés. Elle m'a troublé. Son regard affamé sur moi. Ses reproches. Ces choses qu'elle m'a dites et que je savais déjà, mais qui n'ont fait qu'accentuer mes regrets.

Je ne sais pas si elle effacera l'ardoise et si elle arrivera à me pardonner.

Je me rends compte que je ne sais toujours rien d'elle. Comme moi, elle cache des secrets qui lui pèsent. Je compte sur ce jeu pour peut-être en apprendre davantage.

Quand je pense que j'ai failli l'embrasser... Le contact de sa main dans la mienne. Ces délicieux frissons le long de mon échine. Mon cœur qui semblait ne pas vouloir calmer sa course dans ma poitrine. Et ses yeux si expressifs. Elle désirait autant que moi que nous allions plus loin. Malgré ces ressentiments, ses reproches et ce mur qu'elle s'évertue à bâtir entre nous.

Je suis persuadé que si sa frangine et mon imbécile de pote ne nous avaient pas dérangés, j'aurais à nouveau goûté ses lèvres. Et après, quoi ? Comme il y a dix ans, je prends mes cliques et mes claques et je disparais de sa vie ? Je ne suis plus cet homme-là. Samantha m'a appris à être quelqu'un de bien et j'ai grandi en même temps que Julia. Lui proposer cette histoire que je nous ai volée ? Impossible, je suis trop brisé. Mon cœur ne peut plus aimer. Il appartient à ma défunte femme. Je ne m'amuserai pas avec Caroline. Elle ne le mérite pas. Mais c'est tellement dur de taire cette attirance...

Je sors de mes pensées quand Raven pioche le premier papier dans le saladier « action ». Elle a perdu de sa superbe et devient blême.

— Fais un compliment à la personne en face de toi...

Voilà qui va être intéressant, car celle qui lui fait face n'est autre que… Hope !

— J'ai hâte d'entendre ta réponse ! glousse Jude.

La gothique a fait fort avec son look, ce soir. Des lentilles blanches, un haut en résille totalement transparent, des bouts de scotch rouge en forme de croix sur les tétons, une jupe en cuir et des boots à plateforme vertigineuses. Son maquillage fait flipper, mais je dois avouer que sous son déguisement, on devine un corps parfaitement proportionné. Elle se redresse, croise les genoux, pose ses coudes dessus et son menton sur ses mains. Un sourire sournois étire ses lèvres peintes en noir et elle attend un mot gentil de la part de l'instigatrice de ce jeu.

— Interdiction de se défiler ou bien le gage sera terrible, lance Zack en se bidonnant.

Il récolte un grognement, mais la fausse blonde se colle à l'exercice non sans grimacer.

— Hope, tu as… de très jolis… lobes d'oreilles.

Tout le monde explose de rire. Il faut savoir que la gothique a des écarteurs d'oreilles immenses. Raven se rassoit avec classe et distinction avant de lever le menton, fière d'avoir relevé le défi. Hope secoue la tête, mais à ma grande surprise, elle ne renchérit pas. Elle ne cherche pas la petite bête et je crois même apercevoir une pointe d'amusement dans son regard.

— À moi, se réjouit Zack.

Il lance le dé et tombe sur une vérité. Il pioche et lit.

— De qui étais-tu secrètement amoureux en terminale ?

Il rougit, mais ne se départit pas de son sourire.

— De Pablo !

Hein ?

Silence dans l'assemblée. Nous le regardons tous les yeux grands ouverts. Quant à moi, je crois que je bugge. Charlotte est la première à réagir.

— Attends, tu nous as dit que tu étais marié à une femme ?

— Oui, bah, j'ai eu quelques semaines d'égarement. Ça arrive à tout le monde !

— Pas à moi, déclare vivement Joey.

L'intello se renfrogne en croisant les bras sur son large torse.

— Vous me faites rire. Je crois que j'ai dragué toutes les filles du lycée et pas une seule n'a répondu positivement à mes avances. J'avais les hormones en folie et M. Veroni se pavanait avec tous ses muscles et ses dents blanches... J'ai flanché ! Voilà, vous êtes contents ?!

Pas de doute, il fait preuve d'une réelle franchise. Je suis bouche bée.

— Mais ça n'a pas duré longtemps, hein ! Juste quelques semaines. Après, il y a eu une nouvelle en troisième et j'ai décidé de rester hétéro. Désolé, beau gosse, mais je préférais te garder comme pote. Finalement, tu n'étais pas mon style.

Waouh ! C'est... surprenant. Je pensais bien qu'on allait découvrir des trucs, mais de là à apprendre que Zack en pinçait pour moi il y a dix ans... Ses épaules tressautent, un gloussement sort de sa gorge avant qu'il se plie en deux et rie aux éclats.

— C'est pas vrai ! Vous m'avez cru ?

— T'es vraiment un abruti ! m'exclamé-je en me levant pour lui donner une accolade virile.

On le félicite pour son jeu d'acteur. Il se baisse et salue son public avant d'ajouter :

— Mais vous êtes malades ! À l'époque, j'aurais eu trop peur de me choper une MST.

Voilà une remarque qui va m'aider à me faire pardonner auprès de Caro... J'ose un regard vers elle qui garde le sien fixé sur ses chaussures.

Merci, Zack, vraiment, merci.

Heureusement, Raven se lève et prend la parole.

— Puisque tu as menti, tu as un gage.

Elle sort de derrière son fauteuil un plateau sur lequel sont présentés plusieurs verres remplis d'un liquide verdâtre.

— Tu dois boire ce cocktail !

Il perd son sourire et moi, je pense que le karma se venge à ma place. Il en attrape un et le sent avant d'être pris par un haut-le-cœur.

— Y a quoi là-dedans ?

— Trois fois rien... Un petit peu de tout ce qu'il y avait dans le frigo, et j'ai ajouté une touche locale avec un alcool fermenté dans la région. Une liqueur... spéciale.

Je mime une nausée, Jude ricane et les autres frappent dans les mains pour l'encourager. J'observe Caroline qui commence à se détendre. Elle est vraiment belle et cette façon qu'elle a de ramener sa chevelure sur une épaule me rend fou. J'admire sa nuque gracile, la peau fine de son cou et...

— C'est ignoble ! Je vais vomir !

Le teint de Zack a pris la couleur de ce qu'il vient visiblement d'avaler, mais que j'ai loupé, trop occupé à contempler celle qui commence à me faire perdre la tête.

— Caro, c'est à toi !

Les yeux de Ruby respirent la méchanceté. Sans se démonter, Caroline lance le dé. Elle semble stressée quand le mot « vérité » apparaît. Elle tend le bras vers le saladier, mais celle que je soupçonne d'avoir préparé son coup la coupe dans son élan.

— Pour toi, j'ai une question... spécifique.

— Qu... quoi ? bafouille la femme que je redécouvre peu à peu.

Charlotte se lève et s'indigne.

— Je ne vois pas pourquoi ma sœur aurait un régime différent des autres ! Elle va prendre ce fichu papier et...

— C'est bon. Laisse.

Caroline empêche sa frangine de poursuivre et fait face à Ruby.

— Qu'est-ce que ça fait de savoir que ton mec de l'époque est sorti avec plus de la moitié du lycée après toi ?

Je serre les poings face à tant de méchanceté.

— Caroline, tu n'as pas à...

Je tente d'intervenir, mais elle ne me laisse pas terminer ma phrase.

— Je...

— Stop ! la coupe Raven. Ce n'est pas dans le règlement. Soit tu t'y plies soit tu dégages, Ruby.

— Mais...

— Tu choisis !

Ruby plisse les yeux et foudroie sa pote. Elle pince les lèvres avant de se tirer d'une démarche crispée.

— Salope, souffle Rosie qui attrape la main de sa copine en guise de soutien.

Je surprends un échange complice et silencieux entre Hope et Caro. Décidément, c'est la soirée des surprises ! Je ne comprends rien à ces changements de personnalités. Raven devient sympa et prévenante. Hope sourit... et moi, j'ai envie de planter tout le monde et de m'enfermer dans une chambre avec Caroline.

Oui, je viens d'en prendre conscience. Elle attise mes sens et fait brûler en moi un feu qui ravage tout sur son passage. J'oublie mon chagrin, mes craintes. Je la veux, un point c'est tout.

— Bien, je crois qu'on peut continuer, si vous êtes d'accord ? demande l'arbitre du jeu.

Le sort veut que de nombreuses personnes tombent sur des actions. Un des mecs saute dans la piscine, un autre court dans le jardin à poil et doit se rouler dans la neige et Rosie échange ses fringues avec son voisin de gauche, c'est-à-dire Joey. Bizarrement, il accepte et se marre. Il arbore à présent des chaussettes de Noël fourrées, un legging rouge à gros flocons et un débardeur blanc. Autant dire qu'il est légèrement, non, énormément moulé dans cette tenue. Mais il ne fait aucun commentaire. Enfin, il commence à se détendre ! C'est à mon tour : action.

— Quelqu'un te bande les yeux, tu choisis une personne au hasard que tu dois embrasser dix secondes sur la bouche.

— Vous êtes vraiment des gamins, ris-je alors que mon ventre se noue.

Sifflements et applaudissements quand Jude se charge de poser un foulard sur mes yeux. Il me fait ensuite tourner sur moi-même pour complexifier la chose. Seulement, je suis tout à fait capable de retenir où se trouve une belle blonde que j'ai très envie de goûter à nouveau. Alors quand je m'arrête et tends le bras, je sais sur qui je vais tomber. Mon pote se moque de moi en enlevant ce qui me barre la vue.

— Comme c'est étrange...

— La ferme, grogné-je.

Caroline est mal à l'aise et bien sûr, je ne l'obligerai à rien. Si elle refuse mon baiser, je ne le lui reprocherai pas. J'avance vers elle et le temps s'arrête. Je n'arrive pas à lutter contre cette attraction qui me pousse vers elle. Je décèle un voile de désir très vite balayé par une expression plus... arrogante. Toutefois, elle m'étonne en se levant. Elle redresse la tête et attend que je me baisse. Une quinzaine de centimètres nous séparent. Cette différence de taille m'a toujours plu.

— Tu es sûre de toi ? murmuré-je rien que pour nous.

— On l'a déjà fait des dizaines de fois. Ce n'est qu'un simple baiser. Toi ou quelqu'un d'autre, ça n'a aucune importance.

Ses mots sont comme des flèches. Blessantes, mais méritées. Je me penche et pose délicatement mes lèvres sur les siennes. C'est un retour brutal dans le passé. Délicieux, addictif. Chaste, mais terriblement excitant. Il donne envie de plus et je dois me faire violence pour ne pas accrocher sa nuque et insérer ma langue pour la faire danser avec la sienne. Seules nos bouches se touchent, et pourtant j'entends presque les battements frénétiques de son cœur. Ils s'accordent parfaitement aux miens. J'ouvre un instant les yeux et tombe sur son regard qui me dévisage. C'est... Je n'ai pas de mot tellement je suis chamboulé.

— On a dit dix secondes, pas dix minutes ! s'exclame Jude. Prenez une chambre si on vous dérange !

C'est officiel, je déteste mon pote.

Gêné, je me passe la main dans les cheveux alors que Raven annonce la fin des festivités pour ce soir. Caroline s'éclipse trop vite. Je n'ai pas le temps de lui parler de... ça. Je n'ai pas rêvé ce moment. Il s'est passé un truc et je ne suis pas le seul à l'avoir ressenti.

— Eh ben, mon vieux, c'était chaud ! lance Zack en me tapant dans le dos.

— À charge de revanche, mon frère, me lance Jude qui suit de près Charlotte.

J'ai la tête qui tourne et le cœur qui frappe encore dans mes côtes. Samantha...

Ne m'en veux pas, ma chérie, mais c'est plus fort que moi.

Je n'ai pas beaucoup dormi cette nuit. Le visage de Caroline s'est superposé à celui de ma défunte femme. Je me suis réveillé aux aurores malgré l'heure tardive à laquelle je me suis couché. Des vans sont venus nous chercher en milieu de matinée pour nous emmener à l'activité que tous les mecs attendent avec impatience. Enfin tous... sauf Jude qui fait dans son froc depuis qu'il a vu à quelle vitesse nous allions dévaler la piste de luge. Je crois que je ne l'avais jamais vu aussi blanc. Je l'ai surpris tout à l'heure avec le type qui nous a briefés. Il voulait savoir s'il ne courait aucun risque.

Il faut dire qu'ils vont vite, ces engins. Mais Jude ne veut pas perdre la face alors que Charlotte trépigne d'impatience.

On nous a remis nos équipements et notamment un casque à chacun. Je ne résiste pas à l'envie de me moquer de mes potes.

— Ça te va à ravir !

Zack tente d'apercevoir son reflet dans mes lunettes de soleil.

— Oui, je trouve aussi ! En tout cas, moi je ne vais pas me défiler...

Sa dernière phrase s'adresse à mon meilleur ami qui tente de sourire. Échec cuisant, on dirait qu'il s'est coincé les bijoux de famille dans la braguette de son jeans. Il se dandine d'un pied sur l'autre en jetant des coups d'œil à Hope et Joey qui montent à bord de leur bouée gonflable. Je m'approche et lui tape dans le dos.

— Rassure-moi, tu ne vas pas te faire dessus ?

— Comment veux-tu que je sois serein ? Il n'y a même pas de volant dans ce truc !

Des gosses nous passent devant en nous bousculant puis attrapent une luge et grimpent dedans avant de s'élancer en hurlant leur joie. Je me marre en l'entendant jurer et marmonner.

— Tellement d'insouciance, râle-t-il. Aucune conscience du danger.

— T'as qu'à laisser Chacha prendre les commandes et tu te mets derrière. Elle ne verra pas que tu fermes les yeux tout du long.

Une voix annonce le prochain départ. C'est au tour de notre duo de choc, j'ai nommé Jude et Charlotte. Il déglutit avant de taper du poing sur le haut de son casque pour se motiver.

— Certainement pas, me répond-il avant de s'adresser à sa coéquipière. Baisse ta culotte, Charlotte, c'est moi qui pilote !

Pas de doute, il sait parler aux femmes.

— Même pas en rêve ! Tu montes derrière, JE conduis. Fin de la discussion.

Jude mime un salut militaire et obtempère. Ils ont une drôle de manière de se séduire, mais ça ne m'étonne pas de ces deux-là.

11

Caroline

— Ahhhh !!!

Jude hurle si fort qu'on l'entend jusqu'à ce que la grosse bouée sur laquelle il est avachi en tenant Charlotte comme si sa vie en dépendait s'échoue sur un tapis deux cents mètres plus bas.

— Oh les cons ! s'exclame Pablo à mes côtés.

Si jusque-là tout s'est bien passé, leur engin fait une embardée et se retourne dans la poudreuse. Je retiens une seconde ma respiration, mais lorsque ma sœur se relève en sautant de joie, je respire à nouveau. Elle brandit ses deux pouces en l'air et nous fait signe que c'est à notre tour.

— C'est à nous. Tu es prête ?

L'intervention de Pablo me fait revenir au moment présent. Évidemment, les équipes se sont créées naturellement et par affinités. Je me retrouve donc avec mon tourmenteur et anticipe déjà tout ce que je vais ressentir à son contact. Son baiser d'hier a ravivé en moi des choses que je refoulais très loin pour ne pas flancher. J'ai l'impression d'avoir encore le goût de ses lèvres sur les miennes.

Je hoche la tête et le suis jusqu'à la petite porte qui mène à la piste. Une pointe de stress grimpe doucement mais sûrement dans mon ventre. Ça va vite quand même… mais ça a l'air super drôle et j'ai aussi très envie de m'amuser.

Pablo prend place en premier et jauge les poignées qui lui permettront de nous guider. Il écoute religieusement les conseils du moniteur. Quant à moi, j'admire son profil dissimulé sous son casque. Ce mec me fait perdre mes moyens et tourner la tête. Je ne suis pas adepte des sensations fortes, mais avec lui, je suis prête à tout essayer. Mon tour vient et on me demande de m'asseoir derrière lui. Je dois me mouler à son dos, caler mes hanches aux siennes et entourer sa taille de mes bras.

— Tu es prête ? me demande-t-il en tournant légèrement la tête.

— Je crois…

En fait, je ne sais plus si j'ai peur de ce qui va suivre ou de ce que je ressens pour lui. Il pose une main sur ma jambe et la presse.

— Accroche-toi bien à moi.

Oh, ça, pour m'accrocher, je vais m'accrocher. Et je vais profiter de chaque seconde de ce corps à corps forcé.

Je renforce ma prise autour de lui en déglutissant péniblement. Les feux passent un à un au vert. Le dernier clignote, c'est le signal du départ.

— C'est parti !! crie Pablo alors que la bouée s'élance sur la piste.

On nous pousse alors qu'il donne un coup de bassin pour prendre de la vitesse. Nous allons vite, rebondissons sur quelques bosses. Je ris, crie et prends même de la hardiesse en me détachant de lui en levant les bras.

— Youhouuu !! hurlé-je.

Moins de trente secondes plus tard, Pablo fait un mouvement d'épaule et nous terminons en tournant sur nous-mêmes avant d'être freinés par le tapis en caoutchouc. Mon visage me pique à cause du vent glacial et ma peau a dû prendre une jolie teinte rose, mais je m'en fiche.

Nos amis hurlent et applaudissent notre performance. Moi, je trouve que tout est allé trop vite. J'aurais aimé que ce moment dure. Pablo pose sa main gantée sur les miennes qui le tiennent toujours fermement.

— C'est terminé, princesse.

Mon cœur rate un battement lorsque j'entends ce surnom par lequel il m'appelait durant notre courte relation. Charlotte court vers nous et me permet de reprendre mes esprits.

— C'était génial ! Caro !! Oh, là, là, je veux le refaire ! J'ai bien fait de conduire. Si j'avais écouté Jude on serait encore sur la ligne de départ. Il n'arrêtait pas de me demander de ralentir !

Elle hurle et rit tandis que Jude reste figé les fesses dans la neige.

— Tu crois qu'il faut qu'on aille vérifier si tout va bien ? demandé-je à Pablo en me mettant sur la pointe des pieds pour tenter de voir si son ami a besoin d'aide.

Sa présence à mes côtés est une véritable torture. J'essaie d'occulter les sensations qu'il me procure, mais j'ai bien du mal à maîtriser mon corps. Heureusement, je peux mettre mes frissons sur le compte du froid qui règne dans cet endroit. Je sens son regard peser dans ma direction régulièrement. Sa voix chaude et grave résonne en moi délicieusement.

— Je savais qu'il allait flipper. Il déteste tous les trucs à sensation dans les fêtes foraines. Mais monsieur voulait impressionner ta frangine...

Pablo s'apprête à rejoindre son ami, quand on l'aperçoit enfin bouger. Charlotte, elle, se déséquipe. Si j'en crois les gestes du mec qui lui retire le casque, il en pince pour elle. Et bien sûr, elle l'a bien compris elle aussi. Elle minaude et se cambre en parlant fort, histoire de faire réagir Jude. Ce dernier se relève difficilement et secoue la tête.

— Un coup de main, mon pote ? crie Pablo en se marrant.

Jude lève le bras et nous indique qu'il gère. Quand enfin il arrive à se remettre debout et enlève son matériel de protection, il est si blanc que je me demande s'il ne va pas tomber dans les pommes. C'est la vision de ma sœur en pleine séduction qui le fait sortir de sa torpeur.

— Génial ! s'exclame-t-il sur un ton surjoué. Ça décoiffe ! Hein, Charlotte ?

— Tu plaisantes ? Tu me serrais si fort que j'ai failli nous planter. Une vraie poule mouillée ! Je vous préviens, cette bouée est hors d'usage. Les sphincters de Jude ont lâché et y en a partout !

Je grimace alors qu'une dame accourt pour vérifier l'état de l'engin.

— Absolument pas ! se défend Jude, qui crie pour que tout le monde entende ses justifications. Je sais parfaitement me retenir. Ma prostate va très bien et mes intestins aussi ! Regardez, tout est propre !

Cette fois, tout le monde autour de nous explose de rire. Rosie demande les pop-corn et je surprends un sourire de Raven, visiblement amusée par le duo.

Nous les laissons se chamailler. Même le moniteur lâche l'affaire face à ces deux énergumènes qui se hurlent dessus tout en se bouffant du regard.

— Waouh ! crié-je en perdant la retenue qui m'habite d'ordinaire. C'était top ! Ça fait un bail que je n'avais pas pris mon pied comme ça !

Les autres me regardent, étonnés par mon langage, et Chacha me rejoint avant de m'enlacer.

— Vous étiez grandioses ! hurle-t-elle. Une symbiose parfaite ! Comme si vous aviez fait ça toute votre vie !

— C'était incroyable !

Charlotte m'observe avec attendrissement.

— Il y a longtemps que je ne t'avais pas vue sourire avec autant de sincérité, me confie-t-elle, émue. Je ne regrette pas de t'avoir un peu forcé la main pour venir.

Je déglutis en prenant conscience que je me suis cachée toutes ces années derrière des manières et une carapace solide. Pour ne pas être blessée, pour ne pas souffrir. Rester maîtresse de mes émotions, tenir les gens à distance et blinder mon cœur. Même avec Jonathan. Jamais mon ex n'aurait fait ce genre d'expérience. Il aurait trouvé ça trop... gamin.

— Je me referais bien une petite descente, déclaré-je. Chacha, tu le fais avec moi ?

— Carrément ! Ils vont voir de quoi les sœurs Servois sont capables !

S'ensuivent une, puis deux, puis trois descentes. Avec ma frangine, avec Hope et même avec Raven. Nous passons un super moment sans prise de tête. Les disputes et les ressentiments sont loin et ça fait un bien fou de retrouver cette complicité qui nous lie. Avec les années, nous avons tous acquis une certaine sagesse qui nous permet de relativiser et d'oublier les défauts de chacun.

— Je crois qu'on ne fera pas mieux aujourd'hui ! lance Jude, transi de froid. J'ai le cul gelé. Si on allait boire un verre avant de rentrer ?

Tout le monde acquiesce alors que je me fais la promesse de vivre pleinement chaque nouvelle expérience qui s'offre à moi.

Nous atterrissons dans un bar lounge hyper classe. Une musique tranquille est diffusée par les enceintes. Une odeur de sève de pin parfume le lieu. La décoration est savamment étudiée, mais chaleureuse. Du bois, de la pierre, un mur entier de bouteilles de whisky derrière le bar et des tables hautes assorties à leurs tabourets. Plus loin, une immense cheminée réchauffe l'atmosphère, entourée de confortables fauteuils. Je note un poteau recouvert de capsules de bières et des lustres composés de verres. C'est étonnant et ça dénote avec le reste. Quelques touches de décorations de Noël par-ci par-là nous rappellent si nous en avions besoin que nous approchons de la date fatidique. Rien d'ostentatoire comme partout à Aspen. Des branches de sapin accrochées aux poutres, des figurines sur les tables et les serveurs arborent un bonnet de père Noël.

Notre groupe se compose de huit personnes. Il y a donc Pablo et son acolyte Jude, ma sœur, Zack, Joey, Hope, Raven et moi. Ruby manque à l'appel. D'ailleurs, je ne l'ai pas revue depuis le petit déjeuner. Je suis étonnée qu'elle ne soit pas des nôtres, elle qui est toujours collée aux fesses de Raven. Une serveuse nous installe face à l'âtre. Jude se précipite, se met dos au foyer et tend son derrière aux flammes en soupirant de bonheur.

Je me retrouve à côté de mon amour de jeunesse. Bien sûr, ce n'est pas un hasard. Les autres ont fait en sorte de se placer de façon stratégique. Charlotte termine quasiment sur les genoux de Jude, qui fait déjà le show en chantant à tue-tête. La commande passée, Zack propose un concours de fléchettes. Les équipes sont composées rapidement. Je vous le donne en mille, avec qui je suis ? Pablo. Pour mon plus grand plaisir.

— Je te préviens, je suis nulle, annoncé-je. Si tu veux gagner, ce n'est pas avec moi qu'il faut être.

— Je ne suis certainement pas meilleur que toi, mais on s'en fout. Le but est de s'amuser, non ?

— Oui...

Je cherche le double sens de sa réponse. Parle-t-il de notre relation ou bien de cette partie de fléchettes ? Chassez le naturel, il revient au galop. Malgré mes bonnes résolutions, je ne peux m'empêcher de contrôler ce qu'il se passe dans ma vie. Son clin d'œil et son sourire me confirment qu'il est inutile de me torturer. Et puis zut ! Qu'on gagne ou qu'on perde, je m'en fiche ! Je veux retrouver l'insouciance de mes dix-huit ans.

La partie commence avec Raven et son partenaire Zack. Duo improbable, mais qui fonctionne. Leurs flèches piquent la cible.

À mon tour. Je vise, ferme un œil et tire la langue pour ajuster mon tir. J'entends des rires et des moqueries de Jude.

— Méfie-toi que je ne manque pas la cible et que je ne vise pas entre tes deux yeux globuleux, le menacé-je.

— Mes yeux n'ont rien de globuleux. Et depuis quand on n'a plus le droit de se chambrer ?

Je me marre et profite que Pablo et lui se chamaillent pour envoyer ma fléchette et... manquer la cible. Joey pousse un cri en évitant de peu mon missile qui s'écrase à ses pieds.

— Waouh ! s'exclame-t-il en se frottant la nuque. T'es dangereuse comme nana !

— Ouais, faut pas me chercher !

Ma réplique le fait rire et le jeu se poursuit. Nos verres sont servis, très vite suivis par d'autres. L'ambiance est à la bonne humeur et avec mes anciens camarades de classe, aucune chance de s'ennuyer. Pablo s'est éclipsé le temps de téléphoner à sa fille. Lorsqu'il réapparaît, il place le portable au centre de la table et nous présente Julia. Il passe de personne en personne en les nommant. Son rire, ses prunelles malicieuses et son espièglerie nous charment immédiatement. Je lis la fierté dans le regard de son père, la tendresse, mais aussi le manque de la chair de sa chair. Il se rassoit et braque l'objectif dans ma direction.

— Mon cœur, voici Caroline, une très bonne amie.

Les papillons dans mon ventre se mettent à battre des ailes tous en même temps.

— Salut, Julia, lancé-je. Je suis ravie de faire ta connaissance.

— T'es beeeellleee !

Ne dit-on pas que la vérité sort de la bouche des enfants ? J'adore cette gamine...

— Merci, tu es très jolie aussi. Et j'adore ton serre-tête de Noël.

— C'est papa qui m'a acheté.

Elle secoue la tête et les grelots qui ornent les bois d'un renne se mettent à tinter. Je souris et lui lance un clin d'œil.

— Il me faut absolument le même ! Je vais demander à ton papa dans quel magasin il l'a trouvé.

Je sens le poids du regard de Pablo et fais de mon mieux pour ne pas laisser transparaître mon trouble.

— Oh oui ! Dis, c'est toi l'amoureuse de mon papa ?

Moment de gêne, surtout quand les autres se bidonnent.

— Julia, on ne pose pas ce genre de question aux gens quand on ne les connaît pas, vient à mon secours Pablo. C'est très impoli. Bon, tu es prête pour aller au lit ?

Je descends cul sec le reste de mon verre pour faire passer mon malaise. Ce qui bien sûr est une très mauvaise idée. Il s'agit du troisième et déjà je sens les premiers symptômes se diffuser lentement dans mes veines. La conversation se coupe après que j'ai remué la main pour dire au revoir à la petite. Je reste scotchée sur mes doigts et les agite devant mon nez.

— Merdouille ! Alerte générale, ma sœur est bourrée. Je répète, ma sœur est bourrée.

Charlotte bouscule nos amis pour se planter face à moi.

— T'as combien de doigts ? me demande-t-elle, pas le moins du monde flippée par mon état.

Je prends le temps de compter, mais il y en a trop. Ils se mélangent tous et ça me fait marrer.

— Plein !

— Et ta bouche ? Elle est comment ta bouche ?

— Elle va bien ? s'inquiète mon voisin de sa voix grave et sensuelle.

— Je vais te dire ça dans une minute... Caro ?

— Hum... (Je bifurque vers Pablo.) Qu'est-ce qu'il est beauuuu !

Rires de l'assemblée. *Est-ce que j'ai parlé tout haut ?*

Pas grave, de toute façon, c'est la vérité.

— Ta bouche ? reprend Chacha qui touche mes lèvres.

— Toute molle !

Je pose mon index dessus et pousse un bruit de gorge en les remuant comme on le fait aux enfants pour les amuser[1].

— OK ! T'es pompette ! annonce Charlotte. Je crois qu'on va vous laisser. Je vais la ramener à la maison.

— T'abuses, je ne suis pas saoule et je m'amuse.

Mon débit est soudain plus lent. Oui, je crois que j'ai ma dose. Je suis bien. Pour la première fois depuis je ne sais combien de temps, je suis Caroline Servois. La vraie. Celle qui ne se cache pas sous de faux-semblants. Qui rit quand elle en a envie, qui dit ce qu'elle pense sans se soucier que ça plaise ou non. Je m'éclate sans songer aux convenances ou au boulot. Et je crois que je suis toujours dingue de mon amoureux de lycée. Je ne suis pas assez ivre pour le lui avouer, non, mais j'ai suffisamment bu pour m'en rendre compte.

---

1. Oui, sachez que je bois très rarement et qu'il me suffit d'à peine un verre pour ressentir tous ces étranges symptômes... Ce qui fait d'ailleurs beaucoup marrer les copines !

12

Pablo

J'aimais déjà la Caroline coincée ou en tout cas celle qui maîtrise ses gestes et ses paroles. Celle qui ne laisse rien au hasard et qui se méfie du monde entier. Mais la Caroline que j'ai devant moi ce soir, celle qui a un peu trop bu et qui rit pour un rien, me fait littéralement craquer. Elle est drôle, à faire des grimaces à sa sœur qui essaie de la raisonner et la sermonne. J'ai l'impression que toutes les barrières qu'elle tenait érigées autour de son cœur cèdent une à une. Comme à cet instant, où elle me regarde avec cet éclat dans les yeux. Bon, elle doit régulièrement rectifier sa mise au point parce que ses prunelles ont tendance à loucher ou dévier de ma personne, mais je lis clairement son désir et cela attise le mien.

— Ce que tu es beauuu ! s'exclame-t-elle. Tu l'étais déjà au lycée, mais je peux te dire que tu es comme le bon vin, tu vieillis vachement bien. Et tous ces muscles…

La voilà qui tâte à présent mes biceps en collant sa poitrine contre mon flanc. C'est pas vrai, elle veut ma mort ? N'empêche que je ne résiste pas à contracter tout ce qu'il y a à contracter et que je la laisse me peloter à sa guise.

— Oh la honte, se lamente Charlotte. J'espère qu'elle se souviendra de tout demain matin…

— Attends...

Jude dégaine son téléphone et filme la scène. À savoir, Caroline qui ronronne en se frottant la tête contre mon épaule tel un chat en quête de caresses tout en braillant :

— Qu'est-ce que je t'aimais quand j'étais jeune ! T'imagines pas le nombre de fantasmes que j'avais en pensant à toi !

— Tout est dans la boîte au cas où elle aurait une amnésie post-ivresse, se marre mon pote.

Moi, j'espère qu'elle ne regrettera aucun des mots qu'elle prononce. L'alcool a le même effet sur elle qu'un sérum de vérité. Je pourrais pousser le vice et la questionner, mais ça ne serait pas fair-play. Et puis, elle n'a pas besoin de moi pour s'épancher sur sa vie, elle le fait toute seule comme une grande.

— Même quand j'étais avec Jonathan, il m'arrivait de penser à toi.

Elle pose une main sur sa bouche, consciente qu'elle avoue beaucoup trop de choses, avant de soupirer.

— Pfff... De toute façon, mon ex devait aussi penser à ses amants pendant qu'il me culbutait. Il s'y prenait parfois comme un manche. J'aurais aimé justement qu'il ait un manche et qu'il me prenne sauvagem...

— OK ! Je crois qu'on a compris l'idée, la coupe Chacha qui la tire par le bras. La franchise est une qualité, mais il est parfois bon de garder son jardin secret... secret, justement !

— Non, mais c'est vrai que...

— La ferme, Caro ! S'il te plaît, la ferme !

Charlotte secoue la tête, dépitée tandis que nous nous marrons tous. J'ai quand même réussi à grappiller des infos intéressantes. Et celle que je retiens entre toutes : son ex n'était pas très performant au lit et ne lui a pas laissé un souvenir mémorable. Pire, il l'a trompée avec un gars ! Je compte bien lui montrer que les hommes ne sont pas tous comme ce

Jonathan. Je ne parle évidemment pas du fait qu'il soit bi… Ça, je m'en fous. Mais pas ce soir. Même si tous les signaux sont au vert et qu'elle me fait comprendre qu'elle a envie de moi, je ne profiterai pas de son état. Je veux qu'elle soit totalement maîtresse de son corps et de son esprit. Qu'elle se souvienne de tout ce que je lui ferai et qu'elle en redemande.

Waouh ! Donc, on en est là… J'envisage vraiment de remettre le couvert avec Caroline ?

Le trajet jusqu'au chalet est rapide. Enfin, normalement, parce qu'il nous a fallu dix minutes de plus à cause de Caro qui s'est émerveillée des étoiles dans le ciel. Nous avons réussi à la faire renoncer à s'allonger sur la route pour les admirer, mais maintenant qu'on est dans le jardin de la maison, elle n'en fait plus qu'à sa tête.

— Venez voir ! Je crois que la lumière qu'on voit là-haut, c'est un satellite. Chacha ?

— Une prochaine fois. Je suis fatiguée et je suis morte de froid. Hors de question de batifoler dans la neige.

— T'es pô drôle…

Caroline tourne la tête vers Jude et Joey qui lèvent les mains et s'excusent eux aussi. Hope et Raven n'ont pas attendu et sont déjà à l'intérieur. Zack hésite, mais grimace quand une bourrasque nous fouette le visage.

— Caro, sois raisonnable et viens te coucher, lance Charlotte qui commence à grelotter.

— Vas-y, je reste avec elle.

C'est à moi de prendre soin de celle qui me fait peu à peu oublier mes démons et mes responsabilités.

— Tu es sûr ? Sinon, je l'attrape par la peau des fesses et je la fais rentrer.

— Tu parles de moi comme si je n'étais pas là, mais je t'entennnnds ! chantonne sa grande sœur.

— Ouais, je vais gérer, t'inquiète pas.

Charlotte pèse le pour et le contre, et finit par abdiquer.

— Fais pas de connerie que tu pourrais regretter demain, lui murmure-t-elle suffisamment fort pour que je capte le conseil.

Quand nous sommes seuls, je la rejoins et m'allonge à côté d'elle, les yeux rivés vers le ciel et l'immensité de la nuit qui nous enveloppe.

— Merci de rester avec moi, dit-elle à voix basse.

— Pas de problème.

Un poids pèse sur mon estomac et ça n'a rien à voir avec les bières que j'ai avalées. Non, il s'agit plutôt d'une sorte d'anxiété de me retrouver si proche de Caroline. Pas que j'aie peur d'elle, mais plutôt de ce que j'éprouve.

— Il est où ton satellite ? demandé-je, histoire de rompre le silence.

Elle lève le bras et pointe une lumière qui brille plus que les autres et qui se déplace.

— Tu es certaine que ce n'est pas un avion ?

— Absolument pas ! ricane-t-elle.

Je tourne la tête et l'observe. Un sourire a élu domicile sur ses lèvres et la rend plus accessible. Son nez est légèrement en trompette et ses cils sont si longs qu'ils touchent ses paupières. Et ce petit grain de beauté qu'elle a juste sous l'œil gauche... Il me faisait déjà craquer à l'époque et ça n'a pas changé.

— Je rêve ou bien tu es en train de me mater ?

Son ton est badin et elle ne prend pas la peine de me regarder. Je ne me défile pas. Pas ce soir.

— C'est exact.

Ma réponse a l'air de lui plaire, car son sourire s'élargit.

— On a passé une bonne soirée. Bien que j'aie un peu trop bu...

— Trois verres ?

— Je n'ai pas l'habitude.

— Je t'ai connue plus endurante.

— Les temps ont changé.

— Tu ne t'amuses pas beaucoup, pas vrai ?

J'ai peur d'être trop intrusif et je ne lui en voudrais pas si elle refuse de se livrer. Moi-même, je ne suis pas prêt à tout lui révéler de ma vie.

— Je ne me souviens pas de la dernière fois où j'ai lâché prise comme ce soir, soupire-t-elle. Je ne voulais pas venir, figure-toi. C'est Charlotte qui m'a prise au piège. Je pensais m'ennuyer et n'avoir plus rien en commun avec vous.

— Tu regrettes ?

Elle se tourne enfin vers moi et ancre ses yeux dans les miens. Cette fois, ils y restent et ils me délivrent une telle sincérité que je ne peux que la croire quand elle me répond :

— Pas le moins du monde. J'ai l'impression qu'ici, tous mes soucis sont loin et ça fait du bien.

La distance entre nous se réduit. Je ne sais pas qui d'elle ou de moi avance, mais je suis à quelques centimètres de ses lèvres. Je ne devrais pas, elle a trop bu, mais je ne résiste pas à cette femme et au désir de goûter à nouveau à ses baisers. Les battements de mon cœur accélèrent et mes doigts tremblent de caresser son visage. Lentement, comme pour graver ce moment, je l'embrasse. C'est comme un bond dans le temps. Comme si mon corps se souvenait instantanément de ce qu'il ressentait il y a dix ans quand elle était dans mes bras. Caroline ferme les yeux et s'approche encore plus jusqu'à accrocher ma nuque.

D'abord chaste, notre baiser devient passionné lorsque j'introduis ma langue dans sa bouche et l'enroule à la sienne. Elle gémit. J'aspire son souffle rapide. Je me redresse sur un coude, vire son bonnet et emmêle mes doigts dans ses cheveux. Malgré le froid et nos vêtements trempés par la poudreuse fraîche, j'ai terriblement chaud. Mes sens sont à l'affût de tout ce qu'elle m'offre. Son odeur, ses soupirs, la douceur de sa peau, son goût sucré des cocktails qu'elle a bus.

Ni elle ni moi ne souhaitons arrêter ce moment qui n'appartient qu'à nous. Sauf que nous ne sommes pas seuls, et Chacha nous le fait savoir en hurlant depuis un des balcons :

— Tout va bien ?!

Le charme est rompu. Caroline se détache de moi et se racle la gorge. Elle est mal à l'aise et je n'aime pas la boule qui se forme dans ma gorge en songeant qu'elle regrette peut-être ce rapprochement entre nous.

— Ouais ! réponds-je pour elle. On arrive dans cinq minutes.

— OKKKK !

Caroline rit et je suis soulagé. Malgré tout, je ressens le besoin de briser la glace.

— J'espère que tu... que je..., bafouillé-je. Je ne veux pas que tu penses que je profite de toi parce que tu as bu...

Elle se mordille la lèvre et fourrage sa chevelure. Moi, je flippe parce qu'en ce qui me concerne, l'espace d'un instant, j'ai oublié ce qui me pousse à la solitude. J'ai oublié Sam et je ne me le reproche pas. Pas ce soir.

Je vois ses joues rougir malgré l'obscurité, et ce n'est pas à cause des températures basses.

— Je ne sais pas si...

Je vois où elle veut en venir et je n'ai pas de réponse à lui apporter. J'en suis encore incapable. J'aimerais, mais c'est trop tôt. Alors je botte en touche.

— Et si on prenait notre temps et qu'on apprenait à se redécouvrir ? On verra ensuite.

Alors que d'autres femmes me traiteraient de connard, Caroline hoche simplement la tête et sourit.

— Ça me va. Par contre...

Je m'attends à un avertissement, un ultimatum, mais pas à ce qui suit.

— J'ai la tête qui tourne, je suis épuisée et je commence à me geler les fesses.

J'explose de rire puis me redresse avant de l'aider à se relever.

— Allez, au lit, l'alcoolo ! lancé-je.

— Hey ! Ne te moque pas d'une femme en détresse !

Elle se laisse complètement aller contre moi quand je la soulève dans mes bras et la porte jusqu'au perron de la maison. Elle niche son nez dans mon cou et inspire profondément.

— Ton odeur m'avait manqué, murmure-t-elle alors que je nous dirige vers sa chambre.

— C'est encore l'alcool qui parle.

— Non, pas cette fois...

Un sourire semble avoir élu domicile sur mon visage. Je dois sûrement avoir l'air débile, mais je m'en moque. Je me sens vraiment bien. Vivant. Heureux. La porte est ouverte et Charlotte attend contre le chambranle.

— Ah oui, quand même ! lance-t-elle avec son espièglerie habituelle. Elle n'en profiterait pas un peu, la frangine ?

— Ne lui en veux pas. Ça fait du bien parfois de relâcher la pression.

— Ne t'en fais pas pour ça. Je suis ravie pour elle. Depuis le temps que j'attendais qu'elle brise la glace autour de son cœur.

— Je vous entends..., râle Caroline, toujours blottie contre moi.

Je ris à nouveau. Je crois que je ne l'ai pas fait depuis... trop longtemps.

13

Caroline

Je peine à ouvrir les yeux et j'ai un léger mal de tête. Voilà pourquoi je ne bois que très rarement. Je mets deux plombes à m'en remettre et surtout, je picole assez pour être désinhibée. Mais malheureusement pas assez pour zapper tout ce que j'ai dit ou fait. Je n'ai aucune envie de sortir de mon lit. J'ai trop la honte ! Pourtant il va bien falloir que j'affronte le regard des autres. Son regard... Mon Dieu, je me suis ridiculisée et j'ai... embrassé Pablo ! C'était... bon, tendre, passionné et terriblement addictif. J'ai éprouvé les mêmes sentiments que lors de ma jeunesse en dix fois plus fort. Je crois que lui comme moi ne pouvions résister à cette tentation dévastatrice qui nous tenaillait depuis notre arrivée. Je ne sais pas ce que cela veut dire pour lui. Est-ce juste une façon de terminer en beauté une journée merveilleuse ? Attend-il plus de nous, de moi ? Il a été clair et ça, je m'en souviens parfaitement. Pablo souhaite prendre son temps. Comment dois-je réagir lorsque je le verrai tout à l'heure ? J'adopte un air détaché et je le salue en mode normal ? Je lui saute dessus et je montre à tous nos amis qu'on a remis le couvert dix ans plus tard ? Je suis complètement paumée.

Grrrr ! Je me tourne et remarque un café encore fumant, un verre de jus de fruits et une boîte de paracétamol posés sur le meuble de chevet. Délicate attention de Charlotte qui, je n'en doute pas, ne manquera pas l'occasion de se foutre de moi. D'ailleurs, malgré l'heure matinale, elle n'est pas dans la chambre.

Je me redresse et me cale confortablement contre la tête de lit. Les rayons du soleil de novembre se reflètent dans la neige et donnent une luminosité accrue à la pièce. Je soupire en attrapant ma boisson chaude et savoure la première gorgée.

Je pourrais regretter mon attitude d'hier et me fustiger d'avoir cédé si facilement à celui qui a fait battre mon cœur si vite quand ses lèvres se sont posées sur les miennes. Pourtant, il n'en est rien. Au contraire. Pour la première fois depuis très longtemps, j'ai écouté ce que me dictait mon corps. Et il est terriblement attiré par Pablo Veroni. Pour être tout à fait honnête avec moi-même, je pensais très souvent à lui. On n'oublie pas son premier amour et lui m'a marquée à vie.

Depuis que je suis ici, je ne songe plus à Jon et sa tromperie. En fait, il a déserté mon esprit. Je suis moi. Caroline Servois. Drôle et naturelle. Sarcastique et attentive aux autres. Je m'étais enfermée dans une spirale infernale pour ne plus souffrir. Je tenais les autres à distance et avais fait une croix sur mon entourage. Mes amis étaient aussi ceux de Jonathan et j'avais bien trop honte pour me retrouver en face d'eux. La peur du qu'en-dira-t-on, l'échec d'une vie à deux. En venant ici, je me suis rendu compte que rien n'était ma faute. J'ai toujours été droite dans mes bottes et fait en sorte que notre couple fonctionne. Ce n'est pas à cause de moi, de ce que j'ai fait ou dit que Jon couche avec des hommes. C'est comme ça, c'est tout.

Je garde pour moi ce secret religieusement, mais aujourd'hui, si l'occasion se présente, je ne me cacherai plus. Forte de cette décision, j'avale un cachet et me lève au moment où Charlotte déboule dans la chambre.

Elle claque la porte et m'observe.

— Pas de grimace ou d'insultes, constate-t-elle en s'approchant jusqu'à se saisir de mon menton entre ses doigts. Tu n'as pas les yeux vitreux et ton haleine est correcte. Moralité, tu n'as pas assez bu hier ! Il va falloir remédier à ça ce soir.

— Je rêve ou tu veux m'inciter à la débauche ?

— On est venues ici pour autre chose ?

Son air détaché et son sourire espiègle me font rire.

— Et donc... tu te souviens de ce qu'il s'est passé hier soir ? me demande-t-elle en prenant des pincettes, ce qui ne lui ressemble pas.

— Malheureusement ! Quelle honte ! Je ne veux plus jamais sortir de cette chambre. Tout le monde m'a vue ?

Sa grimace vaut la réponse qu'elle ne me donne pas.

Merdouille, qu'est-ce qui m'a pris ?

— Tu t'es levée très tôt, changé-je de sujet histoire de dédramatiser. Qu'est-ce qui t'a tirée du lit alors que tu as tout le loisir de faire une grasse matinée ? Ou plutôt *qui* t'a tirée du lit ?

Elle se laisse tomber sur le matelas et soupire.

— En réalité, je n'ai pas dormi ici.

Je me retourne vivement alors que je fouillais dans ma penderie à la recherche de ma tenue du jour.

— Pardon ?

Elle lève un doigt.

— Dans l'ordre : Jude.

Deux doigts.

— Dans sa chambre.

Chacha continue d'énumérer plus heureuse que jamais.

— Je ne peux pas te dire tellement c'est indécent. Et c'était... incroyable ! Jude est vraiment très doué. Et... je l'aime bien.

Je grimace d'entendre ces détails, mais ma curiosité me pousse à en savoir plus.

— Bien comment ? Bien bien ? Ou bien beaucoup ?

— Je ne sais pas, mais avec lui, je... On parle, on rit et on a des tonnes de points communs.

— Ouais, tu l'aimes bien beaucoup.

Elle reste silencieuse quelques secondes puis se redresse.

— Et toi, petite cachottière, tu comptais me le dire quand que le beau Pablo et toi vous étiez embrassés hier soir ?

— On n'a pas...

— Caro, ce n'est un secret pour personne dans cette baraque. Tu étais accrochée à lui comme un koala à sa mère et tu lui sniffais le cou en gémissant. Sans compter vos lèvres gonflées quand vous êtes rentrés. Ah ! Et vos sourires béats...

— Je ne sniffais pas son cou et je... Pétard ! Oui, j'ai fait tout ça, c'est vrai ! J'ai eu l'impression d'être plongée dix ans en arrière. C'était encore mieux que dans mes souvenirs. Sauf que... on a évolué. Il a une fille et elle a bien une maman quelque part.

— Il emballe toujours aussi bien ? Parce que si c'est comme son pote, frangine, on est les filles les plus chanceuses du monde ! Ces mecs sont les plus beaux et les plus...

— Chacha, tu as entendu ce que j'ai dit ?

— Parfaitement et moi, je te signale que j'ai des infos.

Ses yeux qui brillent, ses sourcils qui montent et descendent et son sourire sournois. Pas de doute, elle sait des trucs que j'ignore.

— Balance tout de suite ce que tu as appris, Charlotte Servois !

— C'est dingue ce que les mecs peuvent être des pipelettes. On le dit des filles, mais je t'assure que les hommes ont la langue bien pendue. Bon, il faut dire que j'ai utilisé mon arme atomique pour faire parler Jude. Je crois d'ailleurs qu'il raffole de mes coups de lan...

— Pitié, tu es ma sœur ! me mets-je à geindre. Je n'ai pas à connaître ta vie intime. Viens-en aux faits, s'il te plaît.

— Dommage, je pourrais t'apprendre deux ou trois bricoles qui plaisent beaucoup...

Nouvelle menace visuelle alors que je choisis une robe en laine très près du corps. Pas très pratique si nous faisons une activité sportive, mais j'ai envie de me faire belle.

— Oh là, là, tu es plus drôle quand tu es saoule. Bref. Je n'ai pas le fin mot de l'histoire, mais il n'y a plus de Mme Veroni dans les parages. Pablo élève seul sa gamine depuis quasiment sa naissance. Il est très aidé par sa mère et ses beaux-parents. C'est tout ce que je sais, mais ça veut dire que la voie est libre pour toi.

À son ton enjoué et ses grands gestes, je me demande à qui cette annonce fait le plus plaisir. Elle ou moi ? Parce qu'en ce qui me concerne, évidemment, ça me réjouit, mais ça me fait aussi flipper.

— Écoute, je ne veux pas me prendre la tête, conclus-je. On s'est dit qu'on voulait réapprendre à se connaître et ça me va très bien. Pas de plans sur la comète, OK ?

— Mouais... Bon, tu bouges tes jolies petites fesses. Aujourd'hui, c'est journée bien-être ! Raven nous a réservé un spa. Elle nous a promis massages, jacuzzi et détente !

Ce programme me convient parfaitement. J'ai encore des courbatures de la rando en raquettes.

— Super ! Je me prépare et j'arrive ! lancé-je en me dirigeant vers la salle de bains.

— On se rejoint en bas.

Je suis une femme coquette et je fais toujours très attention à mon apparence, mais pas du style à rester deux heures devant un miroir non plus. Surtout depuis mes déconvenues. Seulement ce matin et malgré mon état un peu vaseux post-alcool, je prends mon temps. Je peaufine mon épilation, crème mon corps, me coiffe et me maquille avec application.

Je veux que Pablo ne voie que moi. Lorsque je suis satisfaite du résultat, je me rends au rez-de-chaussée. Il y a déjà de l'ambiance si j'en crois la musique et les rires qui proviennent de la grande pièce de vie.

Un nœud serre mon estomac et j'ai de moins en moins faim au fur et à mesure que j'avance. J'appréhende mes réactions, celles de Pablo. Quelle attitude adopter ? Remarque, il n'est peut-être pas encore réveillé. Il est certainement anxieux également. Toutes ces pensées n'empêchent pas mon cœur de piquer un sprint et une boule de se former dans ma gorge.

— Caroline ! s'exclame Rosie avec entrain. On se demandait si on n'allait pas monter te sortir du lit.

Tout le monde se tourne vers moi et le rouge me monte bêtement aux joues quand les yeux de Pablo me détaillent avec envie. Je retrouve un peu de confiance quand Zack arrive de je ne sais où et s'écrie :

— Waouh ! Caro, tu es canon ! Je comprends Pablito qui disait tout à l'heure que... Aïe !

— Ferme-la, Zack, gronde, l'intéressé en lui administrant une claque derrière la tête.

Celui qui a mis les pieds dans le plat part en ronchonnant tandis que Pablo se penche et dépose un tendre baiser sur le haut de ma tête. Papillons dans le ventre, frissons sur ma peau. Pas de doute possible, je suis en train de tomber dans le piège de l'amour. Je reconnais les symptômes. Malheureusement, je ne peux pas lutter. D'autant plus quand il pose une main dans le bas de mes reins et qu'il me guide jusqu'à la table où les autres se goinfrent du petit déjeuner. Pablo tire ma chaise et m'invite à m'y asseoir.

— Café ? me propose-t-il comme si nous n'étions que tous les deux.

— Avec plaisir. Merci.

— Je ne savais pas si tu le prenais noir ou avec du sucre tout à l'heure. Alors j'ai opté pour la simplicité. Tu as pris le comprimé ?

C'était lui et non Charlotte ? Ce qu'il est chou... Mais ça veut dire qu'il m'a vue dormir ! Ça se trouve, je bavais sur l'oreiller ou pire, je ronflais ! Panique à bord, je ne sais pas quoi répondre. Je hoche simplement la tête en avalant une gorgée de mon second café de la journée.

— Tu es très belle lorsque tu dors, me chuchote-t-il à l'oreille.

Réaction immédiate : j'avale de travers et m'étouffe. Me voilà partie dans une quinte de toux qui n'en finit pas. Et mes yeux qui se mettent à pleurer. Merde, mon mascara !

— Ça va, Caro ? s'inquiète Charlotte qui accourt pour me taper dans le dos.

— Ça... va... mer... merci.

Elle continue de cogner entre mes omoplates et je me demande si elle ne veut pas m'achever au lieu de m'aider.

— Hey, mais tu me fais mal ! réussis-je à lui dire sous les moqueries de nos amis.

— C'est bon ! Elle râle, c'est que tout va bien !

Sur cette remarque, ma frangine adorée sautille jusqu'à sa place.

— Ça va aller ?

Malgré son sourire qui se veut détendu, Pablo semble vraiment inquiet.

— J'ai... avalé de travers.

— Ça te surprend tant que ça que je te dise que tu es belle ?

— Je n'ai pas vraiment l'habitude.

— Alors les hommes que tu as rencontrés sont des imbéciles.

Je me tourne vers lui et lève un sourcil pour lui faire comprendre que lui aussi en est un dans ce cas.

— Ouais, OK, désolé. Mais à ma décharge, je n'étais qu'un gamin animé par mes hormones.

— Et maintenant ? m'amusé-je à lui tirer les vers du nez.

— Maintenant, je suis un homme, un père de famille et surtout, je suis quelqu'un d'honnête. Tu es une très belle femme, Caroline. Je ne sais pas exactement ce qui s'est passé dans ta vie pour que tu perdes cette confiance qui t'animait autrefois, mais je vais m'attacher à te la redonner.

J'ai envie de me lever, de danser, de hurler ma joie et, bien sûr, de l'embrasser. Au lieu de ça, je souris comme une idiote et je me dis que la journée commence sous les meilleurs auspices.

*
**

Bloquée la tête dans le trou prévu à cet effet sur la table de massage, je profite de ce moment de pur délice. Je me fais masser et je sens chacun de mes nœuds musculaires se détendre de minute en minute. Je me fais la promesse de remercier Raven pour toutes ces attentions. Je soupire quand j'entends la porte s'ouvrir et les mains de Séréna, la masseuse, quitter mon corps.

— Tout va bien ? demandé-je. C'est terminé ?

— Oh, euh... non, mademoiselle, je reviens dans un instant.

Je soupire et ferme les yeux. Deux paumes chaudes et viriles, qui n'ont rien à voir avec celles qui s'appliquaient sur mon dos, pressent mes reins. Je sursaute et me prépare à hurler quand une odeur vient me taquiner les narines. Pablo...

— Je n'ai trouvé que cette solution pour passer du temps seul avec toi, déclare-t-il de sa voix de velours. Tu ne m'en veux pas ?

— Pas si tu masses aussi bien que Séréna.

— Tu doutes de mes compétences ?

— Hum...

Ses mains vont et viennent le long de ma colonne vertébrale et je dois avouer qu'il est doué. Je suis certaine qu'il ne rate rien de ma chair de poule. Je retiens mon souffle quand ses doigts frôlent les côtés de mes seins. Ce mec va me tuer. Des mois que je m'oublie et en quelques secondes Pablo a réveillé en moi la femme séductrice et affamée. Je dois absolument trouver un sujet de discussion ou bien je vais...

Ses lèvres se posent sur ma nuque et je tressaille.

— Je ne pense qu'à t'embrasser depuis l'instant où je t'ai posée sur ton lit hier soir, susurre-t-il.

Je me retourne en serrant la serviette contre ma poitrine d'une main et de l'autre j'accroche sa nuque pour le rapprocher de moi.

— Alors qu'est-ce que tu attends ?

14

Pablo

Avant de succomber à la tentation de ses lèvres, je la contemple un instant. Ses formes me rendent dingue. Caroline est mince, mais possède des rondeurs que j'affectionne particulièrement. Notamment ses hanches, ses fesses, et surtout sa poitrine qu'elle cache farouchement. Je la devine ferme, pleine et d'une taille idéale. Lorsque mes yeux remontent jusqu'aux siens, je prends de plein fouet son désir dans mon cœur. Elle remonte une jambe et étend les bras derrière sa tête dans une position séductrice.

C'est le signal qui me manquait. Je fonds sur sa bouche et y introduis ma langue sans attendre. Joueuse, elle la mord avant de rire.

— Ne me pousse à bout, bébé, grondé-je d'une voix grave que je ne reconnais pas moi-même.

— Sinon quoi ?

Waouh ! Caroline m'allume et s'en amuse en plus. Ce qui me retenait s'envole et je deviens sauvage, arrogant, sûr de moi. Je l'attire à moi par les épaules et la redresse, assise sur la table de massage, les cuisses écartées. Je m'approche et attrape sa nuque que je penche en arrière pour dévorer son cou. Je lèche, j'embrasse et je mordille avant d'atténuer la douleur par de nouveaux baisers. Mes mains ne sont pas en reste. Elles dévalent son dos, caressent ses flancs, ses bras. Il m'en faut plus, mais Caroline garde une barrière entre nous. Elle ne se lâche pas totalement. Je le sens à ses muscles contractés et ses mains timides qui ne font que m'effleurer. Quelque chose la bloque. Mon impression se confirme quand elle recule légèrement et pose son front contre le mien. Les yeux fermés, elle prend son temps pour me faire part de ses sentiments. Et je le lui laisse volontiers. Jamais je ne serai pressant ou en colère parce qu'une femme refuse mes avances. Frustré, ça oui, mais j'aspire à ce que celles qui s'offrent à moi soient totalement en accord avec elles-mêmes.

Toujours à demi nue, Caroline est prise d'un frisson. Je m'écarte et attrape sa robe que je lui tends.

— Habille-toi, tu vas choper la crève.

Mon ton est involontairement brusque et autoritaire. Elle penche la tête sur le côté et m'observe en essayant de décrypter mon humeur. J'enfonce les mains dans mes poches pour éviter toute tentation de la toucher encore. Elle soupire avant d'enfiler ses fringues.

Je décide de rompre ce silence qui s'éternise et qui commence à me rendre dingue. Je suis patient, mais j'ai aussi besoin de comprendre.

— Caro, je suis désolé. Je… je croyais qu'on était sur la même longueur d'onde et…

Je suis chamboulé, perturbé et je perds mes moyens. Pas parce qu'elle a refusé mes avances et puis de toute façon, je ne comptais pas coucher avec elle ici, comme ça. Elle mérite mieux qu'un coup vite fait dans un spa alors que l'on peut se faire surprendre à n'importe quel moment. Je voulais juste qu'on se retrouve, qu'on ravive cette flamme qui finalement ne s'est jamais réellement éteinte. J'en suis le premier surpris parce que j'ai vécu une autre histoire d'amour depuis, mais c'est pourtant la vérité.

À présent vêtue de sa robe en laine, elle remet de l'ordre dans ses cheveux avant de se retourner vers moi. J'ai besoin qu'elle sache ce que je ressens. Peu importe la tournure que prendront nos retrouvailles, je ne suis plus ce type qui fuit ses sentiments et cache ses émotions.

— Je n'ai aucune idée de ce qui nous arrive, mais ça fait très longtemps que je n'avais pas éprouvé ces choses dans mon corps et qui me font tourner la tête. Mais... mon cœur est brisé et je ne suis pas certain de parvenir encore à aimer. Seulement, je ne peux pas non plus ignorer ce que tu remues en moi, Caroline Servois. Avec toi, je réussis à oublier ce que la vie m'a pris et à entrevoir celui que j'étais avant...

Je m'arrête. Ma voix est devenue plus grave et ma gorge se serre. Je ne peux pas lui dire. Pas encore.

Elle baisse les yeux en même temps que ses épaules se détendent. Quand ses prunelles rencontrent à nouveau les miennes, j'y lis de la résilience, de l'empathie et j'y vois toute la bienveillance dont elle est capable. Au lieu de m'envoyer bouler et me planter là avec mes doutes et la tristesse qui tente de se frayer un chemin, elle ne me laisse pas tomber. Caro réduit la distance entre nous et pose une main sur mon avant-bras. C'est une femme exceptionnelle. Elle l'a toujours été et je m'en veux de l'avoir oublié.

— Nous avons tous les deux un passé, me rassure-t-elle. J'ai trop souffert et tu comptes beaucoup pour moi. Je ne veux pas brûler les étapes et regretter ensuite parce que...

Elle ne termine pas sa phrase. L'émotion la gagne, mais elle la contient.

— Viens par là.

Je l'attrape par la taille et la blottis contre moi après avoir déposé un tendre baiser sur ses lèvres. Nous restons ainsi, lovés dans les bras de l'autre. Bien sûr, mes instincts primaires se réveillent, mais il n'est plus question de sexe. Juste de douceur et de sincérité.

Deux coups contre la porte font éclater la bulle dans laquelle nous nous sommes enfermés.

— Ça va aller ? Tu as besoin de plus de temps ? Ou bien…

— Allons rejoindre les autres avant que de folles rumeurs courent sur nous, me coupe-t-elle face à mon malaise.

Ce n'est pas la masseuse qui vient aux nouvelles, mais mon abruti de pote. Jude arbore son sourire débile et hausse plusieurs fois les sourcils.

— Alors mon cochon, chuchote-t-il. Il paraît que tu as privatisé cet espace. Vous êtes deux sacrés…

— La ferme, Jude ! Dis aux autres qu'on arrive.

Je lui claque la porte au nez et me tourne vers Caroline. Les joues rouges, elle se tord les doigts.

— T'inquiète. Laissons-les croire ce qu'ils veulent. Ça ne change rien pour nous, non ? On est… ensemble, même si on n'a pas… Enfin, tu vois ?

La vache ! C'est pas évident d'ouvrir son cœur et de poser les mots sur des trucs qu'on ne maîtrise pas. Elle ricane et retrouve le sourire qui avait disparu de son beau visage. Elle passe devant moi, me contourne puis déclare :

— Te prends pas la tête, Pablo. On est cool ! Et si tu as vraiment besoin de poser des mots sur tout ça, eh bien, dis-toi qu'on est en pré-couple !

Elle s'éclipse après m'avoir envoyé un clin d'œil espiègle et moi je ne comprends rien. Pré-couple ? Ça veut dire quoi ? On est ensemble sans être ensemble ? On apprend à être ensemble ? Je suis paumé.

La seule chose que j'ai pigée, c'est que ma réaction face à son trouble était la bonne. Caroline s'est libérée et j'ai bien peur que ce ne soit elle qui mène la danse…

*
**

Le temps s'est gâté et, de retour au chalet, nous sommes forcés d'attendre que la neige cesse de tomber. Finalement, aucun de nos amis n'a fait de réflexion sur notre absence prolongée au spa alors que les autres profitaient du jacuzzi. Charlotte s'est entretenue longuement avec sa sœur à peine sommes-nous rentrés. Discussion qui ne s'est pas trop mal passée puisque Caroline est revenue et que son attitude envers moi n'a pas changé. Ou plutôt si. J'ai l'impression qu'elle me considère comme un pote. Est-ce que c'est ce que je veux ? Peut-être. Non ? En fait, ça devrait m'arranger, mais c'est tout le contraire. J'ai envie de la rapprocher de moi et d'envelopper ses épaules de mon bras.

À la place, elle a étendu ses jambes sur le canapé en face de l'immense cheminée et posé ses pieds sur mes cuisses. Elle grignote des sablés de Noël et moi je fixe la pointe de sa langue qui lèche ses lèvres. Je fais mon maximum pour me concentrer sur ce que nous raconte Joey. Il nous narre ses nombreux voyages en Afrique et nous décrit les paysages et la vie dans ce continent d'une grande beauté. Le manque d'eau et de nourriture est tel que des gens meurent tous les jours. On le sait par les médias, mais l'entendre dire de la bouche de quelqu'un qui se bat pour améliorer les conditions de vie des populations reculées, c'est autre chose. Joey semble habité d'une mission que je salue. Ce n'est pas rien de partir à l'autre bout du monde plusieurs mois et de vivre dans des villages sans eau ni électricité. Il doit voir et vivre des trucs très difficiles. C'est peut-être pour cela qu'il est parfois si sombre, si distant. Bien qu'il se soit un peu plus ouvert à nous depuis hier. Je retrouve son humour d'antan et ses sourires joueurs.

Manque à l'appel Ruby. Raven nous a appris qu'elle était repartie la nuit dernière. Pas d'autre explication, mais je crois que les deux amies de toujours ne sont plus si copines que ça. Celle qui est à l'origine de cette semaine de retrouvailles est un peu plus naturelle. Elle a toujours toutes sortes d'artifices comme son maquillage ou ses fringues hors de prix, mais elle a mis au placard son accent bourgeois et se marre volontiers aux blagues que l'on fait sans grimacer ou faire des réflexions désagréables.

— Et si on faisait un jeu de société en attendant que la météo s'améliore ? propose Rosie.

Zack est déjà sur ses jambes et lance :

— Je crois en avoir vu dans la chambre du bas. Je vais les chercher !

— OK, les bolos, moi je vais chercher mon tricot.

Nous regardons tous Hope comme si nous venions d'être pris d'hallucinations auditives.

— Ça va, détendez-vous, je plaisante ! soupire-t-elle. Je vais prendre une douche. Je vous laisse à vos jeux débiles.

Elle se lève en donnant un coup sur les pieds de Jude qui lui barrent le passage.

— Hey ! Tu pourrais dire pardon ! se rebelle-t-il avant de lever immédiatement les mains en signe de défaite.

Il faut dire que le regard de la gothique dissuaderait n'importe qui de répliquer. Aujourd'hui, elle a opté pour une tenue prétendument passe-partout. Un jeans qui possède plus de trous que de tissu, un haut noir avec un énorme *fuck* inscrit sur la poitrine et des rangers délacées. Des épingles à nourrice dans les oreilles et des lentilles noires complètent son look flippant.

Je prends conscience que je caresse langoureusement la peau fine de la cheville de Caroline tout en regardant nos potes se chamailler à propos de je ne sais quel sujet. À vrai dire, je ne les écoute plus. Tant qu'elle ne me demande pas d'arrêter, c'est qu'elle apprécie mon geste.

— Quelque chose ne va pas ? m'interroge justement celle qui me trouble à plus d'un titre. J'ai du caramel sur la joue ?

Je saute sur l'occasion et me rapproche en tendant la main.

— Oui, juste... là.

Ce qui est tout à fait faux. Mais c'est une occasion en or de la faire frissonner. Je frôle le coin de sa bouche qui s'entrouvre à mon contact. Elle déglutit, ferme les yeux, avant que le charme soit rompu par Zack qui déboule en braillant :

— Regardez ce que j'ai trouvé !

Il se prend les pompes dans le tapis épais et manque de se vautrer lamentablement.

Il brandit une petite valise vers nous, hyper fier de lui.

— Tu as décidé de te barrer et de nous foutre la paix ?

Notre intello regarde Rosie qui se mord les lèvres pour ne pas rire.

— Très drôle, raille Zack. Non, je vais vous faire profiter de ma présence encore un peu. N'en déplaise à certaines.

Aucune méchanceté entre eux. Ils se taquinent et s'apprécient beaucoup.

— Bon alors, c'est quoi cette valise ? lancé-je en me redressant.

Caroline se redresse également et je ressens une certaine fierté qu'elle ne s'éloigne pas. Zack ouvre la fermeture Éclair et...

— Tadam !

— Oh merde ! s'exclame Raven qui se cache derrière ses mains.

Tout le monde garde le silence et s'approche avant d'exploser de rire.

— Rappelle-nous à qui appartient ce chalet, déjà ? demande Charlotte en se tenant le ventre.

— À un ami de mon père...

— Nan, mais y a des trucs, je ne savais même pas que ça existait, lance Jude en regardant de plus près le contenu.

— Eh ben dis donc, on doit bien s'amuser dans les soirées des bourgeois ! ajoute Rosie qui brandit un godemiché très réaliste si on fait abstraction de sa taille absolument énorme.

— Lâche ça tout de suite ! ordonne Raven qui lui arrache l'objet des mains avant de grimacer et de le planquer derrière elle.

— Oh, et ça ! Qu'est-ce que ça peut bien être ?

Charlotte observe sous toutes les coutures une espèce de cylindre en silicone.

— Ça, ma chérie, lui répond Jude, c'est un sex-toy masculin. Ça s'appelle une vaginette. On met son... truc là-dedans...

Il attrape les doigts de Chacha et en insère deux dans l'engin.

— Ohhh ! Ahhhh !! Et c'est ça que vous ressentez quand vous nous...

— Dis donc, il est chaud le pote de ton daron, s'exclame Joey qui sort des menottes et un martinet en cuir noir de la valise.

— Rangez ça tout de suite, marmonne Raven, rouge de honte.

— Attends ! Regarde ça !

— Je vais prendre l'air, m'avertit Caroline en rigolant.

— Quelque chose ne va pas ?

— Non, tout va parfaitement bien. Ne t'inquiète pas. Je les laisse jouer avec leurs nouveaux joujoux et profiter de ce magnifique paysage.

Rosie lâche ce truc censé représenter un sexe d'homme qui commence à me filer des complexes.

— Attends, je viens avec toi ! lance cette dernière en suivant sa pote.

Elles filent toutes les deux sur le balcon après avoir récupéré leurs manteaux. Et moi, comme un mec complètement mordu, je l'observe s'éloigner avec déjà cette sensation de manque dans mon corps. Caroline se tourne à demi et me lance un clin d'œil lorsqu'elle constate que je la mate. Sourire débile, salto de mon estomac et cœur qui pique un sprint. S'il n'y avait que moi, j'irais avec elles, mais je ne veux pas me montrer trop envahissant. Et puis, mon pote de toujours lance une idée qui ne me dit rien qui vaille.

— J'ai vu un jour une vidéo d'un mec qui sabrait le champagne au fouet ! s'écrie Jude. Je suis sûr qu'on peut le faire avec un martinet[1] !

— Chiche ? enchérit Zack déjà en quête d'une bouteille dans le bar. Y a pas de champagne ou un bon mousseux dans ce chalet de luxe ?

— À la cave, se lamente Raven.

De toute façon, elle sait comme moi que c'est peine perdue d'essayer de les arrêter maintenant. Joey semble se réjouir de réaliser cette expérience. Plus on est de fous... Je cherche déjà la fameuse vidéo sur mon téléphone. Une certaine excitation envahit le salon. Charlotte trépigne, Zack analyse le bouchon de la bouteille avec application pour trouver l'angle parfait et Joey fait des essais dans le vide. Le bruit des lanières en cuir qui fouettent l'air fait grimacer Raven.

— Quand je pense que Steeve Blackstone troisième du nom utilise ce... truc. Ça me dégoûte.

— Moi, je trouve ça génial. Au moins, il s'éclate.

Jude n'a aucun tabou en ce qui concerne les pratiques sexuelles.

— C'est bon, les gars ! annoncé-je. J'ai trouvé !

Je m'avance vers eux. Ils se rassemblent tous autour de moi alors que je tends le portable. J'appuie sur *play* et la vidéo démarre. Tout le monde est attentif et concentré.

---

1. Je me dédouane de toute responsabilité concernant ce passage. Pour les réclamations, adressez-vous à Laurence Chevallier.

15

Caroline

J'observe la neige tomber à gros flocons et virevolter, un vent léger me fouette le visage. J'enfonce mon nez dans le col de ma parka dans le vain espoir de me réchauffer. Malgré le froid, j'aime particulièrement cette terrasse. Elle ressemble à un cocon apaisant avec ses fauteuils confortables, ses petites lumières sur les guirlandes qui entourent la rambarde en bois et cette couronne de sapin accrochée à la façade au-dessus de la baie vitrée. Et cette vue sur les montagnes est splendide. D'ici, on distingue la forêt, Aspen Highlands et Aspen Mountain. La ville paraît minuscule.

Le temps d'un instant, je ne me rends pas compte que je ne suis pas seule et me replonge dans mes souvenirs de cet après-midi au spa.

Je n'ai aucun regret de ne pas avoir succombé à mes envies et mes pulsions. J'aurais pu accepter les avances de Pablo et nous aurions fait l'amour sur cette table de massage, mais ensuite ? Alors, quand les choses sont devenues sérieuses et que ses mains ont découvert mon corps dénudé, j'ai pris peur. Peur d'éprouver trop de sentiments. Peur de tomber encore de haut et de mettre des mois, des années à m'en remettre. Peur de ce que je ressentais.

Mon Italien a eu la réaction que j'attendais. Il a respecté mes craintes et mes réticences, a été un véritable gentleman. Sans être pressant, il m'a fait comprendre qu'il était là et qu'il serait patient.

Et sa gêne quand il m'a demandé si nous étions en couple. Tellement chou. Il m'a mise à l'aise et ça m'a permis de reprendre mes esprits. Où est-ce qu'on en est ? Aucune idée. Et à vrai dire, je ne veux pas me poser la question. Tout ce que je sais, c'est que Pablo a ravivé en moi des sentiments forts. Mais je ne veux pas précipiter l'histoire, si histoire il y a.

— C'est magnifique, soufflé-je pour moi-même.

— Raven ne s'est pas moquée de nous.

Je sursaute en me rappelant que Rosie m'a suivie.

— Et sinon… Pablo et toi…

Sa curiosité me fait rire alors qu'il y a encore quelques jours, j'aurais grimacé et me serais renfermée. Au lieu de ça, je lui avoue ce qui me tracasse.

— C'est… compliqué. Je ne sais même pas si on est vraiment ensemble.

— Lui a l'air de le savoir, si tu veux mon avis. La façon dont il te regarde est sans équivoque. Qu'est-ce qui te retient ?

— Tant de choses ! m'exclamé-je. Déjà, si ça n'a pas marché il y a dix ans, je ne vois pas pourquoi ce serait le cas aujourd'hui. Nous avons pris des chemins différents. Sans oublier qu'il y a encore quelques jours, je le haïssais.

— Ça, c'est ce que tu t'efforces de te répéter. Parce qu'en réalité, tu l'as toujours aimé, pas vrai ? Je me rappelle qu'à l'époque, quand il arrivait dans ton champ de vision, personne d'autre n'existait. Et tu sais quoi ? C'est pareil aujourd'hui.

— On va dire que j'ai eu du mal à le rayer définitivement de ma mémoire. Mais je me suis tout de même mariée et j'ai aimé un autre homme.

Je soupire et me surprends à parler de moi sans ce pincement au cœur qui m'empêche d'habitude d'évoquer ma vie sentimentale déplorable.

— Tu es... mariée ? s'étonne-t-elle sans une once de malveillance.

— Je suis en instance de divorce pour être plus précise. J'ai d'ailleurs hâte d'ouvrir un nouveau chapitre de ma vie.

Ma voix a baissé d'une octave et je surprends mes doigts à trembler légèrement. Et ce n'est pas à cause du froid.

— Qu'est-ce qui s'est passé ? me demande mon amie avec douceur, comprenant que le sujet est délicat.

J'hésite à me confier à elle. Pour les gens qui m'entourent, nous avons rompu simplement parce que les sentiments se sont émoussés. Une banale histoire d'amour qui se termine.

— Il a... Il est... Je..., bafouillé-je. Il m'a trompée...

— Mince. Je suis désolée, Caro.

— Attends, tu ne sais pas le pire.

Je m'aperçois que ce n'est pas si terrible que ça d'évoquer ce qui m'a pourtant ravagée durant des mois. C'est même un soulagement.

— Il est agent de mannequins. Alors il passe son temps avec des femmes absolument sublimes. Au début de notre relation, j'avoue que je craignais qu'il ne rompe sa promesse de fidélité avec l'une d'elles. Et puis, il m'a prouvé qu'il m'aimait. Alors, logiquement, j'ai baissé ma garde. En fait, je n'avais rien à craindre des filles... Il m'a trompée avec un mec...

Mon amie me regarde la bouche grande ouverte et les yeux ronds. S'il y a quelques jours je me serais mise à pleurer et me serais lamentée sur mon triste sort, aujourd'hui, je me mets à rire. Je me tiens le ventre, me penche en avant et dois essuyer des larmes d'hilarité. Rosie se joint à moi et il nous faut plusieurs minutes pour nous calmer.

— Ça va, tu le prends bien, constate-t-elle.

— Ce n'était pas le cas il y a une heure. Mais c'est comme si un truc en moi s'était débloqué. Un verrou a sauté et je me sens libérée à présent.

Elle noue ses doigts aux miens et me sourit avant de me dire une phrase qui prend tout son sens.

— À quelque chose malheur est bon.

Je hoche la tête pour confirmer. Ce quelque chose, c'est Pablo. Il a tout changé en quatre jours et j'en suis la première surprise.

— Qu'est-ce que vous foutez dehors ?

La voix de Hope résonne. Rosie me lance un clin d'œil pour me promettre silencieusement que mon secret sera bien gardé. Je lui souris pour la remercier avant d'accueillir la gothique qui arrive dans notre dos.

— Punaise ! s'exclame Rosie en se tenant la poitrine.

— Waouh !

Je regarde celle qui sourit et qui ne ressemble plus du tout à la Hope que l'on connaît.

— C'est... Tu es...

— Différente ?

— C'est le moins que l'on puisse dire, répond Rosie.

Hope paraît presque... normale. Vêtue d'un jeans, d'un pull à col roulé bleu et d'une paire de baskets, elle a attaché ses cheveux en un chignon simple et a juste maquillé ses yeux d'un peu de mascara. Elle m'avait dit qu'elle n'arborait plus ce look gothique au quotidien et qu'elle souhaitait juste embêter Raven et Ruby. Mais là... le changement est quand même super radical. Elle ne sera jamais vraiment comme tout le monde avec ses tatouages et ses piercings un peu partout sur le corps. De plus, elle possède un visage androgyne vraiment particulier. Mais elle est belle à sa manière et assume parfaitement sa différence.

— Tadam, sourit-elle en écartant les bras avant de tourner sur elle-même. Voilà la vraie moi.

— Mais pourquoi ? Je veux dire, tu étais… comme on t'a toujours connue.

— Ça fait un bail que je ne suis plus la Hope d'avant, explique-t-elle. J'ai abandonné ce style un an après le lycée. J'ai été repérée par un chasseur de têtes sur mon lieu de travail. Je bossais dans une grande surface et un type m'a filé sa carte en me demandant de le joindre le soir même. Il recrutait pour une grande agence de mannequins basée à New York. Mon profil correspondait à ce qu'il recherchait pour une campagne de pub sur la *différence*. J'ai tenté ma chance. Une semaine plus tard, je posais devant l'objectif. Je me suis aperçue que je n'avais pas besoin de tous mes déguisements pour être singulière. Il me suffisait d'être moi. Depuis, je suis égérie d'une marque de fringues, d'une autre de maquillage et je fais très souvent des conventions de tattoos.

Rosie est sans voix. Moi, je suis émue et fière qu'elle ait fait de sa particularité une force et un atout.

— Et donc, tout ce cinéma, c'était juste pour te rappeler ta jeunesse ? s'étonne la mère de famille.

— D'une, je ne suis pas si vieille que ça. Et de deux, je voulais juste faire un bond dans le temps et emmerder les bourgeoises. Il se trouve que Raven n'est plus si chiante que ça. Quant à Ruby, elle n'est plus là. Et faire flipper Zack ne m'intéresse pas tant que ça. Il est carrément sympa. Mais ne leur dites pas que je les aime bien, ils vont trop me saouler sinon.

Elle assortit sa dernière remarque d'un sourire.

— Et Joey sait tout ça ? demande Rosie un tantinet curieuse.

Comme moi, cette dernière a bien compris qu'il se passait un truc entre eux. Ce que nous confirme Hope à demi-mot.

— Bien sûr. C'était même son idée que je vienne fringuée comme au temps du lycée. Mais si votre question est : est-ce qu'il se passe quelque chose entre lui et moi ? La réponse est : non. En fait, c'est compliqué.

Elle hausse les épaules puis reporte son attention sur l'intérieur du chalet.

— Mais qu'est-ce que... Ils ne sont pas sérieux ? Ils essaient vraiment de sabrer le champagne avec le martinet ?

— C'est quoi cette histoire ? demande Rosie.

— Trop long à t'expliquer, soupiré-je.

Il vaut mieux les arrêter tout de suite avant qu'ils fassent des conneries. J'entraîne les filles avec moi et nous déboulons dans le salon. Mes yeux captent immédiatement ceux de Pablo. Je suis happée par son regard prédateur et me dirige vers lui comme si mon corps obéissait à son ordre silencieux. Je n'entends plus le brouhaha ambiant. Il n'y a plus que nous. Il y a, et je crois qu'il y aura toujours, ce truc qui nous pousse l'un vers l'autre. Je ne sais pas ce que nous réserve la vie, mais je ne peux ignorer ce que me souffle mon cœur.

— Salut, beauté, murmure-t-il à mon oreille avant de déposer un baiser sur ma tempe.

Je ronronne comme un chat en quête de caresses et penche la tête sur son épaule. Voilà, là, je suis à ma place. Je ne suis peut-être pas prête à passer le stade du flirt, mais un peu de tendresse ne peut me faire que du bien. Punaise, ce mec m'a ensorcelée, je ne vois que cette raison à ce besoin presque vital d'être dans ses bras.

— Je peux savoir à quoi te servent tous tes muscles ? s'agace Chacha qui arrache le martinet de la main de Zack, me sortant par la même occasion de mon état de transe amoureuse.

Amoureuse ? Oui, sans aucun doute. Je l'ai toujours été et je crois que peu importe mon âge, j'aimerai toute ma vie Pablo Veroni.

— Bah vas-y, essaie, toi !

Vexé, Zack croise les bras et bougonne avant de tomber sur Hope. Il a un mouvement de recul, plisse les yeux avant de siffler.

— Qui êtes-vous ? Qu'avez-vous fait de cette nana qui nous fait flipper et qui m'a fait faire des cauchemars durant tout le lycée ?

— Ça va, n'en fais pas des caisses non plus, grommelle l'intéressée. Ce n'est pas parce que je suis « normale » que je ne suis pas capable de hanter tes rêves.

Elle avance vers lui d'un air menaçant.

— Dis donc, c'est que tu serais presque belle comme ça ! s'exclame Jude qui n'en rate pas une.

Il récolte un coup de coude bien placé de Joey qui fait taire le maladroit.

— Tu étais au courant ? me demande discrètement Pablo.

— Depuis le premier jour, mais je n'avais pas eu la chance de la voir au naturel.

— C'est... surprenant. Et donc Hope n'est plus Hope ? Elle ne va plus envoyer tout le monde balader et agresser quiconque envahit son espace ?

— Oh que si ! répond-elle alors que celui qui pensait ne pas être entendu rougit légèrement. Mes fringues sont peut-être plus traditionnelles, mais mon caractère reste le même.

Elle lui lance un clin d'œil complice et file se laisser tomber dans le canapé près de son acolyte, Joey.

— Alors, dans la vidéo, le type dit qu'il faut incliner légèrement. Quarante-cinq degrés...

Hyper concentrée, ma sœur tire la langue et penche la bouteille, se moquant complètement de la réaction des autres. C'est ça qui est bien avec eux. Ils ne font une montagne de rien et acceptent les différences sans jugement. Chacha tend le bras derrière elle en manquant d'éborgner Jude.

— Hey ! Mais t'es malade ! Si tu veux me fouetter, pense à mes fesses. Je tiens trop à mon beau visage.

Un rictus débile prend naissance sur les lèvres de Charlotte et je vois déjà les rouages de son cerveau qui se mettent en marche.

— Ma frangine est une perverse, me lamenté-je en me cachant dans le cou de Pablo qui range son portable dans sa poche.

— Moi je trouve que c'est une femme pleine d'imagination, me répond-il.

Je le frappe sur le torse et laisse traîner mes doigts sur ses pectoraux qui se contractent à mon contact. Il pousse un râle et je sens mon bas-ventre qui se tord. Je retire ma main aussi sec. Mieux vaut ne pas jouer avec le feu qui crépite en moi.

— Plus fort et plus sec ! ordonne Charlotte.

— Hum, bébé, j'aime quand tu me parles comme ça.

Jude s'approche d'elle avec un sourire salace. Il est éconduit par ma sœur qui semble déterminée à ouvrir cette satanée bouteille. Je me rends compte que dans les bras de mon premier amour, je suis comme déconnectée du reste du monde. Il trouble ma réalité et fait palpiter mon âme.

Joey attrape le champagne et tourne sur lui-même.

— Vous n'y connaissez rien, bande de tocards ! grondet-il. Y a pas une épée ou un sabre dans cette baraque de riches ?

Le problème c'est que les autres cherchent immédiatement dans la pièce l'objet qui leur permettra de réussir la mission qu'ils se sont donnée.

— Je crois que j'ai vu un long couteau dans l'arrière-cuisine.

— Désolée, ma beauté, mais je crois qu'il est grand temps qu'on mette fin à cette plaisanterie, me chuchote Pablo. Au début c'était drôle, mais là, ça devient dangereux.

Il arrache l'objet du délit des mains de Joey et prend une voix qui ne tolère aucune réplique.

— Maintenant, ça suffit ! Vous allez me ranger tout le merdier dans la valise et arrêter vos expériences débiles. Il va finir par y avoir un blessé !

Charlotte baisse les yeux. Alors ça, c'est une première. Même mon père n'arrive pas à avoir de l'autorité sur elle. Elle a toujours le dernier mot et n'en fait qu'à sa tête. Jude et Zack marmonnent je ne sais quoi en grimaçant et récoltent un regard qui en dit long de leur pote qui ne rigole pas. Hope se marre dans son coin en compagnie de Rosie et Joey lâche l'affaire en traînant des pieds.

— C'est pas juste, soupire Jude.

— Ouais, on voulait simplement s'amuser, ajoute Chacha.

— Y a plein de jeux de société dans la bibliothèque.

Pablo garde son sérieux, mais je note le coin de ses lèvres qui se retrousse légèrement. Je sais qu'il n'est pas loin d'exploser de rire.

— Peut-être qu'il y a le Cluedo ! s'exclame le meilleur ami de mon Italien. Je vous préviens, je suis le colonel Moutarde.

— Ah oui ?! s'énerve Chacha qui, décidément, a trouvé toute sa place parmi mes amis. Et pourquoi je ne pourrais pas être le colonel Moutarde ? Je ne te savais pas sexiste !

— Il ne peut y avoir qu'un colonel et c'est moi. Tu es plutôt une... Mlle Rose. Manipulatrice et charmeuse.

— Méfie-toi que je ne t'assomme pas dans la chambre avec un chandelier.

Ils partent en se chamaillant, suivis par le reste de la troupe. Jude revient sur ses pas et subtilise la bouteille.

— Je ne veux pas savoir ce qu'ils vont faire avec ce champagne, soupiré-je.

16

Caroline

Je ne sais pas comment Pablo et moi avons fini par dormir dans le même lit. J'émerge d'un sommeil profond, la joue sur son torse, mon bras en travers de son abdomen et mes jambes emmêlées aux siennes. Cet homme au corps chaud et… hum, musclé, n'est pas en reste. Il m'enlace tendrement et si j'en crois sa respiration et les battements rapides de son cœur, il est bel et bien réveillé. Je n'ose pas bouger un cil ou un orteil. Notre posture n'a pas l'air de le déranger outre mesure. Je mentirais si je disais qu'il en est de même pour moi. Je n'ai pas partagé mon lit avec un homme depuis Jonathan et ça me fait… bizarre. C'est agréable, mais étrange.

Hier soir, après une partie de Monopoly endiablée durant laquelle Charlotte a passé plus de temps en prison qu'à acheter des terrains, tout le monde est monté tranquillement se coucher. Pablo et moi discutions dans la cuisine en buvant un chocolat chaud. Lorsque nous nous sommes rendu compte que nous étions seuls, il m'a proposé de poursuivre notre conversation dans sa chambre. Aucune allusion ou ambiguïté dans sa demande et je passais un bon moment. Nous avons parlé de sa vie, de la mienne sans jamais vraiment entrer dans les détails, mais c'était comme si les années d'absence n'avaient pas existé. Nous avons ri, plaisanté, conversé plus sérieusement aussi et puis, la fatigue nous gagnant, nous avons dû nous endormir.

J'ai appris que son restaurant cartonnait et qu'il était revenu à Denver il y a quatre ans, après que la vie lui a infligé la plus dure épreuve qu'un homme peut subir. J'en ai conclu qu'il devait s'agir de la mère de leur fille. Quand je pense que l'on ne s'est jamais croisés. Cette ville est grande, mais quand même. Je n'ai pas osé poser plus de questions. Après tout, même s'il a sûrement découvert mon secret lorsque j'ai vendu la mèche le soir où j'ai un peu trop bu, je n'ai pas expliqué clairement. Seulement, maintenant que je me remémore cette conversation au sujet du retour dans notre ville natale, quelque chose me chiffonne. Cette nostalgie dans sa voix, l'émotion dans ses yeux. Un truc qui me souffle suffisamment fort que leur histoire n'est pas terminée. Je me serais bien passée de cette sensation dans mon ventre qui me crie que je vais au-devant de grosses emmerdes.

Alors, plutôt que de jouer la comédie et de souffrir une fois de plus, j'ouvre les yeux. Les rayons du soleil d'Aspen passent à travers le rideau épais et éclairent la pièce. Pablo est torse nu et je ne résiste pas à admirer la couleur hâlée de sa peau. Une fine bande de poils serpente entre ses pectoraux, dévale plus bas vers des contrées que j'ai connues jadis. À l'époque, il n'avait pas autant d'abdos. Mes mains me brûlent de le toucher et me rappeler sa texture.

Il serait simple de céder à la tentation. Je ne crois pas me tromper en avançant que Pablo a autant envie de moi que moi de lui. Beaucoup de femmes ne se poseraient pas de questions et fonceraient. Oui, mais après ? Et qu'attend-il de moi ? Je ne sais pas si je suis capable de coucher avec lui puis de reprendre mon train-train dans quelques jours en oubliant Pablo Veroni.

Forte de la conviction que c'est impossible, je me décolle de lui.

— Salut, lance-t-il, la voix éraillée. Bien dormi ?

— Hum... Oui. Désolée. Je vais te laisser et aller dans ma chambre. Charlotte doit se demander où je suis. Elle va certainement me cuisiner pour que je lui raconte ce qu'il s'est passé. Ce qui est ridicule puisqu'il n'y a rien à dire. N'est-ce pas ?

J'ai parlé aussi vite qu'une mitraillette en tentant de m'extraire de ses bras.

— Caroline, qu'est-ce qui ne va pas ? J'ai fait un truc qui t'a déplu ?

— C'est que..., bafouillé-je, à présent mal à l'aise. Laisse tomber, les autres doivent nous attendre pour le petit déjeuner.

Je tente de prendre un ton enjoué et de plaquer un sourire sur mon visage, mais je ne dois pas être très convaincante. Pablo reste sérieux et ne bouge pas d'un poil alors que je le pousse encore pour me délivrer de sa prise.

— Caroline, j'aime que les choses soient claires et sans prise de tête. Si quelque chose te chagrine ou bien si ce qui se passe entre nous ne te convient pas, on doit en discuter.

Et dire qu'avec Jonathan il me suffisait de changer de conversation pour clore un sujet que je voulais éviter. Il est le spécialiste de la politique de l'autruche. Plutôt que de jouer cartes sur table, il enfonce sa tête bien profondément dans le sable et attend que l'orage passe. Contrairement à mon ex, Pablo désamorce immédiatement les conflits ou les malentendus et communique.

Je soupire et retombe sur le matelas.

— On s'entend bien ? demandé-je hésitante.

— Ouais...

Je m'y prends comme un pied.

— Il y a toujours ce lien, cette alchimie entre nous. Comme quand on était au lycée ?

— C'est évident.

Il fronce les sourcils, ne voyant pas du tout où je veux en venir, et je le comprends. J'ai tellement peur d'être maladroite que j'emprunte des chemins détournés au lieu d'aller droit au but.

— Mais... dix ans ont passé et... on ne se connaît plus. Nous avons évolué, vécu toutes sortes de choses. Des belles et des moins belles. Elles font ce que nous sommes aujourd'hui. Finalement, je n'irai pas jusqu'à dire que nous sommes des inconnus l'un pour l'autre, mais presque. C'est normal et je ne te reproche rien.

J'ancre mes yeux dans les siens. Toute trace d'amusement a déserté son regard. Je m'égare et m'emmêle. Après tout, s'il ne me dit rien de sa vie, c'est qu'il ne souhaite pas en parler. Qui suis-je pour le lui reprocher ?

— Où veux-tu en venir, Caroline ?

Allez, un peu de courage ma vieille !

— Qui est la mère de Julia ? Comment l'as-tu rencontrée ? Pourquoi n'êtes-vous plus ensemble ?

Les traits de son visage se durcissent et les muscles de ses mâchoires gigotent avec nervosité sous la peau de ses joues. J'ai touché un point sensible et je le regrette tout de suite.

Il se redresse et s'éloigne de moi. Je sens un courant d'air froid envahir la pièce et la légèreté qui l'animait a disparu, remplacée par un malaise palpable. Pablo est vêtu d'un bas de jogging gris tombant bas sur ses hanches. Il fourrage ses cheveux avant de soupirer. Une sorte de panique m'étreint. J'ai peur de le perdre à nouveau, de me retrouver seule et de le pleurer pendant des mois. En quelques jours, il a retrouvé toute la place qui lui appartenait dans mon cœur. Je m'agenouille et me recroqueville sur moi-même.

— Excuse-moi, je n'aurais pas dû...

Mes mots ne sont que des murmures. Une boule d'angoisse obstrue ma gorge tandis que je retiens difficilement les émotions qui me vrillent l'estomac.

Pablo s'adosse au bureau. Je n'aime pas la barrière qu'il érige entre nous. Pas un regard, les mâchoires serrées et les muscles tendus. Finalement, je ne veux rien savoir. Je préfère rester dans l'ignorance et reprendre le cours de mon existence comme elle l'était avant mon séjour ici. Je vais profiter des deux jours qu'il me reste, découvrir les environs et renouer les liens avec mes amis d'antan.

Prise d'un frisson, je me lève et m'apprête partir quand Pablo déclare comme pour lui-même :

— J'ai rencontré Samantha à Phoenix, il y a sept ans.

Il secoue la tête avant d'ouvrir le rideau et de fixer les paysages enneigés par la fenêtre. Je n'ose pas bouger ou même respirer de peur qu'il ne se taise. Je sens que la suite va être difficile. Pour lui comme pour moi.

— Nous avions beaucoup de points en commun et nous nous entendions à merveille. D'abord amis, nous nous sommes ensuite aimés passionnément. Elle était... rayonnante, généreuse, intelligente et tellement belle. Il n'y avait pas une once de méchanceté en Sam. Quand quelqu'un lui faisait une crasse, elle lui trouvait toujours une excuse et finalement, c'est l'autre qui s'excusait. Elle est tombée enceinte de notre fille un an et demi après que l'on s'est mis en couple. Ce n'était pas prévu, mais nous étions les plus heureux du monde. Ma femme m'a offert le plus beau des cadeaux. Elle a fait de moi un mari aimant, fidèle et un père attentionné et complètement fou de sa gamine.

Je sens dans sa voix tant de peine, d'amour et de colère que mon ventre se tord. Je ne devrais pas, mais je jalouse cette femme qui a tant partagé avec lui. Si elle était face à moi, je lui hurlerais dessus d'avoir laissé passer un homme comme Pablo.

— Qu'est-ce qui s'est passé ? osé-je insister, tremblante.

Il déglutit péniblement puis baisse la tête. Face à son silence, je pense que ses confidences vont s'arrêter là et pose la main sur la poignée de la porte, prête à détaler. J'ai besoin de me retrouver seule et de digérer tout ça.

— Elle nous a quittés, finit-il par murmurer.

Je me fige sur le seuil de la porte. Sa voix... Elle semble si... éteinte. Comme si cette révélation lui crevait le cœur. Lentement, je lui fais face et me prends sa tristesse de plein fouet. Des larmes silencieuses coulent le long de ses joues et ses yeux me supplient de lui venir en aide. Je comprends qu'elle n'a pas seulement pris ses cliques et ses claques. Non, elle...

— Samantha est décédée d'un cancer.

— Pablo, soufflé-je en courant dans ses bras.

Je le serre de toutes mes forces et essaie de prendre son chagrin pour qu'il ne souffre plus. J'imagine sa douleur et celle de sa fille. Il niche son nez dans mon cou et sanglote. Je lui laisse le temps nécessaire pour évacuer sa peine. Ses mains pétrissent ma taille. Son corps devenu froid tremble contre le mien. À ce moment précis, je ne pense plus à nous et à ce que nous aurions pu vivre. Je ne pense pas au fait qu'à nouveau il m'échappe. Je veux juste qu'il arrête d'avoir mal. Alors je suis là pour lui. J'attends qu'il se sente capable de relever la tête.

Je ne sais ni combien de temps s'est écoulé ni comment nous nous sommes retrouvés à nouveau dans le lit, blottis l'un contre l'autre. Les pleurs de Pablo se sont taris et il caresse à présent tendrement la ligne de mon dos au travers de ma robe. Sa respiration est redevenue calme et il est plus détendu. J'ai l'impression qu'un poids énorme vient de tomber de ses épaules. La sensation d'être une privilégiée m'envahit.

Du bruit provient du couloir. Des voix, des rires. Ils nous sortent tranquillement de cette bulle dans laquelle nous nous sommes enfermés.

— Voilà, tu sais tout, soupire-t-il. Tu comprends pourquoi il m'est compliqué de m'investir totalement dans une relation.

Je me crispe et cesse de respirer.

— Ce que je veux dire, poursuit-il, c'est que je ne sais pas si je suis encore capable d'aimer une femme aussi fort que j'ai aimé la mère de Julia. Je n'arrive pas à l'oublier et la douleur est toujours vive. J'ai appris à vivre avec son absence, mais... une partie de mon cœur est morte avec elle. Mon existence est à présent consacrée à ma fille. Je dois jouer le rôle de papa et celui de maman.

Que répondre à cette magnifique déclaration d'amour pour sa femme et sa fille ? Que je les envie ? Ça serait égoïste. La seule chose qui me vient est de l'aider à apaiser ses blessures. Elles ne seront jamais totalement guéries, mais je peux essayer, s'il en a envie, de les rendre plus supportables. Je vais souffrir, j'en suis persuadée. Pourtant, je prends la décision de m'effacer pour son bien à lui. C'est ça l'amour. Parce que oui, je l'aime, ça ne fait aucun doute.

— Merci, Pablo. Merci d'avoir été honnête avec moi. Je prends cet aveu comme une marque de confiance. Je pourrais te dire tant de choses que tu as certainement déjà entendues et qui ne t'ont rien apporté. Ces banalités que ceux qui n'ont jamais souffert débitent pour se donner bonne conscience. « Tu es jeune, tu trouveras quelqu'un d'autre que tu aimeras... » blablabla...

Il rit et ce son grave est un encouragement à poursuivre.

— Je ne le ferai pas. Parce que ça ne te rendra pas plus heureux et que ça ne changera rien à ton chagrin. Je peux juste te promettre d'être là, Pablo. Que ce soit en amie ou plus. Je veux que tu saches que si tu as besoin d'une oreille pour t'écouter, d'une personne pour s'occuper de ta fille les jours où tu couleras sous le poids des responsabilités, je serai là.

J'ai envie de lui dire que je ne remplacerai jamais Samantha, mais je m'abstiens. Il n'a pas besoin d'entendre ça maintenant. Toutefois, c'est une chose qui arrive comme un boomerang dans mon esprit. Est-ce cela qu'il attend de moi ? Retrouver la femme qu'il a perdue ? Je préfère taire mes questions.

Pablo se redresse sur un coude, me renversant au passage. Je pousse un cri de surprise puis soupire quand son pouce efface une larme au coin de mon œil.

— Caroline… C'est… Merci d'être revenue dans ma vie.

— Remercie plutôt Raven, plaisanté-je pour alléger l'ambiance.

— J'y penserai. Mais… je crois qu'avec toi j'entrevois la lumière au bout du tunnel. Tu me donnes envie d'aller de l'avant et peut-être… d'aimer à nouveau.

Il dépose un tendre baiser sur mes lèvres puis très vite, sa langue retrouve la mienne. Mes mains découvrent son corps d'homme, les monts et vallées de son dos. Nous faisons connaissance pour la seconde fois de notre vie. Sans peur. Sans obligation. Juste pour faire une croix sur nos passés. Je n'oublie pas que des doutes compriment encore mon cœur. Je compte bien les évoquer dès que l'occasion se présentera pour que plus rien ne fasse obstacle à cette nouvelle page que nous écrivons ensemble. En attendant, j'accepte de me donner à lui et me laisser aller à mes envies. Je redeviens sensuelle et séductrice. Joueuse et tentatrice. Il se montre doux, prévenant et passionné.

Si nous ne sommes pas allés jusqu'au bout, c'est simplement parce que, d'un commun accord, nous désirons prendre notre temps. Ça ne nous a pas empêchés de profiter de ce moment incroyable. Il a caressé mon corps. J'ai effleuré le sien. Mes gémissements se sont mêlés à ses râles. Ça faisait bien longtemps que je n'avais pas goûté au désir de s'offrir à l'autre. Que je n'avais pas vu ses étoiles lorsque le plaisir m'assaille.

Toutes les barrières que je m'échinais à maintenir debout pour me protéger ont volé en éclats. Je ne regrette pas et si c'était à refaire, je n'hésiterais pas une seconde.

17

Caroline

Le temps s'est gâté et la neige tombe abondamment. Finalement, Pablo et moi avons quitté la chambre deux heures plus tard sous les sifflets et les blagues potaches de nos amis. J'aurais pu avoir honte de m'afficher les lèvres gonflées par les baisers de Pablo et le sourire d'une femme comblée plaqué sur le visage, mais c'est tout le contraire. Je suis fière et j'assume totalement d'avoir redécouvert l'amour.

Je me sens... moi. Sans filtre, sans faux-semblants. C'est pour ça que j'ai envie de dire la vérité sur mon mariage raté alors que nous sommes tous réunis au coin du feu et que tout le monde en dit plus sur sa vie et sur ce qu'il a vécu durant ces dix années. Après tout, mon amant a fait preuve d'une immense franchise en m'avouant son passé et ses blessures. D'ailleurs, je note un changement dans son attitude. Comme s'il s'était libéré d'un carcan et qu'il s'autorisait à être enfin lui-même. Alors je peux moi aussi raconter ce qui m'a rendue si réticente à offrir mon cœur. Ma situation est bien moins dramatique. Je dirais presque qu'elle est finalement amusante à côté du drame que Pablo a enduré.

— Je vous jure, j'aurais dû me casser une jambe le jour où j'ai demandé mon ex en mariage. Une mante religieuse qui encore aujourd'hui me pompe tout mon fric.

Perdue dans mes pensées, je n'ai rien suivi de l'histoire de Jude, mais visiblement, il est très remonté contre son ex-femme. Charlotte, très attentive, secoue la tête et grimace.

— Encore une qui ne sait pas ce qu'elle a perdu, lance-t-elle en se jetant au cou de Jude.

— Bon, et toi, Caroline ? intervient Zack. Tu es une brillante agente immobilière à Denver, tu gagnes ta vie confortablement, mais tu n'as quand même pas attendu Pablo durant ces dix dernières années ?

C'est le moment. Je vais devoir avouer que ma vie n'est pas si formidable que ça. Je me crispe et baisse les yeux en lâchant la main que Pablo tenait fermement dans la sienne.

— Et si on allait se baigner ?!

Ma sœur, qui sait parfaitement à quel point le sujet est sensible, pense m'enlever une épine du pied. Toutefois, je lui fais un signe discret pour lui indiquer que je gère. Échange de regards et communication silencieuse entre nous et elle comprend que je m'apprête à révéler mon échec amoureux. C'est dingue, je ne suis en rien fautive dans cette histoire, et pourtant je traîne cette trahison comme un boulet à ma cheville. Il me handicape et m'empêche d'envisager l'avenir. À cause de Jonathan, j'ai perdu confiance et tout espoir de vivre une belle histoire d'amour. J'ai barricadé mon cœur pour protéger mon âme.

Je me redresse, carre les épaules et m'éclaircis la voix avant de prendre la parole.

— J'ai vécu en couple durant sept ans. Il s'appelle Jonathan et nous étions très heureux. Enfin, c'est ce que je pensais. Ou en tout cas, ce que je m'efforçais de croire. Parce que dans le fond, ça faisait déjà plusieurs mois que je me posais pas mal de questions. Mon ex est agent de mannequins.

Il est à la fois leur porte-parole et leur nounou. Je précise qu'il bosse depuis plus de deux ans dans une agence spécialisée dans les modèles hommes. C'est important pour la suite de l'histoire...

Tous sont attentifs et attendent que je poursuive. Ils ne me jugent pas, ne m'interrompent pas. Leur sollicitude m'encourage à continuer.

— Nous parlions enfants. Plus moi que lui, et ça aurait dû me mettre la puce à l'oreille. Mais j'étais aveuglée par mon amour pour lui. Je vous épargne certains passages qui de toute façon ne changeront rien à l'épilogue. Toujours est-il que j'ai retrouvé mon mec avec l'un de ses poulains. Je n'en croyais pas mes yeux. Mais le pire, c'est que j'aurais été prête à lui pardonner. Tu parles... ça a été pour lui le prétexte idéal pour mettre un terme à notre histoire en un claquement de doigts. Bref. J'ai cherché durant des mois à comprendre ce que j'avais fait ou ce que je n'avais pas fait, justement. J'avais honte de ne pas avoir su garder un homme. Je me disais que je devais vraiment être nulle pour que mon mec se console dans les bras d'un autre. Je me suis attribué la fin de notre relation sans jamais penser une minute que, finalement, je n'avais rien fait de mal. C'est comme ça, c'est tout. Jon et moi sommes en procédure de divorce.

Tout le long de ma tirade, la main de Pablo n'a pas quitté ma cuisse. Il la pressait dès que ma voix chevrotait et chaque fois, il me donnait le courage qui me manquait pour poursuivre. À présent que j'ai terminé, il m'attire à lui et embrasse ma joue pour me montrer qu'il me soutient.

— Caroline a beaucoup souffert, déclare Charlotte, émue. Grâce à vous et à toi, Raven, je retrouve ma grande sœur de jour en jour.

— Ces trucs arrivent plus souvent qu'on ne le pense, ajoute Hope. Je bosse dans ce milieu et je peux te dire que ce n'est pas joli joli. Tout le monde couche avec tout le monde et se cocufie. Sans parler de la drogue, des médocs et de l'alcool qui sont presque distribués en perfusion. Je suis moi-même en train de réfléchir à ma reconversion. Je pense partir en mission humanitaire avec Joey.

Et nous dévions sur les projets de ce dernier et de Hope.

Je me sens tellement plus légère d'avoir vidé mon sac. Je n'ai plus rien à cacher et je peux enfin redevenir celle que j'étais. Mettre des mots sur cet événement est salutaire. Et les révélations de Pablo me permettent de relativiser. Grâce ou à cause de cette épreuve, j'ai mûri, je me suis endurcie et dorénavant, je sais ce que je veux.

Une personne est toutefois restée en retrait : Raven. Elle a souri au clin d'œil de Charlotte, mais j'ai senti qu'elle se renfermait et craignait qu'on ne s'intéresse à elle. D'habitude volubile et désireuse qu'on s'attarde sur elle, elle n'a pas ouvert la bouche. Si elle avait pu disparaître dans son fauteuil pour qu'on l'oublie, elle l'aurait fait. D'ailleurs, ses prunelles brillantes me confirment qu'elle aussi a besoin d'alléger son fardeau et de nous confier ce qui la rend si triste et effacée.

Pour le moment, sa proposition d'aller boire un chocolat chaud dans l'un des bars les plus tendance d'Aspen n'est pas tombée dans l'oreille d'un sourd. Jude relance l'idée et chacun acquiesce. En dix minutes, nous nous retrouvons à faire la queue aux remontées mécaniques. Emmitouflés dans nos manteaux, bonnets et écharpes, nous bravons le froid et la neige, mais l'ambiance est détendue.

Il y a foule et l'attente commence à durer, mais quand vient notre tour de monter dans la cabine, chacun de nous ouvre grand les yeux. Des banquettes confortables peuvent accueillir dix personnes, une décoration vernie noire et rouge et des guirlandes complètent la décoration. Il y a même du chauffage ! Il n'y a que Raven pour ne pas s'extasier devant tant de luxe.

— Oh ! Regardez ça ! s'exclame Rosie. On peut mettre nos téléphones en Bluetooth et envoyer notre musique le temps de la montée.

Ni une ni deux, Jude sort son portable et le connecte à l'enceinte. « Jingle Bells » résonne et nous commençons à remuer en tentant de ne pas trop faire bouger la cabine. Certains se révèlent de très bons danseurs comme Zack et Pablo. D'autres ressemblent à des robots désarticulés, tels que Jude et Rosie. Je remue les hanches et dodeline de la tête en souriant à Pablo qui se rapproche de moi. Il pose ses mains sur mes reins et nous fait onduler. Nous rions, chantons jusqu'à ce que notre embarcation ralentisse.

Nous descendons sur les rythmes de Noël en chantant à tue-tête. Des skieurs nous observent avec condescendance, mais nous nous en moquons.

Après dix minutes d'une marche qui a donné lieu à une bataille de boules de neige, nous arrivons humides et congelés devant une bâtisse faite de pierre et de bois. De grandes fenêtres recouvrent toute une façade et une immense terrasse accueille un DJ. De nombreux touristes sautent et dansent habillés comme des bonshommes Michelin. Pour atteindre l'entrée, il faut monter des marches recouvertes de poudreuse et marquées par des grosses boules de Noël. Il me tarde de découvrir l'intérieur. S'il est à l'image de ce que je vois dehors, je risque d'en prendre plein les yeux. Un type ouvre la lourde porte vitrée et salue Raven. Elle lui rend la politesse en prenant cette attitude hautaine qu'elle avait pourtant abandonnée ces derniers temps.

— Bon, les gars, prévient Raven avant qu'on entre, je suis connue ici. Alors je vous prierai de ne pas me mettre la honte et de vous tenir à carreau.

Elle insiste lourdement en foudroyant Jude du regard.

— Hey, pourquoi moi ?! se défend ce dernier. Je suis sage comme une image !

— Quelle idée j'ai eue de vous faire venir...

Je pouffe de rire avant de suivre le groupe dans ce restaurant d'altitude que j'ai déjà vu une fois sur mon écran de télévision lors d'un reportage sur les lieux sélects du Colorado.

— C'est pas ici que Beyoncé est venue la semaine dernière ? s'exclame Charlotte un peu trop fort, ce qui lui vaut une remontrance de Raven.

— Chuuut ! Vous n'êtes vraiment pas sortables !

Chacha lève les yeux au ciel puis prend le temps, comme moi, d'admirer la salle dans laquelle nous pénétrons. Il y a beaucoup de monde et je crois même que c'est complet. J'espère que l'on ne va pas faire demi-tour dans la foulée, parce que maintenant qu'on m'a vendu un chocolat chaud, j'en salive. Raven part en direction d'une femme qui porte une toque en fourrure. Comme un peu partout, une cheminée centrale réchauffe la pièce, la décoration de Noël est installée et un grand sapin clignote d'une multitude de lumières. Il y a des rappels de cette période festive par touches discrètes, mais savamment étudiées. Des tables de différentes tailles assorties aux chaises, des photophores dans lesquels brûlent des bougies, donnent à l'ambiance un côté intimiste malgré la fréquentation. Les meilleures places sont celles du fond, face à un panorama à couper le souffle. Une vue directe sur la montagne au sommet enneigé. Les nuages semblent s'y accrocher. En bas, les skieurs qui dévalent les pistes paraissent minuscules. Une musique de Noël résonne en sourdine et c'est assez drôle de regarder les danseurs sur la terrasse sauter dans tous les sens sur des airs plus rapides. Ce qui m'interpelle le plus est la hauteur sous plafond. Au moins quatre mètres nous séparent de la charpente apparente.

Raven revient vers nous et nous propose de la suivre. Surprise, je me dis qu'elle doit avoir de l'influence pour qu'on nous dégote une table aussi vite. D'une démarche distinguée et un sourire crispé, elle remercie la femme qui fait un geste pour que nous prenions place à un endroit stratégique et absolument incroyable. Une table basse entourée de petits fauteuils pile devant la seule baie vitrée du restaurant.

— Je rêve ou bien c'est *the place to be* ? m'enthousiasmé-je.

Raven enlève son bonnet et hoche la tête.

— J'ai envoyé un message à mon mari avant de partir pour qu'il prévienne la patronne de notre arrivée. C'est une de ses nombreuses amies. Pour une fois, je ne boude pas mon plaisir d'avoir des passe-droits...

Personne ne rebondit, mais je vois aux coups d'œil qui convergent vers elle que personne n'est dupe.

Nous passons rapidement commande et ce qui ne devait être que des boissons chaudes se transforme en un goûter gargantuesque. Des gaufres, des crêpes et des muffins nous sont servis. J'ai opté pour ma boisson favorite en cette période de fêtes, un chocolat chaud surmonté d'une bonne dose de chantilly et d'un coulis de caramel. Rien qu'à le regarder, je crois que je prends deux kilos. Je teste tous ces mets raffinés et je me régale. C'est délicieux. J'aime ce mélange de luxe et de simplicité.

— Tu remercieras ton époux, Raven, lui dis-je. On passe un super moment.

— Hum...

Elle élude ma politesse d'un geste de la main avant de reporter son attention sur un groupe qui se faufile entre les clients.

— Que le spectacle commence ! s'exclame-t-elle.

Le volume de la musique augmente et un type pousse un cri avant de sauter sur le bar.

— Mesdames, mesdemoiselles, messieurs, merci de faire un tonnerre d'applaudissements à la troupe du Cirque du Soleil ! Rien que pour vous, des chanteurs, des danseurs et des acrobates vont performer pour votre plus grand plaisir !

Une nana descend d'un tissu au-dessus de nos têtes et reste suspendue par le poignet alors que le type sur le comptoir commence à entonner la célèbre chanson de Mariah Carey, « All I Want for Christmas is You ». Un couple virevolte dans une danse énergique et un autre homme plus en retrait jongle avec des massues en feu.

Je pousse des « oh » et des « ah » tellement je suis ébahie par tant de talent. Je ne m'attendais pas à assister à un spectacle de cabaret. Je ne sais plus où regarder. J'applaudis, souris et immortalise ce moment avec mon portable.

Lorsque je croise les prunelles de Pablo, je me fige. L'intensité avec laquelle il m'observe fait rater un battement à mon cœur. Je ne suis pas stupide et analyse rapidement qu'il ressent ce même désir qui m'anime. Toutefois, je note une autre émotion que je ne saurais définir. Comme si quelque chose lui sautait aux yeux à cet instant précis. Perturbée et flattée, j'attrape ma tasse et ma cuillère avant de prendre un peu de chantilly. Je manque de gémir tant c'est délicieux puis reporte mon attention sur le show. Les numéros et les chansons typiques de cette période de l'année s'enchaînent. Je chante accompagnée de Charlotte et redécouvre la joie d'être entourée de gens sans prise de tête.

Trente minutes plus tard, nous sommes sur la terrasse et remuons plus pour nous réchauffer que pour participer. Le froid à cette altitude est mordant et je commence à ne plus sentir mes orteils. Deux bras puissants m'enlacent et je me retrouve blottie contre Pablo qui m'avertit que nous redescendons. Je ne me fais pas prier. Après un baiser passionné loin des regards de nos amis, nous les rejoignons alors que le soleil se couche.

18

Pablo

J'étais réticent lorsque les filles ont insisté pour qu'on aille se baigner, mais barboter dans une eau chauffée à trente-six degrés alors qu'on se les pèle dehors est vraiment plaisant. Une brume tranquille recouvre la piscine alors que le ciel est à présent parsemé d'étoiles scintillantes. Et celle qui m'accompagne donne une touche de féerie supplémentaire. Caroline est restée près de moi sans jamais être intrusive ou excessive dans ses gestes. Tantôt dans mes bras ou à se chamailler avec ses copines, elle m'a régulièrement lancé des coups d'œil pour s'assurer que j'allais bien. Bienveillante, douce, drôle ou spirituelle quand il le faut, elle me comble de bien des manières.

Depuis que je lui ai avoué ce qui me bloquait pour être tout à fait moi-même dans ce début de relation, j'ai l'impression qu'à présent tout est plus simple. Je pense à l'avenir. Sam restera dans ma tête et dans mon cœur, elle fait partie de moi. Elle vit pour toujours au travers de notre fille. Je veux que Julia connaisse sa maman, qu'elle ne l'oublie pas. Je lui raconterai quelle femme formidable elle était, combien elle l'aimait. Et je crois que Caroline l'a très bien compris sans même que j'évoque le sujet. Je n'ai pas mal pris sa curiosité comme avec ceux qui me posent des questions malaisantes.

Non, elle souhaitait simplement savoir où elle mettait les pieds. Elle n'a pas jugé ma peine, au contraire elle a été une oreille attentive. Présente quand il le fallait, tout en me laissant la distance nécessaire pour que je lui livre mon plus grand et douloureux secret.

Elle aurait pu prendre la fuite ou prétexter toutes sortes d'excuses pour me larguer. Après tout, se mettre en couple avec un veuf, il faut avoir le dos solide et un moral à toute épreuve. Elle a tout ça en elle et bien plus. Je l'observe rire et discuter avec Rosie et sa sœur. Elle ressemble de plus en plus à celle que j'ai quittée il y a dix ans. Insouciante, espiègle et sexy. Quand je l'ai vue arriver, le jour des retrouvailles, je l'ai trouvée hautaine, coincée et un tantinet arrogante. En fait, c'était sa manière de se protéger. De moi certainement...

— Et si on construisait un igloo ? s'exclame Zack qui bondit hors de la piscine et devient instantanément bleu.

— Et si on chopait la mort ? se moque Hope.

— Il ne fait... pas... si froid que... ça...

Il claque tellement des dents qu'il me file un frisson.

— Je propose qu'on prenne une bonne douche et qu'on s'habille chaudement. Ensuite on pourra le faire, ton igloo.

Tout le monde regarde Raven comme s'il lui poussait un troisième œil. Avant ce séjour, la femme qu'on connaît comme étant tirée à quatre épingles, prétentieuse et bourgeoise ne se serait jamais adonnée à ce genre de jeu enfantin. Finalement, elle n'est pas si différente de nous et cache encore bien des secrets sous sa carapace griffée d'une grande marque. Elle fait beaucoup d'efforts pour se rapprocher de nous et la façon dont elle est venue en aide à Caroline vaut bien que nous aussi mettions de côté nos aigreurs.

Je suis le premier à réagir alors que Zack n'ose plus bouger un membre tant il est frigorifié.

— Le dernier arrivé à la salle de bains aura un gage ! m'écrié-je en sortant de l'eau et en courant vers le chalet.

Les autres ne tardent pas à me suivre et je note un sourire sincère sur le visage de notre hôte.

Trente minutes plus tard, nous sommes tous en train de réfléchir à la meilleure technique pour construire l'igloo parfait. Chacun y va de son idée et c'est une vraie cacophonie. Hope et Joey répètent que nous sommes débiles de jouer dehors par un froid pareil, mais sont quand même des nôtres. Jude et Charlotte se chamaillent parce qu'ils ne sont pas d'accord sur la manière de procéder. Rosie veut nous faire faire une maison familiale et Zack amasse à grands coups de pelle de la neige en se marrant. Quant à Raven, elle n'y connaît rien, mais semble certaine d'être la femme de la situation. Caroline soupire en tentant comme elle peut de se protéger du froid.

— Hey ! Regardez, j'ai déjà fait un mur !

Zack n'est pas peu fier de sa construction. Le tas mesure un peu moins d'un mètre de haut et trois de longueur. Les mains sur les hanches, Jude l'observe avec attention.

— Je sens la connerie arriver, murmure celle qui vient se blottir naturellement dans mes bras.

Je dépose un baiser sur la seule partie de son visage accessible, le bout de son nez. Tout le reste est recouvert d'un bonnet, d'une grosse écharpe et d'un cache-oreilles. Elle est trop mignonne et me fait penser à Julia quand elle me sourit comme elle le fait en ce moment. Elle cale ensuite sa tête contre mon torse et je ressens immédiatement ce besoin presque animal de la protéger. Je l'enlace et tente de calmer les battements de mon cœur qui s'affole. Ce qui se passe entre nous va vite. Maintenant qu'elle a trouvé la clé de mon cœur, j'ai l'impression que tout est démultiplié, que le temps file à une vitesse folle et que trop rapidement, la réalité s'imposera à nous. Caroline me manque lorsqu'elle est trop loin de moi, je pense à elle, même quand elle est dans mes bras, et j'envisage la suite de notre relation. Je me suis renseigné en douce, une petite demi-heure de route nous sépare. C'est peu, mais entre son travail, le mien et ma fille, il va falloir être astucieux pour nous dégager du temps et arriver à nous voir. Je suis certain qu'on peut le faire. Ensuite, eh bien, on verra les décisions qu'il conviendra de prendre pour entamer une vie de couple. Je sais que je mets la charrue avant les bœufs. De plus, rien ne me dit qu'elle voit les choses comme moi, mais j'ai envie d'y croire. Je suis sûr que ma fille s'entendrait bien avec Caro. Elles ont un caractère similaire quand j'y songe.

— Tout va bien ? me demande celle qui me fait perdre la tête. Tu sembles ailleurs.

— Je pensais à...

Alors que je voulais évoquer la suite des événements, Jude me coupe pour lancer un nouveau jeu débile.

— Bon, pour l'igloo, c'est mal barré ! C'est vrai, on est loin d'être des chefs de chantier. On a deux murs même pas droits, pas de porte ni de toit. Mais... on pourrait s'amuser un peu...

Ses yeux qui brillent et ses lèvres retroussées exagérément ne me disent rien qui vaille. Jude est toujours le premier à avoir des idées pourries et à les mettre en pratique. Ça se finit rarement comme il l'espérait... pour autant, il ne se sépare jamais de son sourire de sale gamin. Si en plus il a chargé notre café d'un peu de gnôle locale histoire de braver plus facilement le froid, comme tout à l'heure, alors on n'est pas sortis de l'auberge.

— À quel jeu débile veux-tu encore nous faire jouer ? lance Joey qui commence franchement à en avoir marre.

— Au monde de Narnia[1] !

---

1. Je vous jure que certains ont tenté ce jeu et que la suite est vraiment arrivée. À la place de la neige, le mur était en bambou. Merci Thomas, Valentin et toute la bande pour cette crise de fou rire !

Personne ne voit où il veut en venir, mais lui n'en démord pas.

— Quoi ? Vous ne connaissez pas ce film ?

Nous secouons tous la tête pour signifier que non.

— Bande d'ignares, soupire-t-il. Des enfants passent dans un monde imaginaire et attendent d'être délivrés de la terrible et méchante sorcière. Non, toujours pas ?

— Accouche, on se pèle les fesses, bébé.

Charlotte tape des pieds sur le sol pour se réchauffer et s'impatiente, elle aussi.

— OK, on va se servir de ces murs de neige pour passer dans le monde de Narnia ! Je fais équipe avec Pablito et toi, Joey, avec Zack !

— Je n'ai jamais dit que je jouais à ton jeu, râle l'intello. On va défoncer ces murs et quoi ?

— On sera trempés et on finira avec une pneumonie, complète Zack, qui sur ce coup-là n'est pas chaud pour suivre notre pote.

Mais je le connais, Jude nous serinera jusqu'à ce qu'on fasse ce truc qui ne sert à rien. Inutile d'insister ou de refuser, il sait être tenace et nous tannera tant qu'on n'aura pas cédé à son caprice.

— OK, on fait ton truc et on rentre. Je dois appeler Julia, alors on se magne.

Je lâche Caroline qui se met à trembler de froid.

— Je reviens, lui chuchoté-je après avoir embrassé le haut de son crâne recouvert d'un bonnet. Rentre si tu cailles trop.

— Et rater une occasion de me foutre de vos gueules ? Tu rêves ! Je vais tout filmer et mettre ça dans les archives pour dans dix ans !

La légèreté et le rire de Caroline déridont les autres. Les gars et moi courons chercher d'autres pelles et nous nous appliquons à agrandir le mur. Quand nous l'estimons assez haut, nous nous mettons en position derrière les monticules de neige. Les filles devant sifflent et font le décompte.

— 5... 4...

— Attendez ! nous arrête Zack. On y va à 0 ou à 1 ?

— Ce que tu es lourd, râle Hope.

Charlotte a retrouvé sa bonne humeur et braille :

— À 0. Bon, vous êtes prêts ?

— 5... 4... 3...

En un coup d'œil avec Jude et Joey on se comprend.

— ... 2... 1...

Nous n'attendons pas le zéro et fonçons comme un seul homme dans les murs. Joey la jambe en avant façon ninja tandis que Jude et moi faisons une roulade.

— On avait dit 0 ! se plaint Zack derrière nous. Vous êtes nuls !

Nous éclatons de rire et finalement le froid n'est plus aussi mordant.

— Allez, vas-y ! clame Chacha. Ton côté est intact.

— C'est pas pareil ! On n'est plus tous ensemble !

— Ce qu'il est chiant ! gronde la gothique malgré son hilarité. Tu veux que je vienne te chercher ?

Il doit sûrement se souvenir de ses traumatismes de lycéen et combien Hope lui foutait la trouille. Elle tyrannisait tous les intellos et les *losers* qui rasaient les murs pour ne pas croiser son chemin. Elle a bien changé depuis, mais aime les petites piqûres de rappel comme celle-là. Et puis, si elle peut taquiner notre ami, pourquoi se priver ?

Zack réagit du tac au tac.

— Non, c'est bon ! Mais un peu d'encouragement ne serait pas de refus !

— Quel gamin... Maintenant qu'il est devenu beau gosse, monsieur se prend pour une diva !

Je le chambre, mais je me marre et commence à taper dans mes mains. Tous me suivent et entonnent avec moi :

— Zack ! Zack !

— Je vais vous faire une de ces figures, vous allez voir !

— Magne !

Ça, c'est Joey. Il s'allume une clope nonchalamment et recrache la fumée vers le ciel. Sa bonne humeur s'est envolée et il flotte à présent autour de lui une aura sombre.

— Youhouuuu !!

Zack transperce ce qu'il restait du mur et tente une galipette maladroite. Malheureusement, sa réception est mauvaise et il se gamelle lourdement.

— Oh merde ! s'exclame Joey qui en perd sa cigarette.

J'accours vers notre pote qui se tient le bras droit et ne bouge plus. Il grimace et a perdu sa verve.

— Ça va, mec ? demandé-je, inquiet.

La bande nous rejoint et entoure le blessé. Sa respiration est saccadée et il serre les dents.

— Je crois que je me suis tué l'épaule, geint-il.

— À première vue, elle est luxée, intervient Caroline. C'est arrivé à mon ex en jouant au foot.

L'évocation de ce type que je ne connais pas mais que je ne porte pas dans mon cœur me plaît moyennement. Je mets mon aigreur de côté pour me focaliser sur mon ami.

— Tu peux te relever ?

Il hoche la tête et, de son bras valide, accroche la main que je lui tends. Il se redresse difficilement, mais parvient à se mettre debout.

— OK, on va y aller tranquille, annoncé-je en prenant le leadership. Jude, tu restes à sa gauche pour assurer le coup.

Les filles ouvrent la voie alors que Joey ronchonne.

— Pourquoi as-tu voulu faire ton intéressant ?

— Je...

Celui qui va certainement faire un tour aux urgences inspire puis expire profondément.

— Je voulais juste vous montrer que je suis devenu cool, explique-t-il. Je sais que j'étais en décalage avec vous au lycée et que vous me supportiez juste parce que vous étiez sympas. Aujourd'hui, j'ai vraiment l'impression de faire partie des vôtres. Je suis tellement heureux que j'en fais des caisses.

Ce qu'il vient de nous avouer m'émeut beaucoup.

Dès que nous pénétrons dans la maison, nous le menons dans une des salles de bains. Je l'aide à enlever son manteau, ce qui s'avère être une épreuve douloureuse. Il manque de tomber dans les pommes tant il a mal. Caroline lui évente le visage avec un magazine et Raven lui apporte un verre d'eau.

— Tu n'aurais pas un truc plus fort ? demande le blessé.

— Il ne vaut mieux pas que tu boives, interviens-je. Si tu dois te faire opérer, il faut que tu sois à jeun.

— Ça ne peut pas être si grave ?

Je sens qu'il commence à paniquer. Nous arrivons à bout de la mission manteau et constatons les dégâts.

— Waouh ! s'exclame Hope. C'est pas beau à voir.

Les yeux de Zack papillonnent et il se penche dangereusement vers l'avant. Il va s'évanouir.

— Il détestait aller à l'infirmerie au lycée, nous apprend Caroline. Je l'ai vu un jour avec quarante de fièvre, mais il avait refusé que je l'y accompagne.

— Ne me dis pas qu'il est phobique des actes médicaux, en plus ? Non, parce que là...

— Hope, ce n'est pas le moment, la rabroué-je alors que je tente de garder Zack éveillé. Bon, on ne perd pas de temps et on fonce à l'hôpital.

— Non, pas... Ahhhh !!!

— T'as pas le choix, mon pote. T'as une épaule en vrac et un os chelou qui dépasse. Je crois que c'est ta clavicule.

Vaincu, il hoche la tête et m'obéit.

*
**

— Bonsoir ! lance une infirmière qui ne prend même pas la peine de lever la tête de son ordinateur. C'est pour quoi ?

— Euh... je ne sais pas, un ongle incarné ?

Cette pointe d'humour a le mérite d'attirer l'attention de la dame. Elle a un temps d'arrêt en observant l'épaule de notre ami qui n'a pas pu remettre son manteau ni un pull et se balade donc en débardeur. Ouais, on est d'accord que c'est plus grave qu'un petit bobo au doigt. Un plexiglas sur la banque d'accueil nous sépare de celle qui soupire en prenant un nouveau dossier. Elle s'avance jusqu'à quasiment coller son nez au plastique avant de déclarer un peu comme un robot :

— Très bien. Énoncez fort et clairement votre nom et prénom.

— ZACK HILTON, articule-t-il en braillant tout ce qu'il peut.

Nous ricanons tous, ce qui nous vaut un regard noir de la soignante.

— Aucun accompagnant n'est autorisé une fois l'accueil passé, déclare celle qui ne semble pas vouloir rire.

Tout le groupe a suivi et personne ne semble décidé à filer sans avoir la certitude que Zack va bien. Joey hausse les épaules avec arrogance et part s'asseoir sur un banc en métal. Il allonge ses jambes dans l'allée et croise les bras sur son buste avant de fermer les yeux. Nous en faisons autant. Dans un accord silencieux, aucun de nous n'envisage de rentrer sans notre pote. Ce dernier termine les modalités administratives et nous rejoint.

— Je peux attendre seul, annonce-t-il. J'assume ma connerie.

— Maintenant qu'on est là, on y reste.

Hope feint d'être blasée, mais je sais qu'il n'en est rien. Elle lui en a fait voir des vertes et des pas mûres plus jeune, mais elle l'aime bien, notre Zack. Comme nous tous.

Avec toute cette histoire, je n'ai pas eu le temps d'appeler Julia. Elle doit certainement être au lit à cette heure, mais je m'excuse tout de même auprès des autres et m'éloigne vers un couloir désert, seulement décoré de quelques guirlandes et boules de Noël histoire de le rendre moins glauque.

— Allô ?

— Maman, je suis en visio alors écarte le téléphone de ton oreille et mets-le face à ton visage, ris-je.

Elle fait ce que je lui demande et apparaît à l'écran.

— Salut, m'man.

— Mon Dieu, mon Pablito ! s'exclame-t-elle, paniquée. Tu es à l'hôpital ! Tu es malade ? Tu es blessé ?

— Tout va bien, ne t'inquiète pas. C'est un copain qui a chuté.

Les traits de son visage s'apaisent et son éternel sourire quand elle s'adresse à moi revient. Elle veille sur moi comme si j'avais encore huit ans et je l'aime davantage pour ça. Je lui raconte la mésaventure de Zack rapidement avant de réclamer ma fille.

— Elle est couchée.

— Merde !

— Ton langage, Pablito, me réprimande-t-elle.

— Désolé, m'man. Comment va-t-elle ?

— Fatiguée de sa journée d'école et un peu ronchon. Je crois que son papa lui manque.

Et moi qui ai traîné pour lui téléphoner... Je m'en veux. C'est la première fois que nous sommes séparés si longtemps et même si je m'éclate énormément, il me tarde de serrer mon enfant dans mes bras.

— Ne t'inquiète pas et profite, me rassure ma mère. Ça ira mieux demain et tu rentres bientôt. Et toi, comment vas-tu ?

— Bien, je...

Caroline est derrière moi et chuchote pour ne pas me déranger.

— Pablo, est-ce que...

Elle se tait en comprenant que son visage apparaît derrière le mien sur l'écran.

— Mince, je ne savais pas que... Bonsoir, madame.

— Mademoiselle, la salue ma curieuse de maman.

— Je reviendrai tout à l'heure, m'informe Caroline, les joues rouges.

Je me retourne en gardant le portable tendu au bout de mon bras, ce qui permet à ma mère de ne rien rater de la scène.

— OK.

Je lui lance un clin d'œil et la regarde s'éloigner. Son corps ondule et donne un peu de magie à ce lieu lugubre. Elle rayonne par sa lumière et sa beauté. Ma mère me sort de ma rêverie et me ramène sur terre.

— Et qui est cette charmante jeune femme ?

— Tu le sais parfaitement, soupiré-je en levant les yeux au ciel.

Je vais en entendre parler jusqu'à ce que je lui raconte et lui présente celle qui a réussi le tour de force de déverrouiller mon cœur.

— Alors c'est la fameuse Caroline...

— Oui, c'est elle. Bon, je vais te laisser et aller voir comment va mon ami. Tu embrasses fort Julia pour moi et j'essaie de l'appeler de bonne heure demain avant qu'elle aille à l'école.

— Fais comme tu peux, Pablito. Ça serait bien que tu l'invites à la maison un de ces jours pour que je puisse enfin faire sa connaissance.

— Je t'aime, maman !

Je souris et raccroche. Je sais qu'elle a horreur de ça et qu'elle va ronger son frein de n'avoir obtenu aucun détail sur ma relation avec Caroline. Je ricane avant de ranger mon portable dans ma poche et de rejoindre les autres.

19

Caroline

Oh la honte ! Prise dans une discussion avec Rosie, je n'avais pas entendu que Pablo partait téléphoner à sa fille. À sa recherche pour savoir s'il voulait manger quelque chose, je me suis retrouvée bête face à l'écran de son portable. Pas de doute, il s'agissait de sa mère. Ces deux-là ont le même sourire sincère et des yeux curieux. J'ai senti que ma présence et la façon dont son fils me regardait lui ont mis la puce à l'oreille. Après tout, si notre relation vient à durer, j'espère qu'il me présentera à sa famille. Il n'y a pas mort d'homme.

Je retrouve la bande qui a investi une partie de la salle d'attente. Les autres patients se tiennent le bras ou bien la jambe. Accidents de ski... Voilà pourquoi je préfère lézarder sur les terrasses ensoleillées des cafés de montagne. Moins risqué.

Un petit sapin artificiel est perché sur une table en inox. Les lumières clignotent et rendent l'endroit un peu plus chaleureux. Si tant est qu'il puisse l'être. Je ne connais personne qui apprécie de faire un séjour aux urgences.

J'éclate de rire lorsque je découvre Chacha en train de jouer au basket avec Jude. Différence notoire avec ce sport qui se pratique sur un terrain avec des paniers et un ballon, elle envoie des cacahuètes enrobées de chocolat vers son chéri à deux mètres d'elle.

— Celui-là, si tu le mets, c'est un trois points, bébé !

Jude recule et s'agenouille. Il ouvre grand la bouche et attend, les bras en croix. Charlotte, super sérieuse, se concentre, ajuste son tir, ferme un œil et vise pile dans le gosier de son mec. Il tousse et se tient la gorge. On pense tous qu'il s'étouffe et nous approchons, mais quand il se redresse et se tape énergiquement le torse, nous secouons la tête avant d'applaudir.

— Youhouuu ! s'écrie ma sœur en faisant une danse de la victoire.

Un raclement de gorge nous stoppe dans notre enthousiasme. Un infirmier nous regarde, les bras croisés et le visage fermé.

— Oups... je crois qu'on va se faire virer, murmure Rosie.

— Déjà que vous êtes beaucoup trop nombreux pour un seul patient, si en plus vous prenez cet hôpital pour une cour de récréation, ça ne va pas être possible. Soit vous attendez en silence comme tout le monde, soit je vais devoir vous demander de rentrer chez vous. Nous vous appellerons quand votre ami sera prêt à sortir.

Nous baissons tous la tête comme des gamins pris la main dans le pot de confiture.

— Désolé, m'sieur, marmonne Jude.

Charlotte ronchonne :

— Si on ne peut plus s'amuser.

— Qu'est-ce qui se passe ici ? s'exclame Pablo en se pointant tout sourire.

— Chuuut !!!

Ça, ce sont les autres personnes qui patientent comme nous.

— Promis, mes potes se tiendront à carreau, intervient Zack.

Le soignant hoche la tête et repart après un dernier coup d'œil d'avertissement.

Pablo s'assoit à mes côtés et attrape mes doigts qu'il enlace aux siens.

— Ma mère est ravie d'avoir fait ta connaissance, murmure-t-il sur un ton désinvolte.

— Désolée, je ne savais pas que tu étais au téléphone. J'étais venue pour… Mais attends, elle me connaît ?

Mon cœur rate un battement. Se peut-il qu'il lui ait parlé de moi ? Ça voudrait dire que je compte vraiment pour lui. À cette idée, mon estomac se contracte.

— On va dire qu'il y a dix ans, quand j'ai compris que j'avais fait une connerie en te quittant, j'étais… chiant à la maison. Alors elle m'avait fait cracher le morceau. Je lui avais dit que tu serais peut-être présente cette semaine. Tu penses bien qu'en bonne fouine qu'elle est, elle s'est doutée que tu étais la fameuse Caroline.

— C'est trop mignon.

Il grimace à ma remarque, mais c'est pourtant vrai. Il fend peu à peu son armure et je découvre un homme tendre, attentionné et protecteur. Tout le contraire du garçon que je fréquentais au lycée. Celui-là courait de fille en fille sans même se rappeler leur prénom. Peu démonstratif à l'époque, il n'est aujourd'hui pas avare de baisers en public et de contacts devant nos potes.

— Tu voulais quoi au fait ? me demande-t-il.

Mon cerveau a buggé. Ce mec me trouble tellement que je perds la tête.

— Hein ?

— Quand tu es venue tout à l'heure, tu voulais me demander quelque chose ?

— Ah oui ! Comme on est là pour un moment, je me proposais d'aller chercher à manger.

— Je me prosterne à tes pieds si tu me rapportes un Big Mac et des frites, me supplie le meilleur ami de Pablo.

— J'ai hâte de voir ça.

Je lui souris puis note la commande de tout le monde et m'en vais avec Raven qui tient absolument à m'accompagner. J'aurais largement pu y aller seule, mais je la soupçonne de vouloir passer du temps avec moi. Assise sur le siège passager, elle se triture les doigts et mordille sa lèvre.

— C'est pas de chance pour Zack, lancé-je pour briser le silence.

— Ouais… Il doit avoir mal.

— Je crois que sur le coup, ça allait. Pablo m'a dit qu'il avait mis de l'alcool dans son café et qu'il était… corsé. Mais il a rapidement dégrisé et maintenant, la douleur doit être très forte.

De nouveau, elle se tait. Je profite d'un feu rouge pour me tourner vers elle. Ses yeux brillent et elle n'est pas loin de se mettre à pleurer. Malgré son côté bon chic, bon genre, elle est triste et blessée.

— Raven, qu'est-ce qui ne va pas ? On a dit ou fait un truc qui ne t'a pas plu ? Je sais que les gars peuvent être maladroits, mais…

— Ça n'a rien à voir, me coupe-t-elle d'une voix chevrotante. Au contraire, vous êtes extras avec moi. Je sais que plus jeune, j'étais une véritable peste. D'ailleurs, je l'étais encore il n'y a pas si longtemps.

Je ris pour détendre l'atmosphère.

— On était tous un peu bêtes au lycée. Et égocentriques.

— Tu es gentille, mais je sais parfaitement que vous ne m'appréciiez pas beaucoup. Je le méritais… En fait, je trouvais ça cool de snober tout le monde. J'avais une réputation et les gens me connaissaient sans même m'avoir rencontrée. En bien ou en mal, du moment qu'on parlait de moi, j'étais heureuse. Je n'ai jamais manqué d'argent, de fréquentations.

Mes parents m'offraient tout ce que je voulais et certains traînaient avec moi juste pour le paraître. J'insultais les filles qui portaient deux fois les mêmes vêtements, faisais courir des rumeurs pour me venger des nanas qui me piquaient les mecs qui m'intéressaient…

Elle soupire et laisse passer un temps. Je redémarre. Elle est perdue dans ses pensées, je la laisse reprendre ses esprits. C'est vrai, elle était vraiment détestable, mais je me suis toujours doutée qu'elle pouvait être sympa sans tous ses artifices et ses manières.

— Je me suis mariée avec un ami de mon père, reprend-elle.

— Un ami de ton père ? Mais il a quel âge ?

J'ai peur que ma curiosité ne la fasse se renfermer ou qu'elle ne se vexe, mais elle répond à ma question en reniflant.

— Mon très cher papa possède des tas d'amis et de tous âges. Barry a quinze ans de plus que moi. C'était une sorte de… marché.

— C'est horrible ! Il t'a… vendue ?

— Non, on n'est plus au siècle dernier. J'étais consentante et je trouvais Barry très beau et charismatique en plus d'être attentionné. Je n'ai pas refusé de le voir quand mon paternel m'a soumis l'idée d'un premier rendez-vous. Et de fil en aiguille, il m'a passé la bague au doigt. Nous nous sommes aimés. Très fort. Plus moi que lui, mais je me contentais de ce qu'il avait à me donner. Avec le temps, j'ai perdu des amies et je me suis aperçue que, comme je n'ai jamais travaillé, je n'ai rien à moi. Tout ce que l'on possède lui appartient. Maisons, voitures, mobilier. Je… J'ai découvert qu'il me trompait depuis des années avec son associée. Une femme de son âge. Ma fraîcheur lui plaisait au début et puis il s'en est lassé.

— Pourquoi tu ne le quittes pas ?

Question débile. Est-ce que je me serais séparée de Jonathan s'il ne s'était pas barré le jour même de ma découverte ? Je ne pense pas. Je lui aurais trouvé des excuses et je lui aurais pardonné. La peur d'être seule, du jugement des autres... la liste est longue.

— Laisse tomber, c'est stupide.

— Non. Jusqu'à votre arrivée, je m'en pensais incapable. Dans mon milieu, les femmes se taisent et font bonne figure. Elles savent que leur mari batifole ailleurs, mais s'en accommodent. Parfois même elles se dégotent un amant. Seulement, j'étais effrayée de tout perdre. T'imagines, à bientôt trente ans, retourner chez papa et maman ?

Je grimace pour toute réponse.

— Et puis, j'aime sincèrement mon époux.

— Peut-être que lui aussi. Vous en avez parlé ?

— J'ai cessé de me voiler la face. Et discuter avec vous m'a montré qu'il n'était pas trop tard pour refaire ma vie. Vous avez tous des parcours différents, plus ou moins chaotiques parfois, mais j'ai l'impression que vous en êtes tous ressortis grandis. Regarde, toi, malgré la trahison de ton mec, tu as rebondi.

Je prends le temps de la réflexion. Il y a encore quelques jours, la blessure était encore béante et la honte présente. Aujourd'hui, je suis différente et c'est grâce à Pablo, ma sœur et cette bande d'amis un peu barjots.

— C'est vrai, acquiescé-je en souriant. Ça n'a pas été tous les jours facile et j'ai beaucoup douté. Je me croyais incapable de redonner ma confiance à quelqu'un d'autre et me voyais finir ma vie seule. Et puis, comme toi, j'ai fait un point sur tout ça et j'ai relativisé. Pablo a subi...

Je m'arrête avant de dévoiler le secret qu'il garde encore pour lui et dont il m'a fait part avec la plus grande sincérité.

— Bref, reprends-je. Tu dois faire ce qui te rend heureuse, Raven. Lorsque tu auras pris ta décision, je serai là si tu en ressens le besoin.

— C'est vrai ?

— Bien sûr. On est amies.

Elle lève un sourcil en me regardant au moment où je stationne la voiture.

— On a tous évolué, Raven, la rassuré-je. Toi compris. Je t'aime bien. Et sans Ruby, tu es encore plus sympa.

— Ouais, je crois qu'elle avait une mauvaise influence sur moi.

Nous claquons les portières et partons comme deux copines de toujours, bras dessus, bras dessous en direction du fast-food.

⁂

Le soleil se lève et je prends conscience que le séjour touche à sa fin. Demain marquera la fin de notre semaine de retrouvailles. Je m'étire et tente de dénouer mes muscles endoloris par une nuit passée sur le sol de la salle d'attente des urgences. Les patients sont arrivés en masse et avaient plus besoin que nous d'être assis sur une chaise, même inconfortable. J'ai dormi d'un œil contre le corps de Pablo, blottie dans ses bras. Il a fait rempart entre le reste du monde et moi. Je me suis enivrée de son odeur, j'ai écouté les battements de son cœur et j'ai apprécié chaque baiser qu'il déposait sur mon front ou mes lèvres. Je ne me suis jamais autant sentie protégée que cette nuit. Il a caressé mes cheveux, mon dos, a susurré des mots doux dans le creux de mon oreille. Il m'a avoué à quel point il était bien avec moi et m'a remerciée plusieurs fois alors qu'il pensait que je dormais. Je crois que nous pansons nos douleurs et nos blessures grâce à l'autre.

— La famille de M. Hilton !

Nous nous levons tous comme un seul homme alors que certains étaient encore au pays des rêves. Les yeux embrumés et les vêtements froissés, nous approchons de l'accueil.

— Vous êtes tous de la famille du patient ? s'étonne le type derrière le plexiglas.

Nous hochons la tête sans nous concerter. Cette semaine a créé des liens forts entre nous et je suis persuadée que nous n'attendrons pas dix ans avant de nous revoir. Le type nous observe en hésitant à nous parler, mais, certainement blasé par une nuit où les malades se sont enchaînés, il nous explique :

— Le médecin est en train de donner ses consignes et M. Hilton pourra sortir. Il devra cependant être prudent et ne pas conduire ni faire le moindre effort durant les quinze prochains jours.

Une porte s'ouvre et Zack apparaît. Cerné et visiblement aussi fatigué que nous, il est affublé d'une attelle qui immobilise son bras en passant par son cou. Il grimace et veut hausser les épaules pour nous signifier qu'il n'y a rien de grave, mais se fige quand la douleur le foudroie.

— Le voilà ! Je dois vous laisser, le boulot m'appelle. Bon courage. Votre malade est… Bon courage.

Zack lève sa main valide pour l'interpeller. Appel qui reste vain puisque le soignant déguerpit comme s'il avait le feu aux fesses.

Zack arrive à notre niveau. Pablo s'écarte de moi et tape dans le dos de son ami.

— Aïe ! Tu veux ma mort !

— Oups. Désolé…

Charlotte crochète mon bras alors que nous sortons enfin de cet hôpital.

— C'est moi ou bien Zack est un très mauvais malade ?

— Il a dû en faire voir de toutes les couleurs aux infirmières, ajouté-je. Tu m'étonnes qu'elles aient désactivé la sonnette.

— Et on doit le supporter jusqu'à demain...

Il se tortille, se plaint et geint qu'il ne peut plus rien faire avec son bras droit immobilisé.

— Sérieux, je vais faire comment moi, pour aller aux toilettes ? Je suis droitier !

— Heureusement que tu as deux mains.

L'intervention de Rosie lui vaut un regard noir de notre pote.

— OK, on va rentrer et prendre un bon petit déj. Ça calmera les esprits, annonce Raven.

— Et comment je vais rentrer chez moi ? Je ne vais quand même pas prendre un train et laisser ma caisse ici ? La prochaine fois, Jude, t'es gentil, quand tu as des idées pourries, tu t'abstiens...

Nous nous jetons tous des coups d'œil et nous retenons de rire. Hope est la seule à ne pas se gêner pour dire ce qu'elle pense.

— Bordel ! Tu n'es pas sorti depuis cinq minutes que déjà tu nous saoules ! Tu nous as fait tout un cinéma pour sauter dans ce mur de neige. C'est quand même pas notre faute si t'es nul ! Alors t'es gentil et tu la fermes ou je te pète l'autre épaule.

Ça, c'est dit...

— Pas la peine de s'énerver, ronchonne Zack. On y va ? J'ai la dalle et Vampirella me fout les boules.

— Comment tu m'as appelée ?

Il ne répond pas et s'engouffre dans la voiture de Jude.

— Il a bien dit Vampirella ? Je vais me le faire...

Nous la retenons comme nous pouvons, mais la fatigue mêlée au stress de savoir ce qu'avait Zack nous fait lâcher prise. Nous explosons de rire sur ce parking désert avec pour seul témoin le soleil qui se lève sur les montagnes.

20

Pablo

— Je vous préviens, ce soir, c'est la dernière soirée. Alors on fait la fête !

Après nous avoir fait vivre un enfer, Zack est surexcité. D'abord ronchon, se plaignant de tout et de rien, il était insupportable. Mais depuis qu'il a pris son traitement contre la douleur, il est dans un autre monde. Comme s'il était sous l'effet de petites pilules magiques.

Tout le groupe est crevé et nous squattons les canapés depuis deux bonnes heures, discutant de choses et d'autres. Nous l'observons en ricanant. Surtout quand, comme en ce moment, il fixe la neige, un sourire débile collé sur le visage.

— Faut pas le dire à ma femme parce qu'elle est hyper jalouse, mais je suis en kiffe sur la Reine des neiges, chuchote-t-il en se retournant brusquement. Je ne sais pas pourquoi... Peut-être ses longs cheveux blonds ou ses grands yeux envoûtants. En tout cas, je la trouve grave canon.

Il pose un doigt sur ses lèvres et réfléchit.

— Par contre, Olaf me fait flipper. Un peu comme Hope avant.

Il mime un frisson d'effroi et c'est ce qui termine de nous achever. Nous partons dans une crise de fou rire comme je n'en ai pas eu depuis longtemps. Même la principale concernée ne s'offusque pas et participe volontiers à l'hilarité générale. Je me tiens le ventre, Jude est par terre et les filles pleurent tellement notre pote est dans son délire.

— C'est quoi son médoc ? demande Joey entre deux spasmes. J'ai testé pas mal de trucs, mais je n'ai jamais plané comme lui.

Zack ne semble pas comprendre pourquoi nous rions ainsi et fronce les sourcils.

— Vous avez pris de la drogue ou quoi ? Vous êtes bizarres les gars !

Nos rires redoublent. J'en ai mal aux abdos. Caroline s'essuie les yeux et tente de retrouver son souffle en inspirant plusieurs fois profondément.

Il nous faut cinq bonnes minutes pour nous calmer tandis que Zack marmonne.

— N'empêche que notre cascadeur a raison, déclare Jude. On doit tout donner pour nous souvenir de cette dernière soirée. Qui sait quand on se reverra...

— Très vite, répond Raven qui nous surprend par son naturel de plus en plus affirmé. Pourquoi on ne passe pas un pacte ? Genre, on se voit au minimum une fois par an. Plus si on en a la possibilité.

— Surtout qu'on sait que certains ne sont pas près de se perdre de vue, ajoute Rosie en regardant tour à tour Caroline et moi puis Jude et Charlotte.

Les joues de Caro rougissent et elle sourit timidement en triturant le bas de son pull. Nous n'avons pas évoqué la suite de notre relation, mais même si nos vies et nos emplois du temps sont différents, j'ai envie d'essayer. Je ne crois pas me tromper en avançant qu'elle pense comme moi.

La mère de famille est la première à répondre.

— Visiblement personne n'est encore mort à la maison et cette semaine m'a requinquée pour l'année à venir ! Alors je dis oui, sans hésiter ! On se dit même jour même heure ?

Oui, ces sept jours ont tissé des liens qui me semblent indestructibles. Même avec Raven qui ne se prive pas de frapper dans nos mains afin d'acter notre deal. Certes, nous avons tous un passé, un vécu et des douleurs qui nous ont fait changer et évoluer, mais nous avons aussi mûri. Toutefois, j'ai l'impression que certains n'ont pas perdu leur âme d'enfant. En fait, nous sommes un melting-pot de caractères, un mélange un peu fou, mais vraiment très cool. J'ai réussi à éloigner mes démons alors que je m'en croyais incapable. J'ai même renoué avec l'amour. Qui l'aurait cru possible ?

Je renforce ma prise autour de la taille de Caroline et la rapproche un peu plus de moi. Elle ancre son regard vert dans le mien et comme chaque fois, plus rien n'a d'importance. Plus rien n'existe. Il n'y a plus qu'elle et moi. Je dégage une mèche de ses cheveux que je cale derrière son oreille. Elle penche la tête sur la paume de ma main et ferme les yeux en soupirant. Je sens que quelque chose la contrarie malgré le sourire qu'elle m'offre après avoir ouvert les paupières. D'ordinaire, j'aurais creusé pour savoir ce qui la chagrine. Je ne suis pas un adepte des non-dits. Pour moi, la franchise et la communication sont les piliers d'une relation amoureuse. Seulement, je ne veux pas plomber l'ambiance.

— Et si on allait à la patinoire en ville ? propose Raven. On pourrait montrer à tous ces gens hyper coincés d'Aspen comment on s'éclate à Denver !

Nous acquiesçons tous sauf Zack qui pique un petit roupillon sans que personne s'en soit aperçu.

— Allez-y, je vais rester avec lui, déclare Joey. Je suis claqué et j'ai moyennement envie de me péter une cheville. Je pars bientôt en mission et il est hors de question que mon voyage tombe à l'eau.

— Tu es sûr ? demande immédiatement Hope. Je peux...

Il lui coupe la parole, déjà allongé sur le canapé.

— Nan, vas-y, je vais pioncer.

La gothique – plus si gothique que ça – hausse les épaules et n'insiste pas. Elle le connaît mieux que nous et nous lui faisons confiance si elle estime que la situation est sous contrôle. Nous le laissons donc se reposer et nous nous équipons pour braver le froid.

— J'adore cette écharpe ! s'extasie Rosie en passant devant une vitrine. Elle plairait beaucoup à mon mari et... Mais ils sont tarés ! Huit cent cinquante dollars pour un bout de laine ! Il y a la même chez Walmart à vingt dols !

Raven ricane avant de lui expliquer :

— Ici, par principe, tout coûte très cher. Tu ne trouveras rien à moins d'un billet de cent. Plus c'est hors de prix et plus ça se vend. Si l'un de vous veut lancer un business et se faire de l'argent, c'est à Aspen qu'il faut le monter. Là-bas, il y a un type qui fabrique des bottes et des chapeaux de cow-boys. Autant vous dire que c'est le comble du kitsch et carrément inapproprié en cette saison. Eh bien, figurez-vous qu'il cartonne !

Évidemment, je vois les neurones de Jude qui se mettent à chercher l'idée du siècle pour s'implanter à Aspen. Dès qu'il sent un filon et qu'il y a moyen de se faire du fric, il est sur le front.

Nous déambulons sur les trottoirs en riant, ce qui nous vaut les regards hautains des « culs coincés », comme les appelle Raven. Hope tire même la langue à une gamine qui la regarde comme si elle avait vu un extraterrestre. Des odeurs de vin chaud et de cannelle envahissent la petite place sur laquelle nous arrivons. Un stand de marrons chauds attire mon attention et je m'empresse d'aller acheter un cornet. Délesté de quarante billets, j'en propose à tout le monde et le regrette bien vite lorsque je m'aperçois qu'il ne reste que cinq fruits. Je grimace, mais très vite, une patinoire éclairée de lampadaires en fer forgé et décorée avec goût attire mon attention. J'ai beau être un mec, je fais partie de ceux que la magie de Noël fait encore rêver. J'aime cette ambiance, ces lumières, ces odeurs. Des gros nœuds rouges sont accrochés à la balustrade en bois qui délimite la piste de glace. Des paquets cadeaux attendent sous le pied d'un sapin illuminé et décoré d'anges et de plumes blanches. Je fredonne la célèbre chanson de Mariah Carey qui résonne dans les haut-parleurs cachés un peu partout dans la ville.

Oui, je sais, c'est moyennement viril, mais on est d'accord que lorsqu'on l'a dans la tête, c'est impossible de ne pas la chanter.

Je prends des tonnes de photos pour tout montrer à Julia et en profite pour immortaliser le moment avec Caro.

— C'est vraiment magnifique ! s'enthousiasme-t-elle. Au fait, tu sais patiner ?

— Euh... est-ce que si j'ai fait du roller étant jeune, ça compte ?

— Ça promet, se marre-t-elle. Viens, on va prendre nos patins.

Elle entrelace ses doigts aux miens puis me tire derrière elle. Caroline ôte ses bottes fourrées en échange de chaussures avec une lame super aiguisée. Pas très *safe* comme activité. Si je me rétame, je suis capable de me couper tellement je ne maîtrise pas ce sport. Caro ne se pose pas autant de questions et enfile ses patins.

— Bah alors, tu te dépêches ? Les autres sont déjà sur la glace !

Elle trépigne d'impatience et me presse. Sa joie et son sourire me font oublier mon inexpérience en la matière. Je mets mes patins qui me font un mal de chien aux chevilles et la suis en marchant étrangement. À peine ai-je posé un pied sur la glace que je perds l'équilibre et tangue dangereusement. Je m'accroche à la rambarde en bois *in extremis*.

— On est mal barrés ! se marre celle qui semble plus à l'aise que moi.

J'observe nos amis et constate que certains ne sont pas plus doués. Jude a chopé un pingouin en plastique dont se servent les parents pour pousser leurs enfants et l'utilise pour avancer. Pas bête, mais il frôle le ridicule et je tiens à mon image de beau gosse. Rosie vient de glisser avec un peu trop de confiance et finit les quatre fers en l'air. Toutefois, sa chute n'entache pas sa bonne humeur.

— Hey ! Regardez comme je suis balaise !

Charlotte s'élance, tend les bras devant elle tel Spiderman et traverse la patinoire.

— T'es la meilleure, bébé ! s'exclame Jude alors qu'un gamin se plante devant lui.

— C'est mon chariot ! lance-t-il. Toi, t'es trop grand et en plus t'es nul ! Tu devrais aller là-bas, il y a un concours de bonshommes de neige !

Il attrape le bout du nez du pingouin et l'attire à lui, ce qui fait basculer Jude en avant. Heureusement, Hope, qui visiblement a pris des cours avant de venir, le rattrape avant qu'il se pète les dents.

— Il n'a pas tout à fait tort, lui dit cette dernière. T'es vraiment nul.

— Oh ! Excuse-moi, Tonya Harding[1] ! Je vais… Aïeee !!

Hope lui file une pichenette sur le front avant de le planter au milieu de la patinoire. Le gosse insolent se moque et récolte un regard de mon pote qui en ferait fuir plus d'un. D'ailleurs, le petit fait la moue avant de pleurer et de rejoindre ses parents. Quant à moi, je suis accroché comme une moule à rocher au bord de la piste.

1. Célèbre patineuse américaine.

— Attrape ma main ! crie Caro qui s'éclate. On va y aller tranquille.

— Je ne crois pas que ça soit une bonne idée.

— Poule mouillée, marmonne-t-elle, sachant pertinemment que par fierté, je vais relever le défi.

Chose que je fais immédiatement. Je saisis les mains de Caroline et me laisse entraîner parmi la foule. D'abord chancelant, je me surprends à me redresser et à prendre un peu d'aisance.

— Tu vois, ce n'est pas si...

— Où sont les freins ?!

Rosie déboule sur nous et nous fait perdre l'équilibre. Nous tombons tous les trois lourdement sur la glace. Lorsque nous sommes sûrs que personne n'est blessé, nous rions avant de conclure que le patinage n'est pas fait pour nous.

— Peut-être que le concours de bonshommes de neige est plus à notre portée, finalement, annonce Jude en rampant vers nous.

Deux heures plus tard et complètement gelés, nous admirons notre œuvre.

— Il a un petit air de mon père, ricane Raven en penchant la tête sur le côté. Son énorme tête, peut-être...

Entourés d'enfants, nous nous sommes posé la question de la pertinence de notre présence, mais nous sommes très vite pris au jeu. Chacun avait une mission et, bien sûr, les gars et moi étions cantonnés à amasser la neige tandis que les filles étaient responsables du *design*. Je termine sans bonnet, Jude sans écharpe et Charlotte sans gants. Bah oui, comme l'a souligné Caro, il faut bien habiller notre sculpture. Cette dernière n'est pas très proportionnée. Une tête plus grosse que le corps et deux bras formés de branches de sapin gigantesques. Si, de mon côté, je ne joue pas pour gagner, Charlotte et sa grande sœur sont au taquet. Elles n'en démordent pas, nous avons gagné.

— Franchement, y a pas photo ! répète la plus jeune. Je ne vois même pas pourquoi le jury réfléchit.

— Non, mais regardez les autres ! Des bonshommes de neige *Wish* ! C'est obligé qu'on gagne !

Chacha frappe dans sa main en hochant la tête. Je ne connaissais pas les sœurs Servois aussi compétitrices et ça me fait marrer.

Les juges ont fini de délibérer. Caroline et Charlotte croisent les doigts.

— Les grands gagnants sont... les adorables jumeaux Blaxton ! Bravo, les garçons ! Venez récupérer votre médaille et votre panier garni !

— Quoi ?! s'étrangle Caroline.

— Sérieusement ?! hurle Charlotte. C'est un scand...

Jude l'empêche de porter réclamation en la bâillonnant avant de la tirer un peu plus loin. Je fais de même avec ma petite amie qui veut discuter du règlement avec les organisateurs. Ma technique est différente de celle de mon pote : je cloue le bec de Caro en l'embrassant tendrement.

21

Caroline

Avec Charlotte, nous n'en démordons pas. Les fameux jumeaux doivent être fils ou petit-fils d'une personnalité d'Aspen. Impossible que l'on n'ait pas gagné ! Je déteste perdre ! Voilà, c'est dit ! Et mon attitude fait bien marrer Pablo. Il récolte mes foudres par un regard mauvais. Cet idiot se mord la lèvre pour s'empêcher d'exploser de rire.

— Moi, je trouve qu'on s'est bien amusés, insiste Rosie avec son éternelle bonne humeur.

J'ouvre grand les yeux pour montrer ma stupeur avant d'ajouter :

— Amusés ? Désolée, mais je ne me lance pas dans un concours pour m'amuser. Et je ne vois pas pourquoi on ferait gagner des gamins sous prétexte qu'il s'agissait de bonshommes de neige et que c'est bientôt Noël !

Je croise les bras sous ma poitrine et je me retiens de taper du pied pour montrer ma frustration. Charlotte ricane et me glisse à l'oreille :

— Tu ne crois pas que tu en fais un peu trop ?

Bon, peut-être, effectivement...

Les autres m'observent et je remarque qu'ils sont tous à deux doigts de se faire pipi dessus tellement ils rigolent.

Mes épaules s'affaissent et je comprends que je me suis un peu emballée. Je leur tourne le dos pour cacher l'hilarité qui commence à me gagner. Un gloussement que j'attribue à Rosie puis le rire de Pablo font céder mon self-control et je les rejoins.

— Et si on se préparait pour notre petite fiesta ? lance Charlotte.

Jude et Rosie se frottent les mains et leurs sourires ne me disent rien qui vaillent. Le meilleur ami de Pablo brandit un sac qu'il avait planqué dans une malle près du canapé.

— Tadam ! crie la mère de famille, fière de sa surprise.

Son acolyte complète devant nos mines étonnées :

— Puisque Noël approche, on a trouvé sympa que chacun de nous porte...

Il sort de son emballage un pull rouge et vert absolument... moche, je peux le dire.

— Un pull moche !! termine-t-il.

Qu'est-ce que je disais...

Hope râle que jamais elle ne mettra ce truc absolument immonde. Raven grimace, mais attrape celui qui lui est réservé, comme nous tous. Je suis plus que sceptique quand Jude me tend le mien. Rouge et blanc avec la tête d'un renne dont le nez clignote et les clochettes accrochées sur les bois tintent au moindre mouvement. Moi qui avais prévu de me mettre sur mon trente-et-un pour en mettre plein les yeux à Pablo... L'avantage, c'est que nous sommes tous logés à la même enseigne et serons ridicules ensemble.

*
**

J'ai opté pour une jupe patineuse noire et j'ai coincé le fameux pull dans la ceinture, histoire de marquer ma taille. On va dire que je limite les dégâts. Et finalement, je le trouve drôle. Je fais un mouvement d'épaule de droite à gauche en passant derrière Chacha. Les clochettes carillonnent tandis que ma sœur lève les yeux au ciel.

— Forcément, tu peux te réjouir, grommelle-t-elle. Tu as le moins pire. Sérieusement, je ressemble à quoi avec ce truc horrible ?

Elle recule de deux pas et écarte les bras pour me montrer sa tenue. Un pull bleu avec en son centre un sapin de Noël décoré de pompons de toutes les couleurs.

Effectivement...

— Il est..., hésité-je, ne trouvant pas les mots. Bariolé ? Un peu grand peut-être ?

— Un peu grand ? Mais on pourrait en mettre deux comme moi dedans !

Je m'approche et tente d'arranger les choses. Je noue le bas du pull pour dévoiler le nombril de Charlotte qui a enfilé un jeans ajusté. Je plisse les yeux pour admirer mon œuvre.

— Parfait comme ça ! m'exclamé-je en frappant dans mes mains. Ne me remercie pas !

Elle s'observe dans le miroir et le résultat semble lui convenir. Je jette également un œil à mon reflet. Une touche de mascara pour accentuer mon regard, un peu de blush sur mes joues et mes cheveux relevés en une queue-de-cheval basse. Je suis satisfaite de mon apparence. Je ne suis pas une adepte du maquillage et me contente du minimum pour avoir bonne mine.

Le détail que je garde secret est la lingerie que je porte, au cas où. En dentelle noire, assez sexy, je dois l'avouer. Si ce soir, Pablo et moi devions passer aux choses sérieuses, je suis prête. Je ne prévois rien, se passera ce qu'il se passera, mais j'en ai envie. Si au début, un simple flirt me convenait parfaitement, ce soir est notre soir et je ne veux rien regretter.

— Dis donc, toi, je reconnais ce sourire, me lance Charlotte.

— Je ne vois pas de quel sourire tu parles.

— Si, si, je te confirme que tes pensées n'étaient pas très catholiques. D'ailleurs, je ne comprends pas comment vous avez fait pour ne pas vous jeter l'un sur l'autre plus tôt.

Je lui tire la langue en prenant mon téléphone en charge sur la commode.

— J'apprécie de le redécouvrir autrement que dans un lit, lui expliqué-je. Et puis, tu sais très bien que je ne suis pas du genre à coucher avec un homme sans sentiments.

— Mais si tu y penses, c'est que tu l'aimes vraiment bien. Tu veux que je te dise ?

Elle n'attend pas ma réponse et enchaîne :

— Profite. Prends ce qu'il y a à prendre de Pablo pour taire tout ce qui remue en toi. Mon petit doigt me dit que rien ne sera plus comme après ce séjour. Dans le bon sens, évidemment.

— Je ne sais pas, soupiré-je. On verra...

Je refuse que cette discussion entache ma bonne humeur. Depuis que j'ai décidé de prendre la vie comme elle vient sans réfléchir aux conséquences, je me sens bien. Alors, j'embrasse ma sœur et rejoins nos amis qui sont déjà en bas.

La première personne que je vois est Pablo. Même son pull griffé d'un énorme *Merry Christmas* et d'un père Noël la tête dans un conduit de cheminée ne le mochise pas. Il est vêtu d'un jeans noir qui le met parfaitement en valeur et d'une paire de baskets blanches. Ses cheveux sont encore humides de la douche qu'il a prise et lui retombent dans les yeux. Il passe la main dans sa tignasse pour les discipliner et ce geste attise mes sens. Je le trouve extrêmement sensuel. Je déglutis et secoue la tête pour chasser cette idée de tirer sur cette mèche rebelle et amener sa bouche sur la mienne. Oh, et puis zut !

Je presse le pas et me plante devant lui. Sans un mot, je monte sur la pointe des pieds et glisse mes doigts dans sa chevelure que je ramène en arrière avant de capturer sa bouche. Toutes les tensions qui contractaient mes muscles la minute d'avant disparaissent. Pablo m'enlace, me rapproche de lui et intensifie notre baiser. Je retrouve sa douceur et son côté mâle dominant que j'affectionne particulièrement.

Après quelques secondes, il s'écarte et colle son front au mien.

— J'aime tes prises d'initiative, princesse, murmure-t-il. Merci.

— Je t'en prie !

J'inspire profondément avant d'expirer pour réguler mes pulsions. S'il n'y avait que moi, je l'entraînerais à l'étage et nous enfermerais dans une chambre. Mais je sais aussi que, comme moi, il veut profiter de ses potes. Alors, je lui lance un clin d'œil et je sautille jusqu'au buffet installé sur une table poussée contre un mur. Je pioche dans les plateaux et me régale des différents amuse-bouches qui nous sont proposés. Les lumières des décorations sont toutes allumées et confèrent au salon une ambiance chaleureuse. Les bougies parfumées à la cannelle diffusent une délicieuse odeur et leurs flammes dansent au rythme de nos déplacements.

Mon sourire ne semble pas vouloir quitter mes lèvres. Je n'ai pas pensé au boulot une minute depuis que je suis ici. J'ai bien vu quelques mails arrivés sur ma boîte de réception, mais j'ai décidé de les ignorer jusqu'à mon retour à Denver. Celui qui me turlupine le plus est celui de Jonathan. Je ne sais pas ce qu'il me veut et je ne comprends pas pourquoi il me contacte, même si l'objet du courriel me met un peu sur la voie : divorce. Il attendra. Pour le moment, Joey s'est autoproclamé DJ de la soirée et j'avoue que son choix de musique me va plutôt bien. Ça fait un bail que je ne me suis pas éclatée sur une piste de danse. Avant, j'aimais me trémousser dans mon salon ou en cuisinant, mais avec ce qu'il m'est arrivé, je suis devenue morose. Grâce à cette semaine, je me suis retrouvée et j'ai très envie d'en profiter jusqu'au bout. Des airs de musique cubaine résonnent et je ne résiste pas à remuer des hanches en dégustant un délicieux toast au saumon. Je n'ai aucune idée de comment ils sont apparus, sachant que nous n'avons fait aucune course de toute la semaine, mais Raven est une magicienne.

J'avale ce que j'ai dans la bouche et enchaîne les pas chaloupés. Deux mains se posent sur mon bassin. Mon corps ne reconnaît pas ce contact comme celui de l'homme qui me donne tant de frissons. Alors je me tourne et découvre Jude qui me sourit.

— Veux-tu bien me faire l'honneur de swinguer avec moi ?

Je ricane devant ses mimiques et son air séducteur.

— Franchement, rien que le mot « swinguer » est ringard ! Ne me dis pas que tu as dragué ma frangine avec cette technique ?

— Pas celle-là, mais j'en ai beaucoup d'autres que je garde secrètement cachées et que je ne divulgue que dans l'intimité.

Je grimace, dégoûtée, tandis que lui se marre. Malgré tout, j'accepte son invitation. Il m'attire à lui puis lève le bras et me fait tourner. Ce n'est pas un excellent danseur, mais il a le mérite de me faire rire. Jude pose ensuite une main sur le bas de mon dos et de l'autre il enlace ses doigts aux miens.

— Je voulais te remercier, me confie-t-il à l'oreille.

Je tente de me reculer pour lui répondre, mais sa prise est ferme et je crois qu'il a besoin d'éviter mon regard pour se livrer.

— Me remercier pour quoi ?

Il soupire avant de reprendre. Le son de sa voix est à présent sérieux.

— Tant de choses… Déjà pour Charlotte. Je vivais des trucs un peu… compliqués avant de venir à Aspen. Ta sœur est un rayon de soleil. Avec elle, tous mes problèmes semblent plus faciles à supporter. Rien de grave, je te rassure. Juste une ex-femme qui veut ma peau. Mais je sais ce qu'il me reste à faire pour avoir la paix et vivre pleinement ma relation avec Chacha. Elle m'a ouvert les yeux. Et un peu Pablo, mais ne lui répète pas, il va encore me dire qu'il avait raison.

— Promis, gloussé-je. Alors, c'est sérieux avec Chacha ? Je veux dire, tu ne vas pas lui briser le cœur ?

— Je crois que c'est elle qui peut me blesser et non l'inverse. Je ne pensais plus ça possible avec mon divorce, mais je suis tombé amoureux de Charlotte. Elle est...

— Folle ? Chiante ? Un tantinet manipulatrice et un poil égoïste ?

— J'allais dire belle, intelligente, altruiste et vraiment très drôle, mais les qualités que tu viens d'énumérer lui vont à merveille également, se marre-t-il. C'est fou ! Tout va tellement vite ! Mais tu vois de quoi je parle. Tu crois qu'elle éprouve les mêmes sentiments que moi ?

Je nous fais tourner pour vérifier ma théorie. Ma frangine nous observe en se triturant les doigts. Évidemment qu'elle est dingue de Jude. Ça se voit dans sa manière d'être avec lui, dans ses yeux quand elle l'observe à la dérobée et dans ses paroles quand elle s'adresse à lui. C'est vrai qu'ils se taquinent, mais la seconde d'après, elle se blottit dans ses bras. Oui, elle est autant mordue que lui, mais ce n'est pas à moi de le lui dire.

— Tu pourrais peut-être aller lui parler et lui expliquer ce que tu ressens.

— Mais si je me trompe et que Charlotte ne souhaite que s'amuser ?

— Pour le savoir, tu devras avouer tes sentiments. Je sais que c'est difficile quand on a été trahi ou déçu, mais ne t'inquiète pas, mon intuition me souffle que ça risque d'en valoir le coup.

Il s'écarte de moi et ancre son regard dans le mien. Je lis en lui une immense sincérité. J'avais déjà repéré, il y a bien longtemps, que ce mec était franc et honnête, alors je ne suis pas surprise. Toutefois, je ne m'attendais pas à la suite.

— Tu es une fille bien, Caroline. Je suis vraiment heureux que Pablo et toi soyez à nouveau réunis. Je sais que tout ne sera pas simple et il faudra que tu fasses ta place dans le duo fusionnel qu'il forme avec sa fille. Mais je suis convaincu que tu possèdes toutes les ressources nécessaires pour y parvenir. Je ne l'avais pas revu sourire et être aussi... lui-même depuis... le décès de Sam. Vous faites un très beau couple.

Je suis émue par tant de compliments. Pour le remercier, je dépose un baiser sur sa joue.

— Ça me touche beaucoup, Jude. Moi aussi je t'apprécie beaucoup. Mais je t'ai à l'œil, le taquiné-je. N'oublie pas que je suis l'aînée et qu'il est de mon devoir de veiller sur ma petite sœur. Aussi casse-pieds soit-elle, je serai toujours là pour assurer ses arrières. Alors fais gaffe.

Il hoche la tête en mimant un salut militaire avant de me prendre dans ses bras pour un câlin amical.

Un raclement de gorge suivi d'un grondement nous fait nous écarter.

Je découvre Chacha, les sourcils froncés malgré un rictus amusé, et Pablo.

— T'es gentil, mais tu éviteras à l'avenir de poser tes sales pattes sur ma nana, ordonne ce dernier, non sans sourire. Et en ce qui te concerne, princesse, viens par là.

Il me fait tournoyer puis nous balance de droite à gauche en me tenant serrée contre lui.

— Alors comme ça, tu dragues ma frangine ? s'énerve Charlotte.

Ces deux-là passent leur temps à se chamailler. Bon, il faut dire que ma sœur adore créer des embrouilles où il n'y a pas lieu d'en avoir pour profiter de douces réconciliations. Mais cette fois, je l'interromps sans toutefois me détacher de mon cavalier. De toute façon, je ne le pourrais pas même si je le voulais. Il me tient fort comme s'il avait peur que je ne disparaisse.

— Chacha ! appelé-je. Arrête de brailler et écoute ce qu'il a à te dire ! Il se pourrait que tu sois surprise. Et par pitié, si vous avez un truc à faire qui nécessite un échange de salives ou de fluides corporels, faites ça loin de mes yeux !

— Ça, je ne peux rien te promettre, sœurette !

Pablo ricane avant de laisser courir sa langue jusque sous mon oreille. Je suis prise d'un frisson incontrôlable et me retiens de ne pas gémir.

— Hum, tu sens tellement bon..., murmure-t-il d'une voix grave et sexy. Alors ? Tu préfères danser avec mon pote plutôt qu'avec moi ?

— Jude avait besoin de se confier. Et sache que je danse avec qui je veux. Je n'ai pas à te demander la permission.

Je le pique dans son orgueil et attends sa réaction, qui ne tarde pas à arriver. Il pince la peau de mes hanches et mordille mon cou. Je glousse comme une collégienne.

— Je ne partage pas, gronde-t-il. Tu es à moi. Ça me rend dingue de te voir dans les bras d'un autre, que tes lèvres touchent une autre peau que la mienne. Je suis même jaloux de ton passé, Caroline. Je ne joue pas.

Je déglutis péniblement. Des larmes s'amoncellent aux coins de mes yeux tant ce qu'il vient de confesser me trouble. Je m'accroche à sa nuque et pose ma joue sur son cœur tandis que ses doigts dessinent à présent des arabesques dans le bas de mon dos. Je ne sais pas quoi répondre à ça. Ou plutôt si, je sais, mais je ne sais pas si c'est le lieu et le moment. De plus, j'ai peur qu'une fois que je l'aurai dit les choses ne soient plus pareilles. Lorsqu'on avoue ses sentiments, l'autre prend les choses comme acquises et ne fait plus d'efforts pour entretenir la flamme. Moi, je veux ressentir pour toujours ce feu d'artifice dans mon ventre et dans mon cœur quand il me regarde. J'ai appris de mes erreurs et j'ai conscience de ce que je souhaite dans ma vie. Du moment où nous nous sommes dit « je t'aime » avec Jonathan, il n'a cessé de s'éloigner. Il ne faisait plus attention à moi et une routine s'est installée, jusqu'à l'épilogue que l'on connaît. Alors c'est pour cela que je retiens encore un peu ces trois mots qui pourtant le rassureraient.

En tournant légèrement, j'aperçois Charlotte. Un sourire rayonnant sur le visage et les prunelles larmoyantes, elle semble aux anges.

— Regarde, soufflé-je à Pablo.

Je fais un signe de tête en direction de nos amoureux.

Chacha saute au cou de Jude et l'embrasse fougueusement avant de s'écrier :

— Jude vient de me dire qu'il m'aime !

Sa voix porte tellement fort qu'elle s'élève par-dessus la musique. Peu importe ce que font les autres, ils s'arrêtent tous et les observent avant de les féliciter. Zack apparaît pile à ce moment-là. Le bras emmailloté dans son attelle et la tête enfarinée, il nous rejoint.

— On peut savoir ce qui se passe ici ? On fait la fête sans moi ?

— Jude vient de déclarer sa flamme à Charlotte, explique Rosie avant d'embrasser ma sœur.

— Et je lui ai répondu que je l'aimais aussi, crie Chacha quand elle s'est libérée de l'étreinte de notre copine. On va faire plein de bébés et vous saouler avec notre amour !

Il la soulève du sol et la jette sur son épaule avant de courir en direction des chambres alors que sa dulcinée rit à gorge déployée.

Je grimace en imaginant ce qu'ils vont faire. C'est dégoûtant !

— Quelque chose ne va pas ? s'inquiète Pablo en ramenant mon visage vers lui.

— C'est juste que... Grrr, ils passent leur temps à...

— Forniquer ?

— Pablo !!

— Quoi ? Ta frangine n'est plus une petite fille, se moque-t-il. Il y a bien longtemps qu'elle...

— Lalalala !!

Je me bouche les oreilles et ferme les yeux pour ne pas entendre la fin de sa phrase. Oui, je sais, fermer les yeux ne sert à rien, mais au moins, je ne vois pas le sourire sadique de mon mec qui se fout de moi et en rajoute trois tonnes.

Lorsque j'ouvre à nouveau les paupières, je capte les mouvements de sa bouche et bugge un instant. Est-ce qu'il a dit ce que je pense ?

— Hein ? demandé-je en débouchant mes oreilles.

— Je voulais savoir si tu voulais continuer à danser ou si tu voulais manger un truc.

Là, tout de suite, je n'ai plus très faim. Je suis persuadée d'avoir bien compris ce qu'il articulait et je ne comprends pas pourquoi il ne le répète pas. Est-ce que comme moi, il est effrayé par ce qu'il se passera ensuite ?

— Je veux bien boire un verre, réponds-je troublée.

Pablo se masse la nuque avant de reprendre contenance et me guider jusqu'à l'endroit où sont regroupées les boissons. Je me sers une coupe de champagne. Zack demande lui aussi un verre, mais se fait sermonner par Hope.

— Hors de question que tu picoles alors que tu as des médocs qui assommeraient un cheval. Tiens, prends ça.

Elle lui tend une canette de soda, non sans lui offrir un sourire machiavélique quand elle porte à sa bouche sa bouteille de bière.

— Je rêve ou bien tu prends soin de moi ? s'étonne Zack un peu déconcerté.

— Ça va, n'en rajoute pas. Tu préfères que je te menace, comme quand on était au lycée ?

— Nan, merci. Tu me foutais trop les jetons. Bon, de toute façon, il faut que je téléphone à ma femme pour l'avertir de mon malencontreux accident de ski.

Nous le fixons tous, médusés.

— J'ai pioncé une partie de la journée, ajoute-t-il en haussant les épaules.

Joey relance la musique et nous ne nous faisons pas prier pour danser et nous amuser. Il est minuit et la plupart d'entre nous sont déjà partis se reposer un peu avant de reprendre la route. La nuit à l'hôpital et la semaine de vacances agitée ont eu raison de nous. Pablo et moi faisons couler un café aux plus résistants – Joey et Hope –, avant de nous aussi monter nous coucher.

— Donc tu t'envoles bientôt pour une nouvelle mission ? demandé-je, désireuse de profiter encore de mes amis fraîchement retrouvés.

— Je ne sais pas trop.

Il frotte sa barbe naissante, mal à l'aise. Joey est un taiseux. Il n'est pas de ceux qui s'expriment beaucoup, mais j'ai surpris à plusieurs reprises quelques sourires et attentions envers nous. Je sens que la confiance revient peu à peu. Pablo, dont la main n'a pas quitté ma cuisse depuis que nous sommes assis dans la cuisine, s'intéresse lui aussi à la vie de notre pote.

— C'est quoi le pire truc que tu as vécu ?

— Les enfants qui meurent de faim et de soif.

Un silence pesant plombe l'ambiance. Je suis la première à me plaindre quand je ne trouve pas sur la carte d'un restaurant le plat que je rêve de manger ou bien que la boisson qu'on m'a servie n'est pas assez fraîche. Je baisse la tête, honteuse de mon comportement alors que lui se bat pour que des populations aient accès à l'eau.

— Quand je lis dans leurs yeux le désespoir, la résignation, j'ai envie de tout péter, reprend-il. J'ai l'impression d'arriver sur une autre planète. Les terres sont arides, désertiques. Les animaux survivent on ne sait comment, alors les humains... Malgré tout, je suis accueilli comme le messie, les gens m'offrent le peu qu'ils possèdent, se privant parfois du seul repas qu'ils auront dans la journée.

La voix de Joey est devenue grave. Son regard fixe un point derrière moi. Il est physiquement là, avec nous, mais son esprit est ailleurs. Il joue nerveusement avec sa cuillère. Hope attrape ses doigts et les enlace aux siens. Celui qui se confie enfin à nous la regarde et je note dans ses yeux un éclat qui me dit que son âme ne s'est pas perdue dans ces pays pauvres d'Afrique.

— Ça doit être très difficile, mais tu peux être fier de toi, lui dis-je. Ce que tu fais, peu de personnes en seraient capables. Grâce à toi, des gens survivent.

— Ouais... Mais je crois que je peux les aider de façon différente. Je suis fatigué et j'ai envie de créer ma propre association avant que mes démons m'engloutissent.

— Nous avons décidé de bosser ensemble, annonce Hope. Ça fait un moment qu'on y pense et cette semaine nous a permis d'en discuter plus sérieusement. Il nous faut encore trouver un nom pour notre association et le financement, mais j'ai des connaissances un peu partout. Des artistes, des stylistes, des gens fortunés qui adorent donner leur pognon aux bonnes œuvres. On va y arriver, OK ?

— Tu as déjà ton premier donateur, déclare Pablo.

— Sérieux ? lance Joey.

— Évidemment, et je crois que tu pourras compter sur nous tous si tu as besoin de voix pour porter ton projet.

Je hoche la tête et lui souris pour confirmer les propos de Pablo.

— Je pourrais organiser une soirée caritative au restaurant, reprend ce dernier.

Joey semble ému et se contente se serrer la main de mon Italien pour le remercier.

Hope presse un peu plus fort les doigts de Joey et ce geste ne passe pas inaperçu.

— Puisque vous vous posez tous la question, non, nous ne sommes pas en couple, annonce-t-elle. Nous sommes liés parce qu'un jour...

Son binôme se racle la gorge et complète pour elle :

— J'étais tellement dépressif après une mission plus dure que les autres que j'ai voulu en finir. Je voyais des gens mourir alors que je me battais pour qu'ils survivent. J'ai... bref, j'ai appelé Hope et elle m'a sauvé. Depuis ce jour, elle est devenue ma sœur de cœur. On veille l'un sur l'autre.

Je suis sans voix et je ne suis pas la seule. Pablo se redresse et pose une main sur l'épaule de son ami.

— Mec, à présent, je suis là. On est là pour toi si tu as besoin de soutien.

Joey termine son café et lui sourit.

— Merci, répond-il simplement.

— De rien. Les potes sont faits pour ça.

— Je crois qu'on devrait aller dormir un peu, proposé-je.

Tous acquiescent et nous nous dispersons rapidement.

Je ne m'attendais pas à tant de révélations durant cette semaine de retrouvailles. Je me doutais que, comme moi, chacun avait vécu des choses plus ou moins cool, mais certains ont vraiment souffert plus que d'autres. Je prends conscience que même si j'ai eu mal à cause de Jonathan, ce n'est rien à côté des blessures de Joey ou Pablo.

22

Pablo

Sur le seuil de ma chambre, Caroline et moi sommes comme deux adolescents maladroits et timides. Ni l'un ni l'autre n'a envie que ce moment s'arrête, mais nous ne savons pas comment l'exprimer. Séduire une femme et passer la nuit avec elle sans penser aux conséquences, je sais faire. Les rares fois où cela s'est produit, je ne me suis pas posé autant de questions. Seulement, elles n'étaient pas Caro.

Alors, je suis là, empoté, à mettre les mains dans mes poches puis les sortir et me masser la nuque. Pas plus à l'aise que moi, celle qui a chamboulé ma routine bien huilée en moins d'une semaine se balance d'avant en arrière. C'est ridicule. Nous avons tous les deux envie de prolonger l'instant. J'en ai marre de ces barrières qui m'empêchent d'avancer. Je ne renierai jamais mon passé, mais je dois aller de l'avant. Pour moi. Pour Julia. Pour Caroline et moi.

Fort de cette prise de conscience, j'attrape ses doigts et lui souris tendrement. Elle hoche la tête et c'est le signal qu'il me fallait. J'ouvre la porte et l'entraîne avec moi à l'intérieur. Lorsque la lumière éclaire la pièce, Caroline glousse en regardant le bazar que j'ai laissé un peu partout.

— Promis, je ne suis pas aussi bordélique dans la vie de tous les jours, assuré-je, mal à l'aise.

Je l'entends ricaner alors que je ramasse mes fringues éparpillées sur le lit et au sol puis les jette dans la salle de bains attenante. Elle pouffe de rire.

— La méthode est contestable, mais efficace, se marre-t-elle avant qu'un éclat de lubricité fasse briller ses prunelles.

J'avance vers cette nana que j'ai perdue une fois et que je compte bien reconquérir. Elle se mordille la lèvre et lève son visage pour ne pas rompre le contact visuel lorsque je tends le bras pour l'approcher de moi. J'essaie tant bien que mal de contrôler ma fougue. Je n'oublie pas ses confidences concernant son ex. Je veux lui prouver que tous les hommes ne sont pas comme lui. Alors délicatement, je pose ma main sur sa joue et me baisse pour capturer sa bouche. Je l'embrasse d'abord chastement avant que la pointe de ma langue vienne taquiner la sienne. C'est un tourbillon d'émotions qui me chamboule la tête, le cœur et l'âme. Je sais qu'il n'y aura pas de retour en arrière. J'ai fait souffrir Caroline une fois et il est hors de question que je foire nos retrouvailles. Je ne suis plus ce jeune homme débile qui ne se souciait de personne d'autre que lui. Je mesure ce que nous nous apprêtons à faire et la confiance qu'elle place en moi me touche d'autant plus.

Notre baiser est romantique, passionné et terriblement addictif. Peu à peu, nos peurs, nos blocages disparaissent. J'effleure sa taille, remonte mes mains sur ses flancs puis redescends pour relever le bas de son pull. Je le lui retire lentement et découvre un soutien-gorge noir sexy qui tranche avec sa peau pâle.

— Tu es... magnifique, soufflé-je en l'admirant.

Ma réflexion lui donne l'assurance qu'il lui manquait pour se lâcher totalement. Elle enlève elle-même le reste de ses vêtements. La sensualité de ses gestes fait monter le désir dans mon corps et dans mes veines. Je me surprends à trembler. Les battements de mon cœur s'emballent et je la trouve soudain beaucoup trop loin de moi, même si deux mètres nous séparent.

Sans perdre de temps, j'ôte mon pull et alors que je déboutonne mon jeans, elle pose ses mains sur les miennes.

— Je vais t'aider, murmure-t-elle.

Elle s'attelle à la tâche et moi, je peine à déglutir tant la voir me déshabiller attise mes sens. Lorsqu'elle s'agenouille pour délacer mes baskets puis glisser mon pantalon jusqu'à mes chevilles, je bascule. Impossible de réguler mon cœur et mon envie d'elle. Je vire rapidement ce qui nous encombre encore et la fais reculer jusqu'au lit sans même la toucher. Et Dieu sait pourtant à quel point j'en ai envie.

Le tableau qu'elle m'offre est d'une incroyable sensualité. Alanguie dans sa lingerie en dentelle sur le matelas, ses bras relevés au-dessus de son visage, elle ravive la flamme qui crépitait en moi et ravage toute ma patience. J'attrape une capote que j'ai rangée précautionneusement dans le tiroir du meuble de chevet et la jette à côté d'elle.

— Tu avais donc tout prévu, s'esclaffe Caro.

— Princesse, je rêve de ce moment depuis la minute où tu es réapparue dans ma vie.

Je la vois avaler sa salive et toute trace d'amusement déserte ses lèvres quand je baisse mon caleçon.

Je m'agenouille entre ses jambes qu'elle écarte pour que je m'installe au-dessus d'elle. Je tente de calmer la passion qui m'anime en mordillant son cou. Le soupir qu'elle laisse échapper me grise.

— Pablo..., gémit-elle.

Ma bouche descend sur sa clavicule tandis qu'elle caresse mes épaules puis mon dos. Ses ongles me griffent, m'incitant à poursuivre mon exploration de son corps.

J'atteins sa poitrine encore cachée dans son écrin de dentelle. Je le baisse et capture un bourgeon dressé. Caroline se cambre et empoigne mes cheveux. Je lèche, aspire et mordille le premier téton avant de m'attaquer au second. Très vite, elle me force à remonter et m'embrasse fiévreusement. Il nous en faut plus. Toutes les sensations d'il y a dix ans reviennent et je me rends compte de l'erreur monumentale de l'avoir quittée. Mais on ne peut pas effacer le passé.

Je m'équipe rapidement alors qu'elle enlève ses sous-vêtements en gigotant. Ses yeux ne quittent pas mon corps. Chaque partie qu'ils touchent devient brûlante. Je frissonne. Je perds la tête.

Et puis, enfin, nous fusionnons. C'est comme une explosion dans mon cœur et dans ma tête. Sa respiration se coupe quand la mienne s'emballe. Un tsunami me ravage. Une vague de plaisir qui m'emmène loin. Chaque mouvement, chaque soupir, chaque caresse décuple notre désir trop longtemps contenu. J'ai l'impression que nous redécouvrons ce miracle de deux êtres qui s'aiment. Tout est plus puissant. Plus intense. Les sensations, cette pression qui monte, monte et nous emporte. Nos regards sont arrimés l'un à l'autre comme pour graver ce moment. Lorsqu'elle se contracte sous moi puis qu'elle ferme les yeux, je me sens le mec le plus chanceux du monde. Je capture ses gémissements contenus en embrassant cette femme d'une beauté hallucinante avant de basculer moi aussi. Je m'immobilise et pousse un râle grave en nichant mon nez dans son cou.

Nos peaux sont moites, nos respirations haletantes. Nous restons ainsi quelques minutes. Comme si nous avions besoin de ce laps de temps pour accepter l'évidence. Plus rien ne sera jamais pareil. Et à cet instant précis, je m'en fiche. Je veux juste la garder dans mes bras et penser que le pire est derrière moi.

— Merci, chuchoté-je quand je nous recouvre avec la couette. Merci de me faire assez confiance pour m'offrir ce cadeau.

— Le père Noël a certainement estimé que tu avais été très sage, rigole-t-elle avant de se blottir contre moi.

Nous passons ensuite les quelques heures qui nous restent à rire et parler. Nous n'évoquons pas la suite bien que je sente que le sujet nous brûle les lèvres. La peur du retour à la réalité ? Ici, dans ce chalet, dans cette chambre, c'est comme une parenthèse enchanteresse. Loin de notre quotidien et des problèmes de nos vies.

*
**

Jude vient de me déposer chez moi où j'ai rapidement largué ma valise et récupéré ma voiture. Les derniers kilomètres qui me séparent de Julia me semblent interminables. Ce midi, j'ai eu beaucoup de mal à quitter mes amis, mais surtout Caroline. Nous sommes restés seuls un moment à nous dire au revoir. Je l'ai embrassée comme si ma vie en dépendait ou que c'était la dernière fois que je la voyais. C'est ridicule, parce que nous avons finalement convenu de nous retrouver pas plus tard que le week-end prochain. Pourtant, je n'y peux rien, ça me déchire le cœur. J'ai l'impression que sans elle à mes côtés, les paysages perdent leurs couleurs. Elle me manque déjà terriblement. C'est dingue, tout est allé tellement vite. Ça devrait m'effrayer, mais au contraire, je trouve ça génial. C'est bon d'avoir à penser à une personne et de se languir de la prendre à nouveau dans ses bras. J'ai hâte de l'entendre soupirer quand je resserre mon étreinte autour d'elle, de la voir se mordiller les lèvres lorsque j'ancre mon regard au sien et que l'envie d'elle devient si forte que ça me fait mal.

Avant ce séjour, je n'aurais pas cru cela possible, et pourtant je ne me reproche rien et ne regrette pas ce qu'il s'est passé. J'ai les fameux papillons dans le ventre, un sourire débile collé sur mon visage et je ne songe qu'au moment où je pourrai revoir Caroline.

J'aime me sentir si libre. J'ai compris que Samantha fera toujours partie de moi, mais que j'avais le droit de vivre une autre histoire d'amour. Elle me l'avait d'ailleurs fait promettre. Ça et le fait de trouver une femme qui saurait aimer notre fille comme la sienne. Sur le coup, j'avais accepté malgré les larmes qui inondaient mes joues. De toute façon, j'aurais fait n'importe quoi pour qu'elle sourie et soit heureuse. Et ce jour-là, ses lèvres s'étaient étirées magnifiquement et elle m'avait remercié.

Tandis que j'y repense, mon ventre se tord et ma gorge se noue. Je crois que je ne serai jamais totalement guéri, mais la douleur de la perte de mon épouse est devenue moins lourde à porter. J'envisage enfin l'avenir plus sereinement. C'est vrai que Caroline et moi n'avons pas fait de plan sur la comète et avons décidé de prendre le temps pour construire une relation sérieuse. Nous devons apprendre à nous connaître, à nous aimer. Je lui présenterai Julia, mais pas tout de suite. Chaque chose en son temps.

Malgré tout ça, je ne cesse de me dire que les gens qu'on aime peuvent disparaître en un claquement de doigts. J'ai peur de perdre Caroline. Qu'elle se rende compte que les boulets que je me traîne aux chevilles sont trop encombrants. Qu'elle trouve un mec mieux que moi, sans gosse et sans deuil à terminer. Qu'elle meure elle aussi.

Je me cramponne tellement au volant que les jointures de mes mains deviennent blanches. J'ai du mal à déglutir et mon repas de ce midi pèse dans mon estomac. Des images horribles défilent devant mes yeux. J'imagine Caroline dans un cercueil et...

Des Klaxons me sortent de mon cauchemar. J'ouvre les vitres de la voiture et respire profondément pour reprendre mes esprits. Lorsque je me gare enfin devant chez ma mère, il me faut encore quelques minutes avant d'aller retrouver ma fille. Les émotions qui m'assaillent sont comme des montagnes russes qui me laissent sans force. Mes jambes tremblent et mon cœur frappe si fort dans ma poitrine que j'en ai le souffle coupé.

Pas le temps d'analyser ce que je ressens. Julia déboule vers la voiture en criant :

— Papa ! Papa !

Toutes mes pensées négatives s'envolent dès que je la vois. J'ouvre la portière et la réceptionne en la serrant dans mes bras.

— Tu m'as tellement manqué, mon trésor, murmuré-je à son oreille en tentant de retenir mes larmes.

Je la respire, embrasse le dessus de sa tête et lui dis combien je l'aime.

— Moi aussi, mais tu me fais mal, papa !

Je ris puis desserre mon étreinte et la soulève du sol pour la garder contre moi. Je mets tous mes questionnements, mes doutes et mes démons de côté et me concentre sur celle pour qui je me bats depuis quatre ans.

— Ça va, trésor de ma vie ?

— Oui, mais c'était long, râle-t-elle en fronçant son adorable petit nez.

— Je suis sûr que tu t'es beaucoup amusée et que la semaine est passée si vite que tu ne t'es pas aperçue de mon absence.

Elle hausse les épaules.

— Moi, ze préfère quand tu es là.

Je dépose un baiser sur son front.

— Mamie dit que tu étais parti faire la fête avec des copains de ton école.

— Elle t'a dit ça ? m'étonné-je même si c'est la stricte vérité.

— Pas à moi. Elle parlait avec sa copine qui a la peau du cou qui pendouille.

Penny… J'ai déjà averti ma fille de ne pas parler de l'amie de ma mère ainsi, mais il n'y a rien à faire. En même temps, la description est parfaite.

— Julia…

— Oui, ze sais. Ce n'est pas zentil. Alors, c'est vrai ? Tu faisais la fête ?

— Oui, j'ai retrouvé des copains de quand j'étais à l'école. Mais je n'ai pas fait la fête tout le temps. J'ai aussi fait du ski, de la luge et j'ai fait un bonhomme de neige… On a même essayé de faire un igloo, mais on n'a pas réussi.

Je sens que quelque chose la perturbe. Elle baisse les yeux et s'empêche de me dire ce qui lui trotte dans la tête. Je n'aime pas quand elle ne sourit plus. Elle est le rayon de soleil de ma vie. Alors je décide de changer de sujet pour le moment. Je parlerai avec elle ce soir en la mettant au lit.

— Je rêve ou tu as encore grandi ? lui demandé-je en la regardant avec insistance.

— Oui, mamie m'a obligée à manzer plein de légumes.

Sa grimace est hilarante, mais je garde mon sérieux. Si ma mère a réussi cet exploit, hors de question de lui faire croire le contraire. Julia a une passion pour les frites et les pâtes…

— Tu savais toi, que les cucubitacées, bah, c'est des légumes ?!

Face à son air effaré, je me retiens de rire.

— Les cucuRbitacées, la reprends-je en insistant sur le r. Je te rappelle que je tiens un restaurant, alors oui. Et quand ils sont bien cuisinés, c'est très bon.

— Berk ! Z'ai goûté, mais z'ai pas aimé.

— Mais tu as fait l'effort de goûter et je suis très fier de toi.

Ma mère nous rejoint et je la remercie silencieusement de m'avoir laissé quelques minutes seul avec la chair de ma chair.

— Pablito ! s'exclame-t-elle en m'étreignant de son câlin de maman réconfortant. Tu as l'air en forme et reposé.

— Oui, tout va bien.

— J'en connais une qui s'impatientait que tu arrives. Tu as le temps de rentrer ?

— Rapidement, il est déjà tard et il y a école demain.

Elle hoche la tête et me sourit. Je sais parfaitement pourquoi elle me propose ça. Elle veut me tirer les vers du nez au sujet de Caroline. Seulement, je ne sais pas si je dois en parler tout de suite. Notre relation est nouvelle et l'inclure si vite dans ma famille, c'est prendre le risque que tout le monde soit malheureux si ça tourne mal.

Je demande à Julia de rassembler ses affaires pendant que je discute avec sa grand-mère. Elle ne rechigne pas et s'exécute en sautillant vers le salon.

— Alors tu n'es pas déçu de ton séjour ? me questionne-t-elle en me regardant du coin de l'œil avant de me servir une limonade.

— Absolument pas. J'ai retrouvé toute la bande et c'était vraiment sympa.

Je lui raconte ensuite brièvement ce qu'est devenu chacun. Elle fait des « ah » et des « oh », rit aussi parfois, mais je vois bien qu'elle se retient de me poser la question qui la taraude. Toutefois, je ne lui tends pas la perche et enchaîne :

— Jude est tombé amoureux là-bas.

— De qui ? s'étonne-t-elle. Il ne parlait que de son ex-femme avant de partir. Ne me dis pas que c'est de cette Raven ?

— Maman, je viens de te dire qu'elle avait beaucoup changé. Raven est devenue très sympa. Mais non, ce n'est pas d'elle. C'est Charlotte, la sœur de… Caroline.

Ses yeux brillent de curiosité et ses lèvres s'étirent en un sourire démoniaque. Je me mords la langue, mais c'est trop tard. J'en ai trop dit ou pas assez.

— Et comment va cette jeune femme ?

— Charlotte va très bien.

J'avale cul sec les dernières gorgées de mon soda et me lève, prêt à déguerpir en espérant que ma pirouette suffise à lui faire comprendre de ne pas poursuivre, mais c'est mal la connaître et je le sais.

— Je ne parle pas de sa sœur, mais de Caroline. Je me souviens du jour où tu es rentré du lycée et que tu l'avais quittée. Tu t'en es voulu immédiatement. Je l'ai toujours beaucoup aimée.

— Tu ne l'as jamais rencontrée...

Je lui tourne le dos.

— Inutile. Si tu l'aimes bien, c'est que c'est une fille bien et polie. Et donc...

Je soupire...

— Oui, maman.

— Ça fait quatre ans. Tu as le droit d'être à nouveau heureux, amoureux. Sam n'aurait pas voulu que tu restes seul. Tu n'es qu'un père et un chef d'entreprise depuis que ta femme nous a quittés. Mais tu es aussi un homme.

— Je sais, mais...

Je baisse la tête et n'ose pas affronter son regard.

— Et si Caroline aussi disparaissait ? Si je la présente à Julia, qu'elle s'attache à elle et finit par l'appeler « maman » ? Elle oubliera Samantha et je ne le veux pas. Je ne peux pas. Pire ! Si Caro ne veut pas d'elle dans sa vie ? Sans compter que rien ne dit que notre histoire dure. Je ne peux pas prendre le risque de la perdre elle aussi. Nous étions en vacances. Pas de responsabilité, de prise de tête avec le quotidien. Ma fille reste ma priorité. Elle a besoin de moi.

Tout se mélange et les raisons de ne pas poursuivre cette relation me sautent aux yeux. Pourtant, mon cœur se comprime chaque fois que j'en évoque une.

— Pablo...

Mon téléphone bipe, annonçant la réception d'un message que je m'empresse de lire pour éviter la suite de cette discussion désagréable. C'est un texto de celle qui est l'objet de cette conversation. Rien que de voir son nom apparaître sur l'écran, tous mes doutes s'envolent comme par miracle.

`Je viens de rentrer… Je ne regrette pas une minute d'avoir accepté de venir au chalet. Tu as rendu cette semaine inoubliable. Tu me manques déjà. Vivement le week-end prochain. En attendant, on pourrait peut-être se téléphoner ?`

— Eh bien, ça fait très longtemps que je ne t'ai pas vu sourire ainsi, mon chéri. Tu peux trouver toutes les excuses du monde, tes yeux ne mentent pas. Cette fille est importante pour toi.

Je tape rapidement une réponse à Caroline et lui promets de l'appeler ce soir quand Julia sera couchée puis range mon portable et embrasse ma mère.

— J'y vais, maman. Merci d'avoir joué les nounous.

Elle voit clair dans mon jeu, mais n'en rajoute pas.

— C'était un plaisir.

— Mon trésor ! On y va !

*
**

— Et c'est ainsi que le prince et la princesse vécurent heureux et eurent beaucoup d'enfants.

Je referme le livre et le pose sur la table de nuit.

— Il est l'heure de faire un gros dodo, mon ange, murmuré-je en embrassant le front de Julia.

Elle n'a pas beaucoup parlé depuis que nous sommes rentrés à la maison. Elle qui d'habitude est un vrai moulin à paroles est restée beaucoup trop silencieuse pour que ça soit normal.

— Qu'est-ce qui ne va pas, mon trésor ?

Elle pose son doudou sous son nez et le frotte contre sa bouche. Elle fait ça depuis sa naissance et je trouve ça vraiment trop mignon.

— Tu sais que tu peux tout dire à papa, insisté-je.

— C'est que... Il y a la maman de Luna qui vient présenter son métier demain à l'école. Moi, z'aimerais bien que maman fasse pareil, mais elle ne peut pas parce qu'elle est au ciel. Et ze suis triste parce que ze voudrais moi aussi avoir les câlins d'une maman comme mes copines.

Une boule se forme dans ma gorge. Je savais que ce genre de conversation arriverait tôt ou tard. Je pensais être préparé, mais finalement, je ne le suis pas du tout. Julia sait que sa maman ne sera plus jamais là. Elle n'en garde aucun souvenir et jusque-là, je pensais faire le nécessaire pour qu'elle ne souffre d'aucun manque. Mais je ne peux pas remplacer une mère. Même si j'aime notre fille pour deux.

— Oh, ma chérie...

Je la rapproche de moi et serre son petit corps contre le mien en caressant ses cheveux encore humides de son bain.

— Je pourrai venir, moi, si tu veux, tenté-je pour la consoler.

— C'est pas pareil. Tu n'es pas une maman, tu es un papa. Moi, ze veux une maman.

Elle renifle et je comprends qu'elle pleure en silence.

Mon cœur de papa saigne et je me sens impuissant.

— Tu en as une, ma chérie. Personne d'autre ne pourra la remplacer. Et elle t'aime très fort de là où elle est.

Je retiens également mes larmes, mais une s'échappe et roule sur ma joue.

— Je sais que c'est difficile pour toi, Julia, mais je ne peux rien faire pour diminuer ton chagrin à part t'aimer très fort.

— Mais tu pourrais avoir une amoureuse et elle deviendrait ma nouvelle maman ? Ze pourrais demander au père Noël !

— Oui, mais...

— Alors ze vais faire un dessin pour lui expliquer. En plus, il y a la boîte aux lettres du pôle Nord dans la rue près du magasin de bonbons !

Et moi qui m'inquiétais de sa réaction si elle apprenait que j'ai rencontré une femme que j'aime vraiment beaucoup... C'est encore une belle leçon que ma fille m'apprend. Toutefois, mon histoire avec Caroline est trop fraîche pour en parler tout de suite à Julia.

— On verra ça, éludé-je. En attendant, si tu veux que je vienne dans ta classe pour parler de mon métier, c'est avec plaisir. J'en parlerai à ta maîtresse. Peut-être même que je pourrai cuisiner avec vous.

— Oui ! Ça serait trop bien. La maman de Luna est infirmière. Heureusement qu'elle ne nous fait pas de piqûre...

Je rigole et je suis soulagé que l'orage soit passé sans encombre. Je me lève et remonte la couette sur ma fille avant de l'embrasser.

— Bonne nuit, mon trésor. Papa t'aime plus que...

— La Lune à la Terre, aller-retour !

J'éteins la lumière et ferme la porte. Il me faut un temps avant de me remettre de mes émotions. Un temps durant lequel je reste contre le mur du couloir à regarder la seule photo de Sam sur mon portable.

— Pourquoi nous as-tu fait ça ? C'est si dur sans toi...

Une notification d'un message reçu se superpose à l'image. Caroline... Dois-je y voir un signe du destin ?

23

Caroline

Quasiment une semaine que je suis rentrée d'Aspen. Pour la première fois depuis que je bosse à l'agence, j'ai eu beaucoup de mal à me remettre au travail. La tête ailleurs, obnubilée par mon téléphone, j'ai même entendu ma boss me faire la remarque que les vacances étaient terminées. Autant dire que ma fierté en a pris un sacré coup. Alors, je me suis reprise en main et j'ai essayé de compartimenter les choses dans mon esprit. Pas évident. Entre Charlotte qui parle déjà d'emménager avec Jude, mon ex qui décide que l'appartement dans lequel nous vivions devrait être vendu alors que nous sommes si près de la signature qui validera officiellement notre divorce, et Pablo qui se fait de plus en plus discret... On peut comprendre que la vente d'une maison pourtant placée dans le quartier chic de Capitol Hill me soit passée sous le nez. Non ! C'est intolérable ! Et ça ne m'est jamais arrivé. J'enrage que ça soit une autre agence qui ait signé le contrat.

Reprenons les choses dans l'ordre. Chacha donc... Elle n'a plus que le nom de Jude à la bouche. Jude par-ci, Jude par-là... Il n'y a pas un jour où ils ne se sont pas vus malgré leur emploi du temps chargé. J'ai même dû assister à un dîner en leur compagnie. Tu parles, si je n'avais pas été là, ça aurait été du pareil au même. Ils ont passé les trois quarts du repas à s'embrasser et à se faire l'amour par télépathie. Écœurant ! Je n'ai jamais vu ma sœur aussi rayonnante et de si bonne humeur. On a l'impression qu'elle vole sur un nuage arc-en-ciel. En ce moment, rien n'est grave. Non, mais je rêve... Et moi alors ? Ce que je vis n'est pas cool et pourtant elle ne me prête pas beaucoup d'attention.

Autre problème qui me tourmente, mon appartement. L'idée même de vivre ailleurs me brise le cœur. J'ai tout imaginé, tout refait et il me correspond en tous points. Parce que oui, le fameux mail de Jonathan, je l'ai ouvert à mon retour. Plus les mots défilaient sous mes yeux et plus une sourde colère m'envahissait. S'il avait été en face de moi, je crois que je lui aurais refait le portrait. Le mec me trompe, il se tire dans l'heure qui suit, me laissant sans plus d'explications et reniant notre amour comme s'il n'avait jamais existé. Et il souhaiterait, non, il voudrait, pour être plus précise, qu'on discute de la vente de l'appartement ? Mais il n'a jamais été question de le vendre ! Il avait été clair par l'intermédiaire de son avocat que si je lui filais sa part et rachetais le crédit, il ne voyait pas d'inconvénient à ce que je le garde. Ce type est définitivement une enflure ! C'est mal me connaître que de penser que je vais en rester là. Peut-être que la Caroline d'avant Aspen aurait chialé, tapé du pied et cédé la mort dans l'âme pour avoir la paix. Seulement, je ne suis plus la même. Ou plutôt si, je suis celle que j'ai toujours été, mais que je cachais de peur de déplaire ou de blesser. À présent, je ne me laisse plus faire et Jon va le comprendre très vite puisque nos avocats communiquent en ce moment même. Je refuse de vendre ! Voilà ma réponse.

Troisième point et non des moindres : Pablo.

Si lors de notre séparation devant le chalet, j'ai cru toutes ses belles paroles quand il me disait que j'allais lui manquer et que j'avais intérêt à charger mon portable parce qu'il allait m'inonder de messages, aujourd'hui je déchante. Pas d'appel et seulement quelques textos tard le soir qui pourraient être envoyés à une simple copine. Un « bonne nuit » rapide et sans intérêt. Les trois premiers jours, je me suis remise en question, j'ai cogité sur ce que j'ai dit ou fait qui aurait pu le vexer. Aujourd'hui, je suis en colère.

Finalement, un connard reste un connard. Peu importe qu'il ait vécu des trucs horribles dans sa vie, Pablo n'a pas changé. Il se sert des femmes, leur promet monts et merveilles et leur dit ce qu'elles veulent entendre. Puis, quand la magie disparaît, le prince charmant se transforme en vilain crapaud. Je m'en veux parce que j'ai cru bêtement à ses belles paroles quand il m'avouait que je redonnais du sens à sa vie. Sa façon de me regarder comme si j'étais exceptionnelle, ses gestes tendres, ses baisers et sa manière de me faire l'amour. Tendre et sauvage à la fois. J'ai encore pris mes rêves pour la réalité et ça me met en rogne.

Pourquoi est-ce que le destin s'acharne ?

J'aimerais ne pas penser à lui et faire comme si cette semaine et ce qu'il m'a fait ressentir n'étaient qu'une parenthèse enchantée, mais c'est impossible. Impossible parce que j'ai été sincère, parce que je l'aime vraiment. Et je ne peux pas croire qu'il se soit servi de moi. Toutefois, j'ai décidé de ne plus me rabaisser à le contacter pour en avoir le cœur net. S'il veut me voir comme prévu demain, il n'a qu'à en faire la demande.

— Tu viens boire un verre ? m'interpelle Chacha.

— Hum...

Je mâchouille le bouchon de mon stylo en regardant par la baie vitrée de l'agence. Malgré Noël qui approche et les températures basses, il fait un soleil magnifique. Perdue dans mes pensées qui tournent en boucle, je sursaute quand deux doigts claquent sous mon nez.

— Allô ! La Terre appelle Caroline ! T'étais partie où pour ne pas m'avoir entendue ?

— Nulle part, soupiré-je. Tu disais ?

— À la base, je te proposais de venir boire un verre, maintenant, je te l'ordonne. Tu as besoin de te changer les idées. Allez, zou !

— Non, je vais rentrer chez moi et me faire couler un bain.

— Tu n'as pas compris, ce n'était pas une question. Tu viens avec moi, point barre.

Pour que je tienne une fois encore la chandelle et assiste à des échanges de salives absolument répugnants ? Merci, mais non merci.

— Jude est en déplacement professionnel. Alors nous ne serons que toutes les deux. Et nos baisers n'ont rien de répugnants. Ils sont passionnés, c'est tout.

Oups, j'ai pensé si fort que Chacha m'a entendue ? Ou bien elle a des talents de télépathe... De toute façon, je ne vais pas sortir avec la tête que j'ai. Je suis cernée et je n'ai pas vraiment insisté sur le maquillage ce matin.

— Excuse-moi de te le dire, mais tu as une mine affreuse. Prendre l'air ne te fera pas de mal.

— Je rêve ou tu lis dans mes pensées ?! m'exclamé-je. C'est super flippant.

Elle fronce les sourcils et m'observe avec insistance comme si elle tentait de percer mes secrets.

— Hum... ce que je vois, ce n'est pas joli joli..., murmure-t-elle en prenant une voix d'outre-tombe.

— Arrête tout de suite, Charlotte Servois ! Je t'interdis de...

Ma sœur explose de rire.

— Ça va, je plaisante ! Bien sûr que non, je ne lis pas dans ta tête ! C'est juste que tu es ma grande sœur et que je te connais par cœur. Tu vas mal et comme toujours, je suis là pour toi. Je sais que je n'ai pas été très présente ces derniers temps et je m'en excuse.

Elle laisse passer un silence alors que je grimace.

— Et non, ce n'est pas parce que Jude est absent que je tente de combler le vide avec toi. Je t'ai laissé le temps de te reprendre par toi-même, mais force est de constater que tu as besoin d'un p'tit coup de pouce de ta sœurette d'amour...

— Vraiment flippant...

Elle me lance un clin d'œil puis attrape mon sac et mon manteau qu'elle me tend. J'obtempère seulement parce que j'ai trop peur d'être tentée d'envoyer à mon Italien un message qui restera, comme les autres, sans réponse.

Charlotte a insisté pour que l'on s'installe à la terrasse d'un café. Si j'ai dit qu'il y avait un magnifique soleil, j'ai aussi précisé qu'il faisait un froid de canard. Toutefois, j'apprécie de voir les rues se parer de guirlandes et de sapins. Sur le trottoir d'en face, d'énormes cannes à sucre marquent l'entrée d'une des meilleures confiseries de la ville. Plus loin, un père Noël distribue des chocolats aux passants en poussant des « oh, oh, oh ». Des sourires ont éclos sur le visage des gens. Le mien s'est fané.

Dans la famille, Noël est une fête importante. Charlotte et moi cuisinons avec notre mère toute la journée pour satisfaire les estomacs gourmands de chacun. Nous faisons les boutiques ensemble en quête du cadeau parfait et les festivités durent deux jours entiers. Le vingt-quatre au soir, nous dînons tous ensemble. Une tablée de plus ou moins douze personnes en fonction des possibilités de ceux qui habitent loin. Oncles, tantes, cousins et cousines, sans oublier nos grands-parents. Le lendemain matin, nous nous regroupons au pied du sapin pour ouvrir nos paquets, et l'après-midi les plus jeunes regardent des films de Noël jusqu'à ce que la nuit tombe tandis que les autres jouent aux cartes ou à des jeux de société. Seulement, cette année, je suis moins enjouée. Je manque d'enthousiasme et j'en suis même au point de me dire que si je pouvais rester terrée chez moi, je le ferais. Charlotte et ma mère ne me laisseraient pas faire et rappliqueraient fissa pour me ramener par la peau des fesses.

— Deux chocolats viennois avec beaucoup de crème fouettée, s'il vous plaît.

Je laisse le serveur partir et râle.

— Qui te dit que je ne voulais pas autre chose ?

— En hiver et surtout lorsque Noël approche, tu commandes toujours un chocolat viennois.

— Eh bien, les choses ont changé.

— Peut-être, mais toi tu restes la même. Et cette boisson chaude te redonnera le sourire, crois-moi.

— Mouais...

J'ai conscience que je suis de mauvaise foi et que je déverse mon aigreur sur ma frangine, mais après tout, c'est elle qui a insisté pour que je l'accompagne. Qu'elle assume, maintenant.

— Au fait, tu as eu des nouvelles des autres depuis qu'on est rentrées ? me demande Chacha innocemment.

Je vois parfaitement où elle veut en venir, mais je ne rentre pas dans son jeu.

— Oui. Raven m'a encore téléphoné hier. Elle a pris son mec entre quatre yeux et lui a dit à quel point elle était malheureuse. Ce débile n'a rien trouvé de mieux à lui répondre qu'il ne changerait rien à son mode de vie et que si le fait qu'il ait des maîtresses ne lui convenait pas, elle pouvait demander le divorce.

— Quel... grrr ! Et qu'est-ce qu'elle a répondu ?

— Qu'il pouvait aller se faire voir et prendre contact avec son avocate. Je crois qu'elle a compris qu'elle valait mieux que ça. Raven a très peur de se retrouver seule et sans argent, mais elle a pris conscience que le fric ne faisait pas le bonheur.

Charlotte hoche la tête pour acquiescer. Si une certaine personne se fait porter pâle, Raven m'appelle au moins une fois par jour et contre toute attente, nous sommes en train de créer une amitié solide. Elle cache, sous tous ses artifices, une femme seule et blessée. Un des nombreux points communs qui nous lient.

— Et Zack ?

— Comme tu l'as vu sur la discussion WhatsApp, puisque tu en fais partie, il va bien.

— Le plus embêtant c'est qu'il ne peut plus donner ses cours de fitness et de muscu, ajoute Charlotte. Je crois que perdre ses muscles l'angoisse. Il ne parle que de ça... N'empêche, qu'est-ce qu'on a ri ! J'ai hâte de tous les retrouver. Et...

Je poursuis sans lui laisser une chance d'en placer une :

— Joey et Hope avancent dans leur projet d'asso. J'ai proposé de leur donner un coup de main, la coupé-je alors que nos chocolats nous sont servis.

— Caro... Je sais que tu évites soigneusement le sujet, mais il faut qu'on en parle.

— Qu'est-ce que tu veux que je te dise ? Que je me suis fait avoir encore une fois ? Eh bien oui, c'est le cas ! T'es contente ?

Elle soupire, mais ne lâche pas l'affaire si facilement.

— Jude ne comprend pas non plus. Il pense que Pablo filtre ses appels. S'il n'a pas encore fait le forcing et rappliqué chez lui, c'est parce qu'il est sur un très gros contrat qui pourrait propulser sa carrière. Mais la semaine prochaine, tu peux être certaine qu'on aura le fin mot de l'histoire.

— Je préfère que vous ne vous en mêliez pas. Je ne sais pas à quoi je m'attendais en ressortant avec lui. Les hommes sont tous les mêmes. Égocentriques et hypocrites.

— Ne les mets pas tous dans le même panier. Je te trouve injuste. Les gens peuvent changer. Regarde Jude.

— Tu sors avec lui depuis moins de deux semaines. Tu ne le connais pas.

— En tout cas, je le connais plus que toi.

Elle croise les bras sur sa poitrine et me fusille de ses yeux verts identiques aux miens. Je m'en veux immédiatement de ma méchanceté.

— Excuse-moi, tu as raison. C'est que...

— Pablo te manque.

— Oui, soufflé-je. Je ne comprends pas son silence. J'ai l'impression de revivre encore et encore la même douleur là.

Je pose ma main sur mon cœur et soupire.

— Oh, Caroline. Je ne sais pas quoi te dire pour te remonter le moral ou ne serait-ce que te donner l'espoir que tout va bien aller. Comme je t'ai dit, Jude est lui aussi sans nouvelles et ça l'inquiète. Ce n'est pas le genre de Pablo de ne pas contacter son ami pendant plusieurs jours. Je pourrais essayer de...

— Non ! la coupé-je. Non. Tu sais quoi ? C'est pas grave. S'il était sincère, alors il m'aurait appelée. C'est certainement mieux comme ça. Si ça n'a pas marché il y a dix ans, c'était illusoire de penser que ça pourrait fonctionner aujourd'hui.

Les mots sont comme du verre pilé dans ma bouche et ma gorge me brûle. Pourtant, je dois me faire une raison et le plus tôt sera le mieux. Je tente un sourire, mais je ne suis pas sûre du résultat au vu de la grimace de ma sœur. J'attrape ma tasse et la porte à mes lèvres. Le chocolat est amer juste comme il faut et la crème fouettée sucrée à la perfection. Le liquide descend dans mon estomac vide et réchauffe mon corps.

— Je le savais ! s'exclame Charlotte. Tu vois, rien de tel qu'un bon chocolat chaud pour remonter le moral.

Et c'est vrai. Sans que je m'en rende compte, mes lèvres se sont étirées en un rictus apaisé.

Oui, Pablo me manque horriblement et oui, j'ai cru avoir enfin droit à ma part de bonheur. Je me suis trompée, encore.

Mais ce n'est pas grave. Parce que je suis plus forte que ça et qu'à partir du moment où j'ai été droite dans mes bottes et honnête je n'ai rien à me reprocher. Et puis, j'ai décidé de me battre contre mon ex et de faire valoir mes droits. Je vais jeter toutes mes forces dans cette nouvelle bataille et je n'ai pas d'énergie à gaspiller avec des broutilles.

Des broutilles qui font vachement mal quand même.

*
**

Ce n'est pas parce qu'on veut très fort quelque chose que ça se passe comme on le souhaite. J'ai essayé de penser à autre chose que Pablo, mais il revient malgré tout hanter mes songes. Contre ma volonté, c'est son visage qui s'insinue sous mes paupières dès que je ferme les yeux ou que je suis inactive. Je ressens encore les picotements sur ma peau quand il la picorait de baisers, son odeur réconfortante et enivrante lorsque je me blottissais contre lui. Le poids de son corps contre le mien quand il me faisait l'amour. Je n'arrive pas à croire qu'il se moquait de moi, qu'il n'éprouvait rien. J'y ai réfléchi et sauf s'il est mythomane, il ne pourrait pas jouer la comédie aussi bien. Pablo m'a confié l'histoire de sa femme alors que les autres l'ignorent encore. Il m'a dit tant de belles choses que je ne peux croire qu'il ne les pensait pas. Impossible. Et ce n'est pas pour me rassurer et que ça me fasse moins mal que j'en viens à cette conclusion. Non, si je l'affirme, c'est que j'en suis persuadée. Je le sens dans mon cœur.

Alors, je me suis dit que si le destin voulait qu'on soit réunis un jour, eh bien il le ferait. Et rien ne m'empêche de lui filer un coup de pouce. J'en ai marre d'être passive et de me lamenter sur mon triste sort. Je me suis donc reprise en main, avec l'aide de Charlotte, évidemment.

Une semaine de plus est passée et j'ai abattu un travail de titan. J'ai d'abord fait entrer deux biens dans l'agence et je compte bien les vendre très rapidement. J'ai déjà une poignée de clients intéressés et ça négocie ferme. Je retrouve ma fougue et mon enthousiasme, pour le plus grand plaisir de ma patronne.

En ce qui concerne le dossier Jonathan, mon avocate est très optimiste. J'ai les fonds nécessaires au rachat de sa part et la banque me suit. J'ai enchaîné les rendez-vous et je suis épuisée, mais ça vaut le coup. J'ai ignoré les appels de Jon. Idem avec ses mails. J'imagine qu'il veut essayer de m'embobiner et je refuse qu'il y parvienne. De toute façon, je n'ai plus rien à lui dire.

Pour le reste, j'ai accepté l'invitation à dîner ce soir de Raven. Jude et Charlotte m'accompagnent également. Nous y retrouverons Zack et sa femme ainsi que Rosie et son mari. C'est un repas spécial Noël dans un grand restaurant qui fait aussi bar de nuit quand les clients ont terminé de manger. Je prends un soin tout particulier à me faire belle. Je me suis assez négligée comme ça. Il est temps de faire un peu plus attention à moi et ça commence immédiatement. Je maquille mes yeux, ma bouche et passe à ma tenue.

J'opte pour une robe noire sexy, mais pas trop. Elle m'arrive en dessous des genoux et son décolleté laisse deviner la rondeur de ma poitrine. Je l'associe à des talons et un perfecto en cuir. J'ai cassé un look classique avec une touche rock. J'agrémente le tout par un bonnet de père Noël sur mes cheveux lâchés légèrement ondulés. L'image que me renvoie le miroir me plaît. Je ne m'attarde pas plus de peur de changer d'avis et de me blottir sous ma couette.

J'attrape mon sac à main et sors pile au moment où mon taxi klaxonne. Je ne sais pas dans quoi je m'embarque, mais j'aime mon nouvel état d'esprit…

24

Pablo

Je peux enfin souffler ! Quinze jours que j'accumule les problèmes et que je n'ai pas une minute à moi. Ça a commencé le lendemain de mon retour d'Aspen avec un des cuisiniers qui nous a plantés sans m'avoir averti de son désir de quitter le restaurant. Une chance pour moi, il ne l'a pas fait pendant mes vacances… Si j'écoutais ma mère, je devrais le remercier de m'avoir laissé ma semaine de congé. Et puis quoi encore ?! Je suis en plein rush des fêtes de fin d'année et bien sûr, impossible de recruter quelqu'un de compétent et de disponible immédiatement. Pour couronner le tout, le resto affiche complet et je dois même refuser des clients. Alors je me suis remis aux fourneaux comme à mes débuts. Ce n'est pas la partie du boulot qui me plaît le plus. Moi, je suis un chef d'orchestre qui fait le lien entre la cuisine et la salle. J'encaisse, je place, je fais du relationnel et je passe toutes les commandes. J'ai l'impression que les sept jours de relâche sont déjà bien loin. Je suis épuisé.

Si seulement il n'y avait que ça, je m'en sortirais encore… Mais bien sûr, le sort s'acharne et ne me laisse pas une minute de répit. Non ! Il m'enfonce encore un peu plus la tête sous l'eau et met mes nerfs à rude épreuve. Julia a chopé une bronchiolite et nous rentrons tout juste de l'hôpital. J'ai commencé à paniquer il y a cinq jours quand elle s'est mise à tousser sans s'arrêter. J'ai eu la peur de ma vie parce qu'elle n'arrivait pas à reprendre son souffle. J'ai utilisé toutes les techniques que j'ai trouvées sur Internet ainsi que celles de ma mère. Je nous ai enfermés ma fille et moi dans la salle de bains et ai fait couler l'eau chaude de façon à humidifier la pièce. Je suis sorti en pleine nuit, Julia dans les bras pour qu'elle prenne l'air, j'ai mis des oignons sous son lit… Ne me demandez pas quel est le rapport entre ce légume et la toux, je n'en ai aucune idée, mais il n'y a que la foi qui sauve. Bref, rien n'a fonctionné et j'ai fini par appeler le Samu. Ils sont intervenus en un temps record et ont décidé de l'hospitaliser. Le traitement a fait effet rapidement, mais le pédiatre a voulu s'assurer par divers examens que la prunelle de mes yeux n'était pas asthmatique. Résultat : tout va bien, mais elle reste affaiblie et fatiguée.

J'ai mis de côté tout le reste. Les potes, ma vie sentimentale… Heureusement, ma mère me remplaçait au chevet de ma fille lorsque je me rendais au restaurant. Maintenant que tout va mieux, je vais pouvoir reprendre mes recherches pour dégoter un nouveau cuisinier.

J'embrasse Julia sur le front et la porte jusque dans son lit. Elle s'est endormie dans mes bras à peine sommes-nous rentrés à la maison. Je l'ai gardée contre moi un long moment en remerciant le ciel de ne pas me l'avoir prise. Si tel avait été le cas, je ne m'en serais pas relevé. La pression retombe tout doucement et j'ai envie d'une bonne douche. Cette odeur horrible de l'hosto me donne la nausée. Je dépose la chair de ma chair dans son lit et la borde. Elle pousse un gémissement tout mignon, se racle la gorge et je me fige immédiatement, craignant une nouvelle quinte de toux. Tout va bien. Elle est guérie… Je secoue la tête et vais jusqu'à la cuisine pour m'ouvrir une bonne bière. J'ai à peine décapsulé ma bouteille que quelqu'un frappe à la porte. Je soupire et ne fais plus un bruit dans l'espoir que l'intrus perde patience. Puis je prends conscience qu'il peut sonner et réveiller Julia. Je cours vers l'entrée et regarde par le judas. Je me doutais que la cavalerie allait rappliquer. Je reste rarement plus de deux jours sans donner de nouvelles à Jude, alors cinq… J'ai à peine ouvert la porte qu'il me saute dans les bras.

— Merci, mon Dieu, tu es vivant !

Je tapote dans son dos pour lui faire comprendre que j'ai besoin de reprendre mon souffle.

— Mais tu étais où ?! s'exclame-t-il. Tu ne réponds ni à mes appels ni à mes textos ! Je me suis fait un sang d'encre ! J'étais à New York et j'arrive tout juste de l'aéroport ! Alors ? Qu'est-ce qui t'arrive ? Une chose est sûre, tu as une sale gueule.

Adossé au mur, je l'écoute débiter tout ce qu'il a à me dire en sirotant ma bière. Il me regarde et hausse les sourcils en ouvrant grand les yeux.

— T'as perdu ta langue ? demande-t-il.

— Non, j'attendais que tu termines.

Il écarte les bras et soupire :

— J'ai fini !

— Une bière ? proposé-je en retournant dans le salon.

Il avise les boîtes de pizzas, les verres sur la table basse et les fringues éparpillées un peu partout dans la pièce avant de hocher la tête. Je lui tends une bière et lui explique en express les derniers événements.

— Mais pourquoi tu ne m'as pas appelé ?! Je veux dire, j'aurais pu être là pour toi. Je *devais* être là. Tu n'aurais pas dû affronter ça tout seul… Merde, Julia va mieux ?

— Ouais. On est crevés et j'ai… vraiment eu peur. J'ai revécu les pires moments de ma vie. J'ai replongé dans le passé et…

Je me passe les mains sur le visage en songeant que si je n'avais pas réagi aussi vite, l'état de ma fille aurait pu empirer et...

Jude me prend dans ses bras et m'offre une étreinte emplie de tendresse. Je sais que je peux compter sur lui en toutes circonstances. Pourtant, je n'ai contacté que ma mère. J'avais besoin de gérer mes émotions dans ce cocon restreint qu'est ma famille.

— Bon, alors j'imagine que la proposition que je venais te faire tombe à l'eau, grimace-t-il en reculant.

Je bois une gorgée de ma bière et respire profondément histoire de chasser les idées noires qui envahissent ma tête.

— Sauf si c'était pour me dire que tu connaissais un cuistot fabuleux qui cherche un poste immédiatement, il n'y a rien que tu puisses me dire qui me fera bouger de chez moi ce soir.

— Et si je t'annonce qu'on a prévu une soirée avec une partie du groupe et que Caroline sera là ?

*
**

En quarante-cinq minutes, ma mère débarque et je suis prêt à rejoindre mes amis. J'ai tenté de retrouver figure humaine, mais avec les quelques heures de sommeil grappillées ici et là depuis quinze jours, j'ai une tête affreuse. J'ai tout misé sur mon look et mon parfum histoire d'avoir le droit de rentrer dans cet établissement branché de Denver.

Je n'ai pas réfléchi quand Jude m'a parlé de ce soir. J'ai des choses à me faire pardonner. Et rappelons que Caroline a la rancune tenace. Et je la comprends. Je l'ai quasiment ignorée depuis notre retour d'Aspen. Je l'ai tenue à l'écart elle aussi alors qu'elle ne le mérite pas. Elle doit certainement m'en vouloir énormément, mais quand je lui aurai expliqué les raisons de mon silence, elle me pardonnera. Enfin, ça, c'est ce que j'espère. Encore faut-il qu'elle accepte de m'écouter. Maintenant que Julia va mieux, je vais pouvoir envisager la suite de notre relation.

— J'ai décidé de filer la baraque en Californie à mon ex, lâche Jude en soupirant.

— Tu as bien fait.

— Je lui ai fait signer un document par le biais de nos avocats qui stipule qu'elle ne me demande plus rien et se contente de ça. Elle a dit oui.

— Donc c'est terminé ?

— Oui, je suis officiellement divorcé !

— Et... ça va ?

Je marche un peu sur des œufs parce que même si je considère mon meilleur pote comme un frère, je l'ai tenu à l'écart de ma vie ces derniers temps. Je n'ai aucune idée de s'il est encore avec Charlotte. Je me fais l'effet d'être le pire des amis. J'ose un regard vers Jude face à son absence de réponse. S'il me balance qu'il regrette et qu'il aime toujours son ex-femme, je pète un plomb. Leur mariage ressemble à la série *Les Feux de l'amour*. Depuis leur rencontre, ils n'ont cessé de se disputer, de se séparer puis de retourner ensemble. J'ai arrêté de me mêler de leurs affaires assez vite pour ne pas devenir dingue. Alors, le fait que le divorce ait été prononcé, je ne sais plus si c'est une bonne nouvelle ou non.

— Eh bien..., commence-t-il alors qu'il se gare non loin du bar. En fait, je suis soulagé. Oui, soulagé et heureux. Je vais enfin pouvoir envisager l'avenir plus sereinement. J'avais la trouille que mon ex ne m'attaque pour tromperie chaque fois que j'approchais de près ou de loin d'une autre femme. J'avais l'impression qu'elle était là, tapie dans l'ombre, à m'observer. Un pas de travers et elle me prenait tout ce que je possède et que j'ai durement acquis.

— Pourtant, tu ne t'es pas privé depuis votre séparation, lancé-je en claquant la portière.

Il se masse la nuque et sourit bêtement.

— C'est vrai, mais je ne me baladais pas avec une femme à mon bras. Je les draguais, les invitais chez moi et on faisait notre petite affaire. Et par petite affaire, je ne parle pas de...

— C'est bon, je vois très bien ce que tu sous-entends, pas la peine d'épiloguer, le coupé-je en me marrant.

— Bref. Avec Chacha, c'est différent.

La première bonne nouvelle, c'est que lui et la sœur de Caroline sont toujours ensemble.

— J'ai envie que le monde entier sache que cette femme magnifique est la mienne. Je vais pouvoir l'emmener au restaurant, nous allons nous promener main dans la main comme deux amoureux.

Nous arrivons devant le Grace, lieu où il est bon d'être vu. Je me tourne vers Jude avant de rentrer. Si j'ai manqué à mon rôle de pote dernièrement, je compte bien me rattraper.

— Alors c'est sérieux avec elle ? demandé-je.

— Je l'aime comme un fou. Charlotte est... tout ce que j'attendais sans même le savoir. Ma relation avec... qui tu sais... était toxique. Je m'en rends compte maintenant. Il n'y a rien de sain à être en concurrence permanente avec sa moitié. Avec Chacha, c'est totalement différent. On est complémentaires. Elle m'apaise quand je suis survolté et vice-versa. On rigole et la minute d'après, on débat sur un sujet d'actualité. Tout est simple, doux, explosif aussi.

Il hausse plusieurs fois les sourcils tandis que je lève les yeux au ciel en riant.

— On a décidé de prendre notre temps, poursuit-il. Si au début on envisageait d'emménager ensemble très vite, aujourd'hui, on ne veut pas brûler les étapes. On souhaite construire notre histoire sur des bases solides et vraies. Ce divorce a libéré mes sentiments.

— Je suis vraiment content pour toi, mon frère. Tu le mérites. Vous êtes aussi dingues l'un que l'autre, alors pas de doute que vous vous aimerez longtemps.

— Merci, Pablo.

Je lis dans ses yeux toute la sincérité de son amour pour cette femme tout feu tout flamme.

— Je n'ai pas été très présent pour toi, avoué-je. Je suis désolé. Mais promis, si tu déconnes avec elle, je serai là pour te donner des coups de pied au cul.

Il rigole puis me serre la main en m'attirant à lui.

— C'est moi qui vais te remonter les bretelles si tu n'arranges pas les choses avec Caroline, murmure-t-il avant de saluer le videur qu'on connaît bien. Oh, mais attends ! J'ai oublié un truc super important !

Il sort de la poche intérieure de sa veste un bonnet de père Noël avec des lettres brillantes formant les mots *Merry Christmas*. Il le pose sur mon crâne avant de faire de même avec le sien.

— C'est une soirée de Noël avant Noël, m'explique-t-il. Il faut se mettre dans le thème.

Je lève les yeux au ciel, mais souris en constatant que sa bonne humeur m'a manqué. Lorsque nous entrons dans le restaurant, je suis tout de suite dans l'ambiance. De la fausse neige recouvre le sol, des sapins clignotent aux quatre coins de la salle et tout le monde s'est mis au diapason de la soirée. Un chanteur entonne des classiques de la saison et je remarque dans le fond de la salle la reconstitution du village du célèbre bonhomme en rouge. Tout y est, le chalet de bois, le traîneau et les lutins. C'est vraiment beau et je me rends compte que je n'ai même pas eu le temps de décorer la maison et de faire mes achats de Noël. Je me fais la promesse d'y remédier dès demain. Je veux voir les étoiles dans les yeux de Julia. Et je n'oublie pas la lettre qu'elle s'est empressée de poster demandant une amoureuse pour moi.

Jude me tape sur l'épaule et me montre une table. Mon cœur accélère sa cadence et mon ventre se noue. J'avale la boule qui se forme dans ma gorge et tente de calmer les tremblements de mes mains en les enfonçant dans les poches de mon jeans.

Je vois les autres ainsi que des gens que je ne connais pas, mais une seule retient mon attention et elle est incroyablement belle. Encore plus que l'image d'elle que j'avais gravée dans ma mémoire. Je me retrouve comme un idiot ballotté de bras en bras. Chacun m'embrasse et on me présente au mari de Rosie, à la femme de Zack, mais je ne vois que Caroline. Elle reste en retrait et ne se lève pas pour m'accueillir. Au contraire, elle s'enfonce un peu plus sur la banquette et baisse les yeux.

Ne me fuis pas... Regarde-moi. Vois comme je regrette mon silence.

Ma prière silencieuse n'est pas entendue. Au lieu de ça, elle secoue la tête puis se lève avant de chuchoter un truc à l'oreille de sa frangine qui tente immédiatement de la retenir. En vain. Caroline se précipite vers la sortie. Je coupe Rosie qui me raconte la dernière connerie de ses enfants.

— Je reviens.

— Mais...

Je m'élance à mon tour, mais Chacha m'en empêche.

— Tu as intérêt à avoir une bonne excuse, Casanova, me prévient-elle. Parce que cette fois, je ne plaiderai pas ta cause. Elle t'en veut à mort.

— Je sais...

Je bouscule quelques personnes trop lentes à se décaler et arrive enfin sur le trottoir. Je regarde à droite, à gauche. Pas de trace de Caroline.

C'est pas vrai !

Je fourrage mes cheveux et aperçois une voiture noire qui stationne un peu plus loin. Elle est là et va m'échapper si je ne l'arrête pas. Je traverse la rue et cours comme un dératé. Mon palpitant rate un battement sur deux et l'adrénaline coule comme de la lave en fusion dans mes veines.

Celle qui m'échappe me remarque et se hâte de rentrer dans la berline. Elle claque la porte pile quand j'arrive à sa hauteur. Je frappe à la vitre, mais elle refuse de me regarder et se penche vers le chauffeur qui passe la première. Je frappe au carreau et crie :

— Caroline ! Laisse-moi cinq minutes ! Juste cinq minutes !

Ses prunelles rencontrent enfin les miennes et la tristesse mêlée à la colère que j'y décèle me cloue sur place. Je dois réagir ou je vais la perdre. Je vois bien que le type se tourne et hésite à démarrer. C'est ma chance : en trois enjambées, je suis devant la voiture et la bloque.

— Hey, mec ! me hèle le chauffeur par sa vitre ouverte. Tu vois bien que la demoiselle n'a pas envie de te parler !

— Je n'en ai pas pour longtemps.

— Laisse tomber et passe à autre chose !

Je secoue la tête.

— Non, je ne peux pas. Pas avant de t'avoir expliqué, Caroline !

Des badauds me sifflent, d'autres se moquent de moi. Il y a même une dame qui me propose de l'épouser tellement elle me trouve mignon et romantique. J'ai surtout l'air d'un abruti à la supplier ainsi. Mais ce n'est pas grave, elle mérite que je me ridiculise.

— S'il te plaît, insisté-je désespérément.

25

Caroline

— S'il te plaît.

— Bon alors, je fais quoi moi ? Vous devriez peut-être l'écouter, me conseille le chauffeur. Il a l'air d'avoir des choses importantes à vous dire et de beaucoup tenir à vous.

Oui, bien sûr. Il tient tellement à moi qu'il m'ignore depuis quinze jours...

Je pousse un profond soupir et abdique. Il faut dire que j'ai moyennement envie de me donner en spectacle. Un groupe de personnes s'est déjà attroupé sur le trottoir et encourage Pablo. *On aura tout vu...*

— Vous pouvez attendre ? demandé-je, la voix incertaine.

— Si vous n'en avez pas pour longtemps...

— Je fais au plus vite. Merci.

Les jambes tremblantes et le cœur au bord des lèvres, je sors de la voiture sous les applaudissements de la foule en délire.

Ils ne veulent pas du pop-corn tant qu'on y est ?!

Je suis en pétard et en même temps je suis fébrile de lui faire face. Mais je suis curieuse de savoir quel bobard il a à me balancer.

Face à Pablo, je me sens minuscule. Je note les cernes sous ses yeux et une barbe de plusieurs jours qui orne ses joues. Il est essoufflé et des tics nerveux agitent ses épaules. Je campe devant lui, droite comme un I, en croisant les bras sous ma poitrine. Il m'observe en gardant le silence et les secondes s'égrènent. Il se fout de moi ? S'il pense que je vais faire le premier pas, il se fourre le doigt où je pense. Et bien profond. Remarque, ça lui sortira peut-être les mots de bouche…

Quand je fais un pas en arrière, il réagit enfin.

— Caroline, je… je ne sais pas par où commencer, soupire-t-il se passant une main sur le visage.

Je fixe le haut de son crâne et j'ai soudain très envie de rire. Les nerfs sûrement. Ou bien, c'est ce bonnet ridicule. Il l'enlève d'un geste embarrassé et ça me fait reprendre mes esprits.

— Par où tu veux, mais tu te dépêches ! lui réponds-je.

Mon ton est volontairement ferme et autoritaire. Il tique, mais a l'intelligence de ne pas en rajouter.

— Un des cuisiniers m'a planté au resto et je n'ai trouvé personne pour le remplacer. J'ai dû prendre sa place en plus du reste.

— Et c'est quoi qui t'a empêché de me prévenir ?

— Rien, c'est vrai…

— Pfff… Et donc ? C'est tout ?

— Non.

Je ne supporte plus son silence. Je pensais qu'il allait me supplier, me crier qu'il n'avait pas menti, qu'il avait été sincère. Au lieu de ça, il hésite à me dire la vérité.

— Vas-y, balance ! m'énervé-je. Quelle excuse bidon tu vas encore trouver ? Je n'étais qu'une énième femme sur ton tableau de chasse ? Cherche bien, parce que je ne suis plus la lycéenne crédule d'il y a dix ans !

Je hurle. Je pleure. Je suis triste et en colère. Il semble blessé par mes propos et c'est exactement ce que je voulais.

Qu'il ait mal comme j'ai mal. J'attends, mais il n'ouvre pas la bouche. Au lieu de m'expliquer, de me dire la vérité, il baisse la tête. Et ça me met dans une rage folle.

— C'est bien ce que je pensais ! éructé-je. Ce que j'ai pu être idiote !

Il soupire, secoue la tête comme s'il était déçu puis me jette un dernier regard, avant de remonter le col de son manteau et de faire demi-tour. J'hallucine ! Pincez-moi, je rêve ! Je l'observe s'éloigner en me disant qu'il va revenir et me lancer que ce n'est pas ce que je pense.

Jude et Charlotte sortent du bar. Cette dernière court vers moi et pose ses mains sur mes épaules tandis que Jude se précipite vers son pote qui accélère le pas pour l'éviter.

— Hey ! m'interpelle ma sœur. Qu'est-ce qu'il t'a dit ? Caroline ? Tu lui as parlé ?

— Je... je veux rentrer chez moi, articulé-je en sanglotant.

— Oh, ma Caro...

Elle m'étreint et je fonds en larmes. J'entends la voiture qui démarre en trombe après que Jude a parlé au conducteur. Puis je suis guidée, on me parle, mais je n'entends rien. Encore une fois, mon monde s'écroule. Je pensais être plus forte, réussir à passer outre et ignorer mon cœur. Mais il bat trop fort. Il a perdu sa moitié. Lui aussi est triste et souffre.

Je ne me rends compte que je suis dans mon appartement que lorsqu'on m'allonge dans mon lit. Chacha caresse mes cheveux et me chuchote des mots réconfortants. C'est stupide, je le sais. Se mettre dans des états pareils à presque trente ans et tout ça pour un mec qui n'en vaut pas la peine. Et qui, rappelons-le, s'est déjà foutu de moi il y a bien longtemps. Mais je m'autorise à craquer ce soir. Demain, je clôturerai le dossier et passerai à autre chose. Et puis, je n'oublie pas que Charlotte est à l'origine de cette soirée catastrophique. Elle savait parfaitement qu'il serait là et ne m'a pas avertie. J'aurais pu me préparer. Mieux : ne pas y aller...

Je me tourne dos à elle et lui ordonne d'une voix venue d'outre-tombe :

— Laisse-moi. Je veux être seule.

— Mais, Caroline...

— Tu avais tout manigancé. Je veux dormir.

Je l'entends soupirer avant qu'elle se lève et que la porte de ma chambre claque. Elle m'en veut. Grand bien lui fasse, j'en ai autant à son service. Quelques chuchotements, puis le silence. Pesant. Angoissant. Jusqu'à ce que le sommeil me cueille.

*
**

— Et ça ! s'exclame ma mère. C'est super, ça, pour ta tante ! Elle adore ces petites babioles qu'on pose sur un meuble et qui ensuite prennent la poussière. Cette horloge en forme de... fleur est parfaite !

— C'est une tête de chien et elle a une frousse pas possible de cet animal, maman.

Je soupire et continue notre déambulation dans ce grand magasin.

— Oui, tu as raison, c'est moche. Je suis certaine qu'on trouvera notre bonheur au rayon cuisine ! Venez les filles !

Charlotte trottine derrière notre mère avant de s'apercevoir que je traîne les pieds.

— Franchement, mets-y un peu du tien, me rabroue-t-elle. OK, tu es triste et malheureuse, mais maintenant que tu as pris la décision de faire une croix sur Pablo, il faut te reprendre en main.

Je marmonne pour moi-même qu'elle m'agace tandis qu'elle rayonne. Chacha m'attendait fraîche comme la rosée du matin devant un petit déjeuner gargantuesque. Apparemment, Jude venait de partir. Ma mère et elle avaient décidé que c'était le jour idéal pour faire nos achats de Noël. Ça ne pouvait pas mieux tomber, j'ai une pêche d'enfer…

Ma dispute avec Pablo tourne en boucle dans ma tête et je ne cesse de penser que quelque chose cloche. Oui, je sais, je lui cherche une excuse. Je me cherche une excuse. Mais je suis tellement déçue… Pour autant, je ne veux pas gâcher la journée entre filles. Je sais à quel point elles aiment ce rituel. Alors je plaque un sourire sur mon visage et les rejoins.

Trois heures plus tard, nous avons terminé et j'ai les pieds en compote d'avoir crapahuté d'étage en étage dans ce centre commercial. Maman est rentrée et je me retrouve avec Charlotte qui persiste à vouloir trouver LE cadeau pour Jude.

— Tu comprends, c'est notre premier Noël ensemble. Il faut un truc qui marque et dont il se souvienne toute sa vie.

— Prends-lui un pull, proposé-je sans conviction.

Elle s'arrête et me regarde comme si je venais d'insulter le chat qu'elle n'a pas.

— Pourquoi pas un mouchoir en tissu tant que tu y es ! s'énerve-t-elle. Tu ne m'es vraiment d'aucune utilité.

— Merci beaucoup…

— Je t'en prie.

Elle lève les yeux au ciel, l'air blasé, puis décide qu'il est l'heure du goûter. Nous nous installons dans le salon de thé du grand magasin et nous commandons nos fameux chocolats chauds et des sablés de Noël. Je sens que Charlotte meurt d'envie de me balancer mes quatre vérités. Comment je le sais ? Ses doigts tapotent la table de façon frénétique, elle soupire puis ouvre et ferme la bouche. Elle ne tiendra pas deux minutes.

— Bon, il faut qu'on parle, décrète-t-elle finalement au bout de dix secondes.

— Chacha, je n'ai rien à dire de plus.

— Mais tu n'as rien dit du tout, justement ! Qu'est-ce que tu as dit à Pablo pour que votre discussion finisse en eau de boudin ?

Non, mais je rêve ! Un peu plus et ça va être ma faute...

— Absolument rien, justement, pesté-je un peu trop fort. Je lui ai demandé des explications et il m'a simplement dit que son cuisinier l'avait planté. Tu parles d'une excuse...

Elle fronce les sourcils et commence à se ronger un ongle.

— Donc, il n'a pas évoqué... sa fille ? me demande-t-elle en hésitant.

Je me fige tandis que nos boissons et nos gâteaux nous sont servis. Sa fille ? Que vient faire Julia dans cette histoire ?

— La petite a été gravement malade, poursuit-elle. Pablo a dû la conduire à l'hôpital où elle est restée cinq jours. Il était terriblement inquiet. Ça a été très dur pour lui. Mais Julia est sortie hier et va beaucoup mieux, Dieu merci.

Je cligne plusieurs fois des yeux, abasourdie. Je ne sais pas quoi dire.

— Et connaissant ta crainte de l'abandon, ton manque de confiance en toi et surtout en les hommes, tu ne l'as certainement pas encouragé à tout te raconter. Tu l'as attaqué de peur de souffrir.

Chacha m'enfonce, mais je le mérite bien. Parce qu'elle a entièrement raison. J'étais tellement furax que je n'ai pas laissé à Pablo la chance de terminer ce qu'il avait à me dire. J'avais remarqué pourtant que les mots semblaient se mélanger dans sa tête, qu'il n'osait pas. Il faut dire que mon attitude n'engageait pas à la confidence. J'ai tout de suite été sur la défensive et je l'ai accusé d'être comme tous les autres.

L'amour qu'il porte à sa fille est inconditionnel. Elle est tout ce qui lui reste. Et moi, je... je suis une imbécile !

Je baisse la tête tandis que la culpabilité me ronge.

— T'inquiète, ma Caro, tente de me rassurer ma petite sœur. On va essayer d'arranger ça, OK ?

Je suis incapable de répondre tant je m'en veux.

— Il t'aime, ça ne fait aucun doute. Mais vous êtes handicapés des sentiments. Vous avez barricadé vos cœurs par crainte d'être blessés. Le problème c'est que vous êtes persuadés qu'aimer est synonyme de souffrance, ou de trahison dans ton cas. Mais c'est faux. C'est aussi de grands moments de bonheur, des sourires, de la complicité...

Depuis quand Chacha est-elle devenue si mature ?

— Et beaucoup de sexe aussi ! poursuit-elle.

Ah bah, voilà ! Je me disais bien, aussi...

— Bref, il va être temps que tu fermes le livre de Jonathan et que tu passes à autre chose. Donne une chance à Pablo. Excuse-toi. Vous méritez tous les deux d'être heureux.

Je renifle et accepte l'étreinte qu'elle m'offre.

— Bon, maintenant que tu sais tout, est-ce qu'on peut se concentrer sur moi et sur le cadeau de Jude ?

Elle arrive à me tirer un rire malgré mon état. J'ai besoin de me reposer, de me vider l'esprit puis de faire le point sur tout ça. Une chose est certaine, je dois aller voir Pablo pour lui présenter mes excuses. Et rien que de penser que je vais lui faire face, que mon cœur va encore palpiter si fort que j'ai l'impression qu'il va sortir de ma cage thoracique, j'ai une bouffée d'angoisse...

26

Pablo

Aujourd'hui, je n'ai été bon à rien. Ma conversation écourtée avec Caroline n'a cessé de tourner en boucle dans ma tête et toute mon équipe en a fait les frais. L'excellente nouvelle de la journée est que le chasseur de têtes que je me suis décidé à contacter ce matin m'a trouvé une perle rare en quelques heures. Une nana qui souhaitait changer d'air et qui en avait marre du soleil californien. Habituée aux cuisines des palaces, elle est exactement celle dont j'avais besoin et commence dès ce soir. Grâce à cette trouvaille et à un rapide débrief, j'ai pu rentrer plus tôt et voir ma fille qui récupère de sa bronchiolite.

Avant de sortir de la voiture, je respire profondément plusieurs fois. Je suis bien trop sur les nerfs pour affronter les deux femmes qui m'aiment d'un amour inconditionnel. J'enfonce mon crâne dans l'appuie-tête et ferme les yeux. Le visage de Caroline s'infiltre sous mes paupières. Fermé, dur. Ses yeux larmoyants, mais refusant de montrer sa faiblesse. Hier soir, j'ai retrouvé celle qui m'a fait face le premier jour à Aspen. Elle m'a condamné sans me laisser la possibilité de m'expliquer. J'enrage et en même temps, je suis dévasté. Elle a gardé une image de moi qui date d'il y a dix ans. J'ai compris que pour elle, les gens ne peuvent pas changer et n'ont pas le droit à une seconde chance. Elle est égoïste et la barrière qu'elle a érigée entre elle et les hommes est tellement blindée qu'il m'est impossible ne serait-ce que d'essayer de la franchir. Mais contrairement à ce que Caroline pense, j'ai évolué. Je ne suis plus le petit con du lycée qui se foutait des conséquences de ses actes. En me mettant en couple avec Caroline, je m'engageais à faire attention à elle, à l'aimer sans limite. Je lui ai confié mon passé, mes blessures. Je lui ai donné les clés de mon cœur alors que je m'étais promis de le garder pour moi. J'ai cru en nous. En elle.

Heureusement que je n'ai pas organisé de rencontre avec Julia. Je n'imagine pas la tristesse de ma fille si ça avait été le cas. Elle qui réclame depuis quelque temps une figure féminine... J'ai toujours dit que je ne lui présenterais une femme que si j'étais certain qu'elle serait la bonne. Au moins une chose que j'ai fait de bien.

Je soupire, me frotte le visage pour faire disparaître ces pensées néfastes et troublantes de mon esprit puis me décide à sortir de la voiture. Julia ne sait pas que ce soir, c'est moi qui vais la border.

À peine ai-je ouvert la porte d'entrée que je l'entends babiller.

— Ma copine, elle a commandé la poupée qui fait pipi. Moi, ze préfère celle qui boit son biberon. En plus sa robe est plus zolie. Et z'ai demandé au papa Noël une poussette. Comme ça ze pourrai la promener. Et z'ai aussi découpé la machine qui fait des bizoux. Et la mallette à maquillaze.

Je note mentalement toute sa liste de cadeaux. Je dois absolument trouver un créneau pour faire mes achats, parce que le temps presse. Je veux que l'amour de ma vie soit la plus heureuse des petites filles lorsqu'elle ouvrira ses paquets le matin de Noël.

— Et... z'ai aussi commandé un cadeau spécial pour papa.

— Ah oui ?

Ma mère doit être en train de cuisiner et lui répond de façon machinale.

— Ze lui ai commandé une amoureuse. Une zentille dame qui lui ferait des câlins. Parce que moi ze lui en fais, mais ze ne l'embrasse pas sur la bouche. Berk, c'est dégoûtant, mais ma copine m'a dit que ses parents ils font ça tout le temps et qu'après ils sourient. Et moi, ze veux que mon papa sourie. En plus, elle pourrait aussi être ma maman.

Sa voix enjouée bien que légèrement cassée à force d'avoir tant toussé me comprime le cœur. La boule d'angoisse qui venait tout juste de quitter ma gorge réapparaît immédiatement. Je devrais intervenir. Oui, je devrais. Sauf que je reste caché et laisse ma mère gérer. Je me fais l'impression d'être un lâche, mais je m'en sens incapable. Parce que si Caroline m'avait laissé l'opportunité de lui expliquer les raisons de mon silence, peut-être que Julia aurait été la plus heureuse des petites filles. Toutefois, je vais devoir lui rappeler qu'elle a déjà une maman et que personne ne la remplacera jamais, mais qu'une autre femme pourra l'aimer très fort et s'occuper d'elle comme une maman.

— Ma chérie, le père Noël n'apporte pas ce genre de chose, lui répond celle qui m'a mis au monde.

— Bah si ! C'est un mazicien. Il a bien réussi à m'apporter la baguette mazique de fée l'année dernière.

— Ce n'est pas pareil.

— Si ! Et s'il veut, ze ne commande rien pour moi ! De toute façon, z'ai déjà plein de zouets.

OK, cette fois, c'en est trop. Je la sens vraiment affectée et je déteste l'idée que mon trésor soit triste.

— Coucou, je suis rentré !

Je plaque un sourire factice sur mes lèvres et adopte un ton qui j'espère ne traduira pas mon trouble.

— Papa !

Je réceptionne Julia qui saute dans mes bras et la serre contre moi. J'hume son odeur et dépose un baiser sur le haut de sa tête.

— Salut, mon trésor. Dis donc, je connais une petite fille qui a mangé du gâteau au chocolat.

Je tapote le bout de son nez et elle tente de se débarbouiller avec le bout de sa langue en gloussant.

— Pablito, tu rentres tôt, me lance ma mère en dénouant son tablier.

— Ouais, j'ai enfin trouvé quelqu'un d'autonome et de compétent.

— C'est une très bonne nouvelle ! Je vais vous laisser profiter de cette soirée dans ce cas.

Elle embrasse Julia et s'approche de moi avant de m'étreindre tendrement.

— J'imagine que tu as entendu notre conversation ?

Je hoche la tête pour toute réponse.

— Alors tu vas devoir discuter avec elle pour ne pas qu'elle soit déçue. Ou bien, il te reste la possibilité de réaliser son rêve...

Si elle savait que j'ai essayé...

Elle embrasse sa petite-fille et me regarde en attendant que je lui réponde. Comme d'habitude, j'esquive.

— N'oublie pas que je dois aller voir mon fournisseur de fruits et légumes demain matin très tôt, dis-je à la place.

Elle fronce les sourcils en guise de remontrance puis s'en va. Je l'adore, hein, vraiment, mais parfois, j'aimerais qu'elle s'occupe un peu plus de ses affaires. Je sais que je suis injuste parce que je l'implique beaucoup dans ma vie et celle de Julia. Toutefois, elle pense toujours avoir raison sur ce qui peut me rendre heureux. Sauf que je suis assez grand pour prendre mes décisions. Et aujourd'hui, je suis perdu, fatigué et las. Je n'ai envie de rien sauf de passer du temps avec ma fille sans penser à tout ce qui me parasite.

— Alors, mon trésor, qu'est-ce que tu as fait de beau avec mamie ? lancé-je en débarrassant la table.

Et elle me décrit absolument touuuuttee sa journée depuis l'instant où je l'ai quittée ce matin. Voilà, c'est ça mon remède anti-morosité. Mon amour, ma fille, ma vie... Oui, je botte en touche et je devrais apaiser ses craintes.

C'est mon rôle de papa de répondre à ses questions et de faire en sorte qu'elle ne s'inquiète de rien. Pourtant, ce soir, je m'autorise le droit de penser à moi.

*
**

— Tu aurais dû me prévenir que vous veniez ce soir. Je vous aurais réservé ma meilleure table.

Alors que j'installais des clients entre deux coups de téléphone, j'ai eu la bonne surprise d'accueillir Jude et Charlotte. Ce n'est pas le moment idéal et j'aurais préféré qu'ils programment leur visite, mais ça me fait très plaisir de les voir.

— Jude m'a tellement parlé de ton restaurant que je ne voulais pas attendre, s'extasie Chacha en regardant autour d'elle. Et donc, c'est toi qui as décidé de la décoration ?

— Euh... ouais. Pourquoi ?

Elle hausse les épaules sans se départir de son éternelle bonne humeur.

— Oh, bah, c'est que c'est plutôt sympa, répond-elle. Pas de faute de goût, c'est simple, mais efficace et tu as réussi à créer une ambiance intime entre chaque table avec des plantes. Non, vraiment, je suis agréablement surprise.

— Tu insinues que les hommes sont nuls en déco ? Ce n'est pas un peu réducteur ?

— Carrément ! rigole-t-elle. À ma décharge, j'ai découvert l'appartement de Jude et, comment dire... c'est minimaliste et bordélique.

— Ça c'est pour que tu y mettes ta touche personnelle, ajoute mon pote qui sait définitivement mieux que moi parler aux femmes.

— Oh ! C'est vrai ?! C'est donc moi que tu attendais ?

Jude carre les épaules et lui lance un clin d'œil. Et c'est reparti ! Charlotte se pend à son cou et lui offre un baiser.

— Pablo !

Mon serveur m'interpelle alors que la salle se remplit à vitesse grand V. Je me gratte la gorge pour rappeler aux tourtereaux que ça serait cool s'ils pouvaient se détacher l'un de l'autre. Message reçu. Je leur montre une table qu'ils s'empressent de rejoindre main dans la main. Je passe le message à mon équipe pour qu'elle chouchoute mes amis.

Le service s'est déroulé à la perfection. Mon nouveau chef en cuisine a ravi ma clientèle. Cette fois, hors de question que Megane me plante et je vais m'en assurer en discutant avec elle de son contrat. Pour le moment, je profite de l'accalmie pour aller voir Charlotte et Jude.

— Les cafés, annoncé-je en m'asseyant à leurs côtés. Offerts par la maison, bien sûr !

— Monsieur est grand seigneur, se moque mon pote.

— Je t'ai déjà dit que si tu comptais manger à l'œil, ce n'est pas ici qu'il faut venir.

— Radin...

Chacha se marre face à nos chamailleries, mais je la trouve étrangement silencieuse. Elle est un peu comme Julia : toujours un truc à dire et le sourire à toute épreuve. Et là, je sens que quelque chose cloche. En fait, non, je le sais. Et je connais les raisons de son manque de verve. Caroline...

— Bon, et sinon comment va Julia ? demande Jude qui presse la main de sa chère et tendre.

— Beaucoup mieux. C'est dingue cette facilité qu'ont les gamins à récupérer. Moi, si je me couche passé minuit, il me faut trois jours pour reprendre figure humaine.

Ils ne sont pas dupes et savent que j'évite le sujet qui les a fait venir ce soir. Je prie pour qu'un de mes employés ait besoin de moi, mais comme en ce moment la chance et moi, on n'est pas très potes, personne ne se pointe. Alors j'affronte les regards compatissants de ceux qui pensent faire bien.

— Pablo, commence Jude. Je voulais savoir comment tu allais. Hier soir, tu...

— Hier soir, j'ai essayé d'expliquer à Caroline pourquoi je n'ai pas répondu à ses appels et elle a refusé de m'écouter. Selon elle, je ne vaux pas mieux que son ex. J'ai pigé. Alors basta. Je vais faire ce que je fais depuis que je suis seul avec ma fille : je vais m'occuper d'elle et bosser.

Charlotte pour une fois ne réplique pas et baisse la tête. Jude, lui, insiste :

— Je l'ai vue aujourd'hui et...

Je me redresse, immédiatement intéressé par ce qu'il a à me révéler. Je devrais m'en foutre et lui dire de se taire. Oui, je devrais. Sauf que mon cœur en a décidé autrement. Il souffre et a besoin de sa dose de Caroline. Comme moi.

— Elle regrette, Pablo, poursuit-il. Elle a eu peur et plutôt que d'être blessée, elle a préféré l'attaque. Elle est comme toi. Elle se cache derrière une armure épaisse. Tu ne peux pas lui en vouloir de se protéger ?

— Et moi, qui me protège ? Qui est là pour panser mes plaies ? Tu sais que ma fille passera toujours avant tout le monde. Même avant moi. Elle est ma priorité, alors je ne m'excuserai pas d'avoir été à son chevet au lieu de conter fleurette à Caroline. Je pensais qu'elle avait compris que je ne m'engageais pas si je n'étais pas certain de mes sentiments. Si je lui ai dit que je me sentais bien avec elle, ce n'étaient pas des paroles en l'air. Je n'avais pas ressenti ça depuis ma rencontre avec la mère de Julia et je ne croyais plus cela possible. Elle n'a pas eu confiance en moi et je la comprends. On a tous nos passés, mais merde, je ne suis pas l'enfoiré qu'elle décrit !

Je m'emporte, mais ma colère est à la hauteur de ma déception. D'ailleurs, mon pote n'ajoute rien et me presse l'épaule.

— Elle sait tout ça, répond à sa place Charlotte. Ma sœur est juste complètement flippée. OK, sa réaction est exagérée, mais pour elle, aimer est synonyme de souffrance. J'ai vu Caroline effondrée quand tu l'as quittée au lycée. Elle n'a toujours aimé que toi. Toujours. Même quand elle était mariée avec Jonathan, son cœur t'appartenait. Je sais qu'elle a été dure et elle en a conscience. Je veux juste te demander un truc.

— Vas-y.

Déstabilisé par sa plaidoirie et touché par ses mots, j'ai du mal à tenir ma position.

— Elle va venir te voir.

— Je ne...

— Demain, me coupe-t-elle. Ici. Ne la rejette pas. Ne fais pas la même bêtise qu'elle et écoute ce qu'elle a à te dire. Tu peux faire ça ?

— Je ne sais pas, avoué-je, totalement perdu.

— Si tu l'aimes comme tu viens de nous le confier, tu dois l'écouter. Ensuite, tu décideras.

Je hoche la tête. C'est tout ce dont je suis capable en guise de réponse. Elle se lève, suivie de Jude.

— Je t'appelle, mon frère. Et n'oublie pas, je suis là. De jour comme de nuit. Un coup de fil et je rapplique.

Il me donne une accolade et je me retrouve seul avec mes questions et mes doutes.

Caroline va venir me voir. Elle va faire le premier pas alors que je n'attendais plus rien d'elle. Mais pour être tout à fait honnête, je l'espérais secrètement. Je ne sais pas encore comment je vais la recevoir, mais ce qui est certain, c'est que mon cœur bat vite et que mon ventre se noue rien qu'à l'idée qu'elle soit près de moi.

27

Caroline

— Tu es sûre que ça ne fait pas trop ?

Chacha m'observe de la tête aux pieds puis balaye l'air de la main.

— Absolument pas ! s'exclame-t-elle. Tu es parfaite ! Et je te rappelle que j'ai toujours eu meilleur goût vestimentaire que toi. Je suis à la pointe de la mode et je sais allier le chic et le sexy. Et là, ma sœur, tu es... grrr !

Elle mime les griffes d'un chat et confirme ce que je pense : *ça ne va pas du tout !*

— OK ! Je me change !

— Non ! Tu ne touches à rien et tu respires !

Ouais, elle a raison, j'hyperventile. Ma tête tourne et je me sens fébrile. J'ai peut-être chopé la crève. La grippe en cette saison, c'est un classique. Je ne voudrais pas la refiler à Pablo qui lui-même contaminerait sa fille. Sa santé est fragile. Je me laisse tomber sur le lit et pousse un gémissement de désespoir. En fait, je ne suis pas malade, juste totalement flippée. Dans... moins d'une heure, je vais me retrouver en face de l'homme qui hante mon esprit depuis plus de dix ans. Celui qui a bercé mes rêves de lycéenne et qui peuple mes fantasmes d'adulte. Bien sûr, j'aimerais qu'il me prenne dans ses bras et qu'il me dise que tout est oublié. Mais si déjà il me pardonne pour mes mots et ma méchanceté, ça serait un énorme soulagement. Je me suis rongé les sangs toute la journée en m'imaginant mille et un scénarios. Tous évidemment ne se terminent pas comme je le souhaite.

— Hey, sois juste sincère avec lui. C'est tout ce qu'il attend de toi.

Charlotte m'a rejointe et cogne son épaule dans la mienne en souriant.

— Mais si je bafouille et que je me mélange les pinceaux ? Pire, s'il ne veut pas écouter mes excuses ? Il a peut-être même rencontré une autre femme ? Je crois que c'est une mauvaise idée. On ferait mieux d'arrêter là. Chacun reprend sa vie où elle en était avant cette semaine de vacances et on passe à autre chose.

Ma sœur se redresse et son regard réprobateur me fait baisser la tête.

— Alors ça, ma vieille, n'y songe même pas, me rabroue-t-elle. Il a veillé sa fille et bossé comme un dingue, pas couru les nanas ! Pablo t'aime. Tu l'aimes, et depuis si longtemps que c'est même chelou si tu veux mon avis.

Je lève les yeux au ciel.

— Mais ce n'est pas le sujet. Tu as commis une erreur, mais tu sais quoi ? Scoop ! Tu es humaine. Et lui aussi. C'est incroyable, hein ?

— Charlotte...

— Caroline, m'imite-t-elle.

— J'ai la trouille.

— C'est ce que je dis, tu es humaine. Mais c'est parce que tu ressens tous ces trucs, là, dans ton cœur, que tout le monde t'adore.

Les larmes brouillent ma vue et me nouent la gorge.

— Oh, non, non, non ! s'écrie-t-elle. Hors de question que tu ruines ton maquillage. Tu vas bouger tes jolies petites fesses et tu vas parler avec Pablo.

Je fais la moue comme un enfant capricieux.

— Allez ! Je te l'ai dit, je serai dans la voiture avec Jude et nous t'attendrons. Si ça se passe mal, je serai là.

J'inspire puis expire profondément avant de hocher la tête. Je ne suis pas le genre de femme à renoncer devant un obstacle. Je doute parfois, j'angoisse aussi, mais je n'abandonne pas. Jamais !

— Attends ! m'arrête Chacha en attrapant mon poignet. Souris pour voir ?

Ce qu'elle est lourde... Je soupire et tente un rictus qui s'apparente visiblement plus à une grimace étant donné celle de ma sœur qui finit par se marrer. Après une claque sur mon postérieur, elle me souffle un « bon courage » et j'avance comme si j'allais à l'échafaud.

C'est moi ou le trajet a été super rapide ? À croire que tout Denver est au courant que je m'apprête à faire un saut dans le vide et que les habitants sont restés chez eux. La circulation n'a jamais été aussi fluide. Mon cœur martèle dans ma poitrine et mes jambes flageolent tellement que je me demande comment ça se fait que je ne me suis pas encore vautrée. J'essaye de faire le vide autour de moi, de ne pas regarder ce couple qui s'enlace et s'embrasse amoureusement sur le trottoir. Je les envie et ce sentiment me dévore jusqu'à ce que j'entre dans le restaurant. Tout mon corps est crispé alors que je scanne l'intérieur. La salle est à présent vidée de ses clients et les employés se dépêchent de faire le ménage et la mise en place pour ce soir. La musique résonne assez fort et j'imagine que le son a été monté à la fin du service histoire de faire descendre la pression.

J'avance vers le bar, mais aucune trace de Pablo. Si ça se trouve, connaissant mes intentions, il a pris ses jambes à son cou. J'aurai fait tout ça pour rien et...

— Excusez-moi, mais le restaurant est fermé, me coupe une jeune femme souriante. Si vous le souhaitez, je peux prendre votre réservation pour un autre jour ?

— Oh, non ! Je suis venue voir Pablo, euh... M. Veroni.

— Il n'est pas...

— C'est bon, je m'en occupe.

Cette voix. Ce frisson qui me parcourt l'échine et me fait frémir. Cette odeur qui me fait fermer les yeux et inspirer pour prendre ma dose de lui. Sans le voir, tout mon être le réclame. Pablo est dans mon dos et au regard de la fille qui lui sourit, nul doute qu'il est très, très apprécié par ses salariés. Je ne loupe pas les coups d'œil de cette nana qui bat des cils. Je prends sur moi pour ne pas lui sauter à la gorge et lui dire de chasser ailleurs que sur mon territoire. Mes démons ne sont pas loin et ma plus grande peur refait surface. La trahison, l'abandon sont des sentiments qui vous dévorent. Pablo doit sentir que la situation est à deux doigts de déraper et me propose de le suivre. Je hoche la tête pour acquiescer.

— Mary, je te laisse dire à l'équipe que je les remercie, lance-t-il sur un ton très professionnel. Éteignez juste les lumières en partant, je fermerai.

— Très bien.

Vexée, la fameuse Mary lève le menton et plisse les yeux une dernière fois en me regardant. Je me fiche de son avertissement silencieux. Histoire de bien enfoncer le clou, je lui souris sournoisement. Oui, je peux être une sale peau de vache si on me cherche un peu trop. Je suis ensuite Pablo qui n'a rien raté de cette petite guéguerre.

Lorsqu'il m'ouvre le chemin de son antre puis referme la porte derrière nous, une bouffée de chaleur me fait tourner la tête. Ou bien est-ce le fait d'être seule avec lui ? Je sens le poids de son regard dans mon dos. Il réchauffe tout mon être et anime le feu dans mon ventre. Il crépite, chatouille et pour la première fois depuis ce séjour à la montagne, j'ai enfin l'impression de respirer.

Il soupire et ça me fait réagir. Je me tourne vers lui et alors qu'il ne prononce aucun mot, je me prends de plein fouet ses reproches silencieux. Justifiés, mais non moins douloureux. Les traits de son visage sont tendus, ses bras croisés sur son torse et il garde entre nous une distance qui ne me convient pas du tout. Mais je respecte son besoin d'espace.

— Je... C'est... Salut, bafouillé-je comme je l'avais prévu.

— Salut.

Aucun changement dans son attitude, et ça ne me facilite pas la tâche. Toutefois, je puise en moi le peu de courage qu'il me reste et me lance.

— Je suis venue pour te présenter mes excuses, commencé-je en triturant l'anse de mon sac. Charlotte m'a expliqué pour Julia. Je ne t'ai pas écouté et c'était nul.

— Effectivement.

Je dois être sérieusement atteinte parce que même son ton glacial me fait de l'effet. Mes mains me picotent de le toucher et mes lèvres tremblent de l'embrasser.

Focus, Caroline. Tu as des choses à lui dire et ce n'est pas le moment de tout gâcher à cause de tes hormones.

— Tu connais mon passé et j'ai eu la trouille. Je pensais que tu te foutais de moi encore une fois et j'ai... été injuste.

— J'ai changé et je ne me suis jamais foutu de toi, Caroline. J'étais jeune et très con, mais notre brève histoire au lycée a compté. Tu le sais, je te l'ai dit.

— C'est vrai, confessé-je. Ce qui s'est passé à Aspen était tellement... dingue. Rapide aussi. C'était comme un rêve, alors quand je n'ai eu que quelques messages très courts à notre retour jusqu'à ne plus en recevoir du tout, j'en ai conclu que tu étais passé à autre chose. Que cette semaine n'était qu'une parenthèse pour toi.

— T'ai-je donné l'impression que ce que nous avons vécu m'importait peu ?

— Non, mais...

— Ma fille était malade, Caroline, me coupe-t-il. Elle est ma priorité. Je suis prêt à tout sacrifier pour elle. Il faut que tu l'entendes et que tu le comprennes. Julia passe avant tout, même toi. C'est comme ça. Soit tu l'acceptes, soit tu fais une croix sur nous.

— Bien sûr, c'est normal. C'est ta fille et tu... attends, quoi ? Ça veut dire que tu... me pardonnes ?

— Comment pourrais-je faire autrement ? soupire-t-il en tombant enfin le masque. Je suis tombé amoureux de toi, Caroline. Je ne sais pas si ça date d'il y a dix ans et que tout est remonté à la surface durant nos retrouvailles ou si c'est venu progressivement. De toute façon, là n'est pas la question. Je t'aime et je suis sincère, mais...

Mon cœur fait des bonds dans ma poitrine, pour rater un battement lorsqu'il s'arrête et se masse la nuque. Toujours cette foutue distance qui nous sépare. Je le sens torturé, tiraillé entre l'envie de se rapprocher et celle de ne pas franchir ce pas.

— Mais ? insisté-je.

— Mais ça ne peut pas fonctionner si tu n'as pas confiance en moi. Je ne suis ni ton ex ni celui que j'étais au lycée. Et il y a Julia. Es-tu prête à l'avoir dans ta vie ?

Je déglutis péniblement. J'ai dit que je serais franche et je le serai jusqu'au bout.

— Je vais devoir apprendre à baisser la garde, avoué-je. Je ne te promets pas que j'y parviendrai en un claquement de doigts et j'espère que tu m'y aideras. J'ai été blessée et trahie, mais je ne peux pas faire d'un cas une généralité. Je n'ai jamais ressenti ce que j'éprouve pour toi, Pablo. Tu me manques et tu m'obsèdes. Rien que cette Mary me donne des envies de meurtre. Sa manière de te regarder...

Enfin ses lèvres s'incurvent en un sourire amusé.

— Je t'aime aussi, continué-je comme si je ne pouvais plus m'arrêter de parler. Sincèrement. En ce qui concerne Julia... J'aimerais beaucoup la rencontrer et apprendre à la connaître. Elle fait partie de toi, Pablo. Jamais je ne te demanderai de choisir.

— Et s'il arrive à nouveau une tuile qui m'éloigne de toi quelques jours ?

— J'espère que cette fois tu m'en parleras, et je serai là pour te soutenir.

— Bonne réponse, soupire-t-il alors qu'on dirait qu'un poids vient de quitter ses épaules. Viens par là.

Je bondis vers lui et me love dans ses bras. Je sens les larmes couler et n'ose pas le regarder. Il va penser que je chiale tout le temps, mais avec Pablo, j'ai l'impression que mes émotions sont démultipliées. Il ne l'entend pas de cette oreille et relève mon visage vers le sien.

— Moi aussi j'ai des excuses à te faire, déclare-t-il tendrement.

— Toi ?

— Oui, moi. Tu as raison, je t'ai tenue à l'écart. Comme Jude. J'étais dévasté et tellement angoissé. Je dois aussi faire des efforts et... c'était nul de t'ignorer. Je ne savais pas comment gérer ce que je ressentais pour toi et la maladie de Julia. Je m'en voulais de penser à toi alors qu'elle toussait à s'en étouffer. Alors, j'ai mis un cadenas sur mon cœur et me suis concentré sur elle. Je suis désolé.

— Alors, on... reprend tout à zéro ? osé-je demandé tandis que nos bouches ne sont plus qu'à quelques centimètres l'une de l'autre.

Pablo chasse une nouvelle larme de son pouce et s'attarde sur ma pommette qu'il caresse tendrement. Je ne romps pas notre échange visuel si intense et criant d'amour, mais j'appuie la tête contre la paume de sa main pour approfondir le contact. J'attendais ce moment depuis si longtemps que j'ai l'impression que ce n'est pas réel. Pourtant, Pablo est bien là et je suis dans ses bras. Nos cœurs battent sur le même tempo. Rapide, désordonné.

— Je dirais plutôt qu'on reprend où on en était, mais qu'on parlera des détails demain.

Son sourire séducteur fait monter ma température corporelle. Tous mes organes, qui s'étaient mis en veille en son absence, se réveillent comme par magie.

— Ah oui ? Pourquoi pas tout de suite ? réponds-je, mutine.

— Parce que j'ai des choses beaucoup plus... intéressantes à te proposer.

Je lève un sourcil curieux et amusé.

— Toi, sur mon bureau, nue et offerte à moi, gronde-t-il.

— Tes employés pourraient nous surprendre et...

Il se détache de moi et en un éclair verrouille la porte avant de se rapprocher tel un félin affamé.

De mon côté, je m'empresse d'envoyer un message à Charlotte pour l'avertir qu'elle peut partir et que je prendrai un taxi pour rentrer. Je n'attends pas sa réponse et range mon portable lorsque Pablo pose ses mains sur mes hanches.

— Comme ça, plus de problème.

Nous nous réconcilions de la plus délicieuse des façons. Je retrouve ce vertige qui fait basculer ma raison et voler mon âme jusqu'à lui. Pablo est doux, prévenant et attentif. Peu importe que l'endroit manque de romantisme ou de classe, seuls la passion et le besoin de s'unir comptent.

J'ai enfin retrouvé la moitié de mon cœur. Je sais que d'ici peu, nous allons devoir nous séparer, mais je veux profiter de chaque minute.

Quand, essoufflé, il se redresse, un sourire radieux étire ses lèvres. Je soupire de bonheur, encore un peu perchée sur mon nuage.

— Tout va bien ? demande-t-il, une pointe d'inquiétude dans la voix.

— Mouais...

Il fronce les sourcils et je ris.

— Je plaisante, finis-je par avouer. C'était...

— Dingue.

— Tu sembles très sûr de toi.

Comme lui, je me rhabille et m'aperçois que notre complicité est intacte.

— Je le suis. Et ce sourire sur ton visage, tes iris dilatés prouvent que tu es une femme comblée.

Mes joues rougissent instantanément et je me cache derrière mes mains. Pablo approche et baisse mes bras.

— Tu es belle lorsque tu t'abandonnes. Je t'aime, Caroline Servois.

Ses lèvres se posent délicatement sur les miennes et mon corps s'enflamme à nouveau.

— Malheureusement, je vais devoir y aller, soupire-t-il.

— Je comprends.

— Demain, les enfants sont en vacances, alors Julia pourra se coucher un peu plus tard. Je peux peut-être m'arranger pour me libérer demain soir. Ça te dit de venir nous rendre visite à la maison ?

— Bien sûr !

Un peu trop d'enthousiasme ? Certainement, puisqu'il se marre, mais je m'en fiche.

— J'aimerais qu'on prenne notre temps, alors... ça te dérange si je te présente en tant qu'amie à ma fille ? Et puis...

Je lève un sourcil pour le presser de poursuivre.

— OK, j'ai prévu de faire le sapin et de décorer la maison. Un peu d'aide ne serait pas de refus... D'habitude, c'est ma mère qui nous donne un coup de main.

Je le trouve tellement mignon quand il avoue ses faiblesses. Je lui souris et dépose un baiser sur le bout de son nez.

— Avec plaisir.

— Je t'envoie un message avec mon adresse. On dit vers dix-sept heures ?

— Je vais arranger mon emploi du temps.

— Super.

Il noue ses doigts aux miens et après un dernier bisou chaste, il déverrouille la porte et m'entraîne à sa suite. La salle de restaurant n'est éclairée que par les lumières de la rue et je suis soulagée que personne n'ait assisté à nos ébats.

28

Pablo

Une sorte de stress mêlé d'impatience coule dans mes veines. Je n'ai pas été aussi angoissé depuis bien longtemps. Je suis donc allé chercher Julia comme promis à la sortie de l'école. Sa joie lorsqu'elle m'a vu... Elle voulait absolument me faire entrer dans sa classe et me montrer son travail. Je ne sais pas si c'est moi, mais je trouve que ma fille est super douée. Sans rire, les dessins de ses copines ressemblent à des gribouillis sans queue ni tête. Leurs bonshommes n'ont pas de corps et des jambes immenses. Ceux de Julia sont réalistes, proportionnés et les couleurs qu'elle utilise sont lumineuses. Je suis si fier d'elle.

Et donc, maintenant que nous sommes rentrés à la maison, je tourne comme un lion en cage. Caroline et moi avons échangé par messages tout au long de la journée. Des mots d'amour, des taquineries, des mots plus passionnés aussi. J'ai l'impression que je redécouvre la séduction. En fait, notre histoire a démarré sur des chapeaux de roues et nous avons un peu zappé cette phase pourtant grisante de la rencontre. Celle qui vous donne les fameux trucs dans le ventre, ce sourire débile, et ne vous quitte pas. Comme quand on a quinze ans et qu'on éprouve nos premiers émois. J'aime celui que je suis depuis que Caroline est réapparue dans ma vie. Plus détendu, positif, j'ai envie de nouveautés, de projets. Ça fait flipper, mais mon bonheur l'emporte largement. Et dire que j'aurais pu la perdre. À vrai dire, dès l'instant où Charlotte m'a averti que sa sœur viendrait me voir, je l'avais déjà excusée. Et puis, pour être tout à fait honnête, je ne suis pas tout blanc cette histoire. C'est pour cela que je lui ai demandé pardon. Je l'ai tenue à l'écart de l'épreuve que je vivais. Pire, je l'ai totalement ignorée. Je peux comprendre qu'elle en ait été blessée. Alors un partout, balle au centre. On oublie et on recommence. En mieux. En plus beau. Différemment, parce que justement nous ne sommes plus des ados et avons nos responsabilités. Je veux faire les choses en douceur, correctement, pour que notre amour grandisse et dure. Je sais que ça peut être incroyable. Je sens mon cœur battre quand elle est près de moi, quand je pense à elle.

Seulement, pour la première fois, je vais présenter une femme à ma fille. C'est une gamine extraordinaire, et je ne dis pas ça parce que c'est la mienne. Je suis très objectif... Elle est facile, intelligente et sociable. Je suis persuadé qu'elle et Caroline s'entendront bien. Mais si ça devait mal se passer, je... je n'ai aucune idée de la suite et je refuse d'y songer pour le moment.

De toute façon, tout ira bien !

Julia s'extasie face aux cartons de décorations de Noël. Des guirlandes, des boules et autres figurines. J'ai acheté un sapin en ligne que je suis allé récupérer avec elle. Maintenant, je dois lui annoncer qu'une amie va venir nous filer un coup de main et comme un imbécile que je suis, je ne sais pas par où commencer. Je tourne et retourne un discours dans ma tête, mais je me rends compte que peu importe la façon, elle a le droit à la vérité.

— Mon trésor, je voulais te dire que j'ai invité une amie pour nous aider, lancé-je en démêlant une guirlande lumineuse pour m'occuper.

C'est moi ou bien ces trucs ont le chic pour faire des nœuds ?

— Comment elle s'appelle ta copine ?

J'ai piqué sa curiosité et ses prunelles si expressives me font rire et finissent de me détendre.

— Elle s'appelle Caroline et j'étais dans la grande école avec elle.

— Oh ! C'était il y a trèèèès longtemps alors.

Oui, j'ai vécu l'apparition du feu et je m'habillais de peaux de bêtes... Faites des gosses !

— Elle est belle, Caroline ? me demande Julia.

— Elle est aussi belle que toi. Et elle est gentille.

J'en fais un peu trop ?

— Moi aussi ze pourrai inviter une copine ?

— Bien sûr. Il faut qu'on s'organise, mais oui.

Heureuse, elle se met à danser et remuer son petit corps adorable. Je l'observe avec tendresse. Voilà, c'est pour ça que je me bats au quotidien. Pour voir ça. La chair de ma chair souriante et pleine de vie. Je me dis que finalement, malgré toutes les galères, je m'en suis pas mal sorti.

Ding dong !

Mon cœur s'emballe et Julia bondit vers l'entrée. Plus rapide que l'éclair, elle ouvre la porte. J'arrive derrière elle.

— Viens par là, toi ! rigolé-je en la soulevant du sol avant de faire face à celle que j'attendais avec impatience.

Je suis surpris que Caro ne soit pas gênée. Elle sourit et resplendit en lançant :

— Salut !

Comme convenu, nous ne faisons aucune démonstration d'affection. J'en crève de l'embrasser et de sentir son corps aux formes divines se lover contre moi, mais c'est le deal pour faire les choses correctement. Caroline a proposé qu'on se fasse la bise, j'ai refusé tout net. Trop bizarre ! Je fais la bise aux copines, pas à la femme que j'aime. Nous nous regardons sans savoir quoi faire ou quoi dire. C'est Julia qui prend la parole et détend l'atmosphère.

— Bonzour ! C'est toi Caroline, l'amie de papa ?

— Oui, c'est moi. Et toi, tu dois être Julia ?

Elle hoche la tête, soudain prise de timidité. La femme qui me donne des palpitations tant elle est belle lui répond avec une tendresse dans la voix qui me fait fondre.

— Ton papa m'a beaucoup parlé de toi, lui confie-t-elle. Il m'a dit aussi que tu avais été très malade.

— Ze tousse pu, mais le dicament est dégoûtant !

Caroline et moi rigolons. La glace est brisée et je retrouve l'usage de ma langue.

— N'empêche que ce *mé*dicament, insisté-je sur le mot pour la corriger, est efficace. Entre, on t'attendait et ce n'est pas le boulot qui manque. J'espère que tu as des dons de décoratrice ?

— Eh bien, je vends de très belles maisons. Ça compte ?

— Pas sûr, mais on va faire avec, ricané-je.

Je suis un peu mal à l'aise lorsqu'elle entre chez nous. Les seules autres femmes ayant franchi le seuil sont ma mère et l'ex-épouse de Jude.

C'est étrange, mais alors que je redoutais ce moment, je suis bien. Vraiment bien. Je l'entraîne jusqu'au salon et dépose ma fille au sol. Elle se précipite vers le sapin et s'exclame :

— Caroline, tu peux me porter pour mettre l'étoile ?

— Je vais le faire, interviens-je en prenant ladite étoile.

Julia boude instantanément puis fait les yeux du chat Potté.

— Laisse, ça ne me dérange pas. En plus, c'est un truc de filles, intervient celle qui m'a rendu l'espoir et la joie.

Évidemment, ma fille est ravie et elle en rajoute, histoire de me montrer que je n'ai pas mon mot à dire.

— Oui, papa ! C'est cruc de filles. Tu peux pas comprendre...

J'abdique et lève les mains en me décalant pour les laisser faire.

Caroline lui tend l'étoile et la porte à bout de bras pour que la mini-moi la pose sur le sommet du sapin. Toutes les deux crient des « youhou » et ça tourne vite en un joyeux bordel. Je me sens presque de trop entre elles. Elles discutent, rient et font les folles en se déguisant avec des boules et des guirlandes. Julia s'éclate et m'ignore complètement. Caro décrète qu'on ne fait pas un sapin sans une bonne chanson de Noël. Elle cherche donc dans son téléphone et lance une playlist de Noël sur l'enceinte sans fil.

Ma fille et elle se mettent à danser en chantant et moi, je les observe avec ce truc dans mon ventre qui remue. Le tableau qu'elles m'offrent est émouvant et je dois me faire violence pour ne pas me laisser submerger par l'émotion.

Une fois l'arbre paré de ses décorations et la guirlande lumineuse allumée, elles décident de passer au salon.

— Par contre, on va avoir besoin des muscles de ton papa pour installer tout ça, lance Caroline qui m'envoie un clin d'œil.

Je la remercie d'un sourire de m'inclure dans ce moment unique. J'attrape la couronne de bienvenue et file l'accrocher à la porte d'entrée. Les filles m'applaudissent et me guident ensuite vers la pièce de vie. J'obéis à chacun de leurs ordres et les observe à la dérobée. Elles s'entendent parfaitement et je ne crois pas me tromper en avançant qu'elles sont très complices alors qu'elles se connaissent à peine. J'ai toujours pensé à Samantha avec tristesse, mais ce soir, je suis heureux de me dire qu'elle doit être contente de voir notre enfant si épanouie. Ma mère a raison, celle que j'ai tant aimée aurait voulu que je refasse ma vie, que je retombe amoureux et que Julia ait une femme sur qui compter.

Je chasse la nostalgie qui m'envahit et m'attelle à la tâche qui m'est assignée. C'est-à-dire accrocher au plafond une grosse guirlande.

Au bout d'une bonne heure, la mission est terminée et nous sommes tous les trois fiers du travail accompli. Julia ne quitte plus Caroline et je l'ai même surprise, à plusieurs reprises, à lui faire des câlins. Chaque fois, celle qui me surprend de plus en plus a fermé les yeux et souri tendrement.

— On a super bien travaillé, déclare Caroline, les mains sur les hanches.

Julia l'imite et j'explose de rire.

— Eh bien... je vais vous laisser dîner et rentrer chez moi.

Une moue déçue incurve les lèvres de ma fille quand elle comprend que sa nouvelle amie va partir. Ça ne me réjouit pas non plus. On est tellement bien là, tous les trois.

— Pourquoi tu ne manges pas avec nous ? demande Julia, pleine d'espoir.

Je saute immédiatement sur l'occasion et avance mes arguments, non sans mon sourire charmeur.

— J'ai ce qu'il faut pour faire des croque-monsieur avec une salade verte.

Durant quelques secondes, Caro me sonde pour savoir si c'est une bonne idée. Je m'empresse de la rassurer en hochant la tête. Ses yeux se mettent à pétiller et sans se départir de sa bonne humeur, elle frappe dans ses mains avant de déclarer :

— Ça tombe plutôt bien, c'est une des rares choses que je ne rate jamais. Autant te l'avouer, je ne suis pas un cordon-bleu. Il n'y a pas longtemps, j'ai même fait brûler des pâtes...

— Aïe... Mais t'inquiète pas, je possède l'un des restaurants les plus connus de la région et il paraît que je me débrouille pas mal en cuisine.

Son regard gourmand sur moi me vrille les neurones. C'est un supplice de l'avoir si près de moi sans pouvoir ne serait-ce que l'effleurer. Et le pire, c'est qu'elle en joue et met mes nerfs à rude épreuve avec cette jupe moulante et cette fente jusqu'à mi-cuisse. Elle se dandine en vérifiant que je ne loupe rien du spectacle qu'elle m'offre. Elle peut être rassurée, j'ai bien du mal à réfréner mes ardeurs.

Les discussions s'enchaînent et ma petite puce raconte ses problèmes de fillette. Caroline écoute, conseille et rit aussi. Elle prépare le repas avec moi comme si elle était chez elle, comme si tout était normal. Comme si on était une… famille. Ma gorge se noue de bonheur. Certains diront que nous allons vite et que nous risquons de nous brûler les ailes. Moi, tout ce que je vois, c'est que ma fille et moi sourions et que pour la première fois en quatre ans, je ne pense pas au passé.

— Mademoiselle Veroni, il est temps de vous laver les mains avant de manger, annoncé-je.

Julia râle, mais obtempère. J'attends qu'elle passe la porte qui mène à la salle de bains et…

— Enfin…

Je me précipite sur Caroline et capture ses lèvres alors qu'elle soupire de bien-être. Ses doigts agrippent ma nuque, les miens pétrissent ses hanches. Nous n'avons que quelques minutes et ma fouine de gamine peut rappliquer à tout moment, mais j'ai besoin de ma dose. Et vu les gémissements de celle qui me rend dingue, je dirais qu'elle est dans le même état que moi.

À l'affût du moindre bruit malgré la fougue de notre étreinte, je m'écarte lorsque j'entends l'eau s'arrêter. Je suis essoufflé et j'ai le cœur qui martèle ma poitrine. Caroline est dans le même état, si ce n'est pire. Ses joues sont rouges et sa jupe est remontée. La faute à mes mains baladeuses. Elle remet de l'ordre dans sa tenue et essuie les coins de sa bouche quand ma fille réapparaît.

— À table ! lance-t-elle d'une voix rendue rauque par le désir.

*
**

À l'heure du coucher, Julia exige que Caroline la borde. J'ai un petit pincement au cœur parce que c'est un moment privilégié que je partage avec le fruit de mes entrailles, mais une nouvelle fois, je constate que la femme que je rêve de serrer dans mes bras prend toute sa place parmi nous.

Après un rapide bisou, j'attends dans le couloir.

— Bonne nuit, mon ange, murmure Caroline. On se revoit très vite.

— Tu pourrais être l'amoureuse de papa ? Z'ai demandé au père Noël de lui en apporter une, mais il dit que ce n'est pas des crucs qu'on commande. Moi, ze t'aime bien et papa, eh bah, il a beaucoup ri. Et moi, z'aime bien quand il rit. En plus, t'es zentille et t'es beeeelle !

C'est fou ce qu'elle peut être perspicace... Quand je dis qu'elle est intelligente, ma fille !

Mon estomac se contracte et je sais que cette conversation ne me regarde pas, mais j'écoute quand même attentivement la réponse.

— J'aime énormément ton papa, mon ange. On apprend à se connaître et tu sais, je vais te confier un secret. Le père Noël est un magicien, il réalise la plupart des rêves.

Adossé au mur, je penche la tête en arrière et souris comme un idiot. À demi-mot, elle a confirmé qu'elle souhaitait s'investir dans notre relation. Je ne regrette pas ma décision de l'avoir invitée et il me tarde de la remercier pour tout ce qu'elle a fait pour nous ce soir.

À peine sort-elle de la chambre de Julia que j'attrape ses doigts et nous précipite dans la mienne. Je ferme la porte et l'y plaque avant d'encadrer son visage dans mes mains. Je la regarde et j'espère qu'elle lit en moi toute la sincérité dont je fais preuve quand je lui murmure :

— Merci...

— Ta fille est absolument adorable. C'était un vrai plaisir.

— Tu lui plais beaucoup. Et à moi aussi…

— Beaucoup comment ? minaude-t-elle.

Je frôle son cou, ses épaules et englobe son visage de mes mains. J'arrime mes yeux aux siens et prends le temps de l'admirer.

— Je t'aime, Caroline Servois, murmuré-je avant de capturer ses lèvres.

La folie l'emporte sur la raison. Je sais que je ne devrais pas, que Julia est à côté, mais d'une j'ai fermé la porte à clé et de deux… Caro me rend fou.

Les grands ont-ils le droit, eux aussi, de croire au père Noël ?

29

Caroline

Les fêtes de Noël battent leur plein. Je les ai passées avec ma famille, bien sûr. Hier soir, ce midi… J'ai l'impression d'être une oie qu'on a gavée depuis deux jours. La faute à ce repas gargantuesque mais non moins délicieux que Charlotte et moi avons préparé avec ma mère. Sans parler du stress qui m'assaille alors que je me dirige à présent vers la maison de la maman de Pablo. J'ai hâte de le retrouver et de revoir Julia, mais j'ai aussi cette appréhension qui me tenaille. Sa réaction lorsque son papa et moi allons lui avouer que nous sommes en couple sera déterminante. Bien que je pense qu'elle sera heureuse et n'attend que ça, il subsiste toujours un doute. Durant plusieurs jours, lui et moi avons joué les amants cachés. Des baisers volés entre deux portes, des mots murmurés à la dérobée et des étreintes charnelles à peine la porte de la chambre de Julia refermée. Au petit matin, je m'éclipsais sur la pointe des pieds. Même si je suis heureuse et comblée, je suis également frustrée. J'aimerais le toucher, me blottir dans ses bras et lui crier que je suis folle de lui. Mais je respecte son choix. Il veut faire les choses correctement pour sa fille afin qu'elle ne soit pas perturbée. Je suis évidemment d'accord.

J'adore cette gamine aussi espiègle que câline. Il a suffi d'un regard entre elle et moi pour que la complicité naisse.

C'est une petite fille incroyable par sa vivacité d'esprit et sa gentillesse. Je n'ai même pas besoin de me forcer ou d'en faire des tonnes. Le courant passe et un lien semble se tisser entre nous. Nous rions, discutons et nous liguons régulièrement contre son père. Nous le faisons tourner en bourrique, mais je crois qu'il adore ça. Pablo nous observe souvent avec attendrissement et je lis son émotion dans ses prunelles.

Je comprends ses craintes et je ne force rien. Imposer une femme dans leur duo fusionnel peut être perturbant pour Julia. Elle a l'habitude d'avoir son papa rien que pour elle. Nous dînons presque tous les soirs ensemble au restaurant ou à la maison, nous conversons et parfois elle nous écoute avec un sourire joyeux plaqué sur le visage. Cette gamine est très perspicace, y a pas à dire. Elle insiste pour que je la borde lorsqu'elle va au lit et systématiquement, elle me demande si je veux bien être l'amoureuse de son père. Je m'en veux de lui mentir et j'en ai parlé à Pablo. C'est pour cette raison que je me dirige vers la maison familiale des Veroni. Nous avons décidé d'arrêter là ce jeu de dupes. Je vais être officiellement présentée comme sa petite amie. Il m'a expliqué que Julia répète tous les jours que le père Noël est un magicien et qu'elle sait qu'il a reçu sa lettre. Sa demande est peu commune, mais tellement mignonne. Elle a commandé une amoureuse pour son papa. Son vœu va être exaucé d'ici quelques minutes.

En revanche, je n'ai jamais rencontré sa grand-mère. Je suis légèrement tendue d'assister à ce repas en compagnie de celle qui a mis au monde Pablo. Il m'a beaucoup parlé d'elle et de l'amour qu'elle lui porte ainsi qu'à sa petite-fille. Elle est dévouée, drôle, généreuse et rêve que son fils refasse sa vie. J'ai compris qu'elle avait une place primordiale dans la vie des deux personnes qui sont devenues en quelques jours mon univers. Elle garde Julia, est toujours présente en cas de besoin et même s'il affirme qu'elle n'a pas d'influence sur ses décisions, je sais qu'il tient compte de ses conseils.

C'est pour ces raisons que je suis depuis cinq minutes dans cette rue et que je regarde la maison parfaitement entretenue de Mme Veroni. Pablo m'a raconté les jours heureux qu'il a passés dans cette demeure lorsqu'il était enfant. Je l'imagine courir dans cette allée, rire avec ses amis sur la balançoire que j'aperçois au fond du jardin. Je ne vais pas mentir, je connaissais l'adresse bien avant qu'il me la donne. Évidemment, je ne m'en suis pas vantée. La honte de lui avouer que, plus jeune, je passais furtivement dans l'espoir de le rencontrer par le plus grand des hasards... Je fais un bond dans le temps et me revois le cœur battant et les mains tremblantes avec l'envie de frapper, mais la trouille d'être éconduite.

Sauf que cette fois, je suis attendue. Et le truc le plus dingue : je couche avec la star du lycée. Je souris comme une idiote et soupire de bonheur pile quand je vois la porte d'entrée s'ouvrir sur un Pablo plus beau que jamais. Comme chaque fois que je l'observe, mon pouls s'accélère, mon corps se réveille et ma peau frissonne. J'avance vers lui, complètement hypnotisée par la délicieuse vision de cet homme incroyablement sexy. Vêtu d'un pantalon chino en toile grise et d'une chemise ajustée blanche déboutonnée au col qui me permet d'apercevoir la couleur hâlée de son épiderme et les quelques poils de son torse. Mes yeux sont ancrés dans les siens et lorsque je me retrouve face à lui, je dois lever la tête pour ne pas rompre le contact.

— J'ai cru que tu voulais que je te serve la dinde sur le trottoir, lance-t-il, un rictus moqueur au coin des lèvres.

Je glousse comme la lycéenne que j'ai été.

J'ai dit que je revivais mon passé... en mieux. Alors oui, j'ai le droit d'agir comme une nana de dix-huit ans !

Il se penche, dépose un baiser sur mes lèvres et caresse l'ovale de mon visage du bout de son index avant de souffler :

— Salut…

Je continue de minauder en souriant. Et dire que je me moquais de Charlotte qui faisait la même chose avec Jude…

Il va être temps que j'ouvre la bouche avant de passer pour une cruche.

— Tu es sûr que…

— Ma mère et Julia t'attendent avec impatience. Et moi aussi…

Je hoche la tête et inspire discrètement. En tout cas, c'est ce que je pensais, mais j'ai l'impression que Pablo me connaît mieux que personne.

— Relax, c'est juste un repas à quatre et tout le monde est déjà fan de toi.

— OK.

Il entrelace mes doigts aux siens et m'entraîne à sa suite. Les battements de mon cœur accélèrent quand j'entre dans cette maison dont je me suis imaginé chaque pièce. Nous traversons un couloir à la décoration sobre mis à part les nombreuses photos accrochées aux murs qui retracent la vie de cette enfant enjouée que j'entends chanter au loin. Un cliché attire mon attention. Celui d'une femme ressemblant fortement à Julia. Belle, souriante. Son regard est prévenant et doux quand elle regarde sa fille. Je reconnais Samantha, la mère de Julia. Cette dernière possède un portrait de sa maman accroché au mur de sa chambre. C'est d'ailleurs la seule photo d'elle dans la maison de Pablo. Ça m'a rassurée qu'il ne vive pas dans le passé, mais ne l'oublie pas pour autant. Je ne suis pas jalouse, mais… je me sens soudain comme une intruse. Ça devrait être elle en compagnie de cet homme qui pose sur moi ses yeux inquiets. C'est elle qui aurait dû border sa fille le soir.

— Hey ! m'interpelle Pablo en levant mon visage vers lui. Tout va bien ?

Je ferme les yeux et chasse les pensées néfastes qui ternissent d'un voile brumeux cette soirée de fête. Je m'en veux d'éprouver ce sentiment. Elle fera toujours partie de leurs vies, j'en ai conscience. Seulement, elle n'est plus là. Je ne serai jamais Samantha, mais je m'engage à aimer du plus profond de mon cœur Pablo et Julia. Pas comme elle l'aurait fait. Simplement à ma manière.

— Sam était une très belle femme, murmuré-je.

— C'est vrai et ma fille lui ressemble énormément. Tout va bien ?

— Oui...

— Caro, tu as pris une place importante dans mon cœur. Pas celle qu'elle a laissée vacante. Une autre. Différente, mais tout aussi essentielle. Je t'aime.

Je hoche la tête puis souris. Je crois qu'il va falloir que je travaille sur moi pour accepter la présence de cette femme malgré sa cruelle absence.

Nous pénétrons dans une vaste pièce décorée pour l'occasion de rouge et de doré. Des bougies disposées un peu partout et les lumières des guirlandes apportent une touche de magie. Sur la droite, une cuisine ouverte dans les tons gris. Un long plan de travail sépare cet espace de la salle à manger dont la table dressée pour l'occasion peut accueillir au moins dix personnes. Le feu crépite dans une cheminée centrale sur laquelle je découvre des chaussettes suspendues et brodées aux prénoms des membres de cette famille. Quelle n'est pas ma surprise quand je vois le mien !

— Ma fille tenait à ce que tu aies la tienne, me glisse Pablo à l'oreille alors que je retiens difficilement mon émotion.

Je presse ses doigts un peu plus fort pour lui montrer que ce geste me touche énormément.

Derrière l'âtre, un salon auquel on a accès en descendant deux petites marches. Un sapin qui déborde d'ornements de tous styles me tire un sourire.

— L'œuvre de Julia, m'explique Pablo en riant. Cette année, ma mère l'a autorisée à choisir les décorations pour compléter sa collection déjà... éclectique. Ma fille a des goûts... particuliers.

Il rit et je l'accompagne volontiers. Effectivement, c'est très varié. En regardant mieux, je remarque un chien déguisé en père Noël, un macaron, des bonbons et d'autres décorations qui n'ont aucun lien entre elles.

Comme chez Pablo, je me sens étrangement bien dès les premières minutes.

— Je te débarrasse ?

J'enlève mon manteau que je lui tends en le remerciant.

— Est-ce que je peux mettre ça sous le sapin ? demandé-je en lui montrant mon sac rempli de présents pour tout le monde.

— Bien sûr, mais il ne fallait pas.

— Hey ! C'est Noël, tout le monde a le droit à son cadeau.

J'avance et dispose les paquets au sol. J'ai hâte de voir la tête de Julia en découvrant ce que renferme le sien. Lorsque je me redresse, Pablo attrape mes hanches et me colle à lui avec tendresse.

— Tu es magnifique, susurre-t-il.

— Tu es pas mal toi aussi.

Je crois que je ronronne... Ce mec a cette façon de me regarder et de me parler qui me fait frissonner et haleter en un quart de seconde. Au moment où nos lèvres sont sur le point de se rejoindre, un bruit de pas nous pousse à nous écarter brusquement.

— Caroliiiine ! crie Julia.

— Bonjour, ma puce.

Je me penche et la soulève dans mes bras. Mes joues doivent être rouges de la tension que son père a insidieusement fait couler dans mes veines. Je me racle la gorge pour reprendre contenance et me tourne vers Mme Veroni. Elle observe le trio que nous formons, son fils, sa petite-fille et moi-même, avec une certaine émotion dans le regard. J'imagine qu'elle sait ce qui se trame sans que Pablo ait eu besoin de le lui dire. L'instinct maternel. Inutile de lui mentir, elle a deviné, mais a la courtoisie de ne pas faire de remarque.

— Caroline, me salue-t-elle avec le sourire. Je suis très heureuse de faire enfin ta connaissance. Il était temps, si tu veux mon avis...

— M'man...

Pablo lève les yeux au ciel tandis qu'elle soupire.

— Il m'a briefée sur ce que je pouvais dire ou pas, mais je crois qu'il a oublié qui fait la loi ici.

Elle balaie l'air de la main et m'invite à la suivre vers la cuisine.

— J'ai passé l'après-midi à préparer le repas. J'espère que tu aimes les crevettes ? Je les ai fait revenir dans de la crème avec du poivron et des épices. Ensuite...

Elle m'explique tout le menu et j'en ai l'eau à la bouche comme si je n'avais rien avalé de la journée alors que je sors d'un repas plus que copieux.

C'est comme si je connaissais Mme Veroni depuis toujours. Aucun malaise ou question dérangeante, elle blague, s'intéresse à moi et à mon parcours depuis le lycée. Après l'apéritif, je distribue mes cadeaux et suis surprise d'en recevoir un également. Je le mets de côté et me concentre sur Julia dont les yeux brillent de curiosité.

Elle jette un regard à son père pour avoir l'autorisation d'ouvrir son paquet. Je le devance.

— Vas-y, ma puce.

Elle ne se fait pas prier et déchire l'emballage rapidement.

— C'est exactement ce que z'avais commandé ! Elle est trop belle !

Elle brandit sa toute nouvelle poupée puis la serre contre elle avant de se jeter dans mes bras. Je prends sa dose d'amour à sa juste valeur et respire son odeur sucrée. J'adore cette gosse. Comment faire autrement avec cette enfant pleine de vie et tellement géniale ? Comme pour son père, mon cœur s'est immédiatement chargé d'amour pour elle. J'aimerais être sa meilleure amie, la personne sur qui elle pourrait compter envers et contre tout. Je ne remplacerai jamais sa maman, mais je peux devenir une mamounette. De toute façon, elle m'appellera comme elle le souhaite, j'accepterai la place qu'elle me donnera.

— Et celui-là, c'est pour qui ? s'exclame-t-elle en attrapant un autre cadeau.

— Pour ta mamie, ma puce.

Mme Veroni porte la main à sa poitrine en s'étonnant.

— Pour moi ?

— Le père Noël aime faire plaisir aux gens, c'est bien connu.

Je lui envoie un clin d'œil puis elle l'ouvre à la hâte. J'angoisse un peu de faire chou blanc avec mon coffret bien-être dans un institut connu de Denver.

— Pile ce dont j'avais besoin ! s'enthousiasme-t-elle, me rassurant par la même occasion. Je crois que le père Noël a du flair.

Je lui souris et suis soulagée qu'une certaine complicité naisse si naturellement entre nous.

— Et donc, le petit dernier, c'est…

Pablo est aussi impatient que sa fille de découvrir ce que je lui ai offert. Je ris face à cet homme d'un mètre quatre-vingt-cinq, aux muscles dessinés à la perfection et qui a réussi le tour de force de me redonner confiance en moi.

— Pour toi !

Je le lui donne et me ronge un ongle en attendant sa réaction. J'ai cherché longuement quelque chose d'original et de pas trop gnangnan. J'ai eu le déclic quand je lui ai rendu visite dans son restaurant. Il possède une cave vitrée et lumineuse pleine de bouteilles de vin.

— Waouh !

Il me regarde puis reporte son attention sur la feuille qu'il tient dans ses mains.

OK, je me suis plantée... Quelle idée aussi de lui offrir...

— Une visite privée du vignoble le plus connu de Californie ! Mais cet endroit est une véritable forteresse. Personne ne peut jamais en franchir le portail et il ne travaille qu'avec les grands restaurants. J'ai toujours voulu voir leur cave... Comment...

— Le père Noël est un magicien, le coupé-je.

Le regard qu'il me lance me rend fébrile. J'ai soudain très chaud et mon cœur s'emballe. L'attraction entre nous est dingue et nous devons nous faire violence pour ne pas nous toucher et nous embrasser.

Mme Veroni se racle la gorge avant de prendre la parole.

— Bien ! Et si tu ouvrais le tien, Caroline ?

Prise en flagrant délit, je reporte mon attention sur Julia qui dorlote sa poupée.

Je suis émue et pressée de découvrir ce que renferme cet écrin que me tend Pablo. Je l'ouvre lentement et rate une respiration quand un bracelet absolument magnifique apparaît. Couleur or et orné de pierres scintillantes, il est discret tout en faisant son effet. Il me ressemble et celui qui me l'a offert semble me connaître par cœur.

— Tu me permets ? demande-t-il.

Je hoche la tête et après avoir effleuré le bijou, je le lui donne. Délicatement, il l'attache à mon poignet en laissant ses doigts courir sur ma peau. C'est furtif, mais ça suffit à me faire frémir. Nous ne nous rendons même pas compte que Mme Veroni et Julia se sont écartées. C'est la voix de la fillette qui nous sort de notre bulle en quémandant à manger. Les regards échangés entre Pablo et moi valent tous les mots que nous ne nous disons pas. Tous les gestes que nous nous abstenons de faire. Nous nous déclarons notre amour en silence.

Le repas se déroule dans la bonne humeur. Nous parlons de mon métier, de mes ambitions d'ouvrir ma propre agence. Chaque mets proposé est un pur délice. La maman de Pablo est un véritable cordon-bleu et d'une agréable compagnie. Toutefois, nous n'avons pas encore trouvé le moment, ou le courage, d'avouer nos sentiments mutuels à la famille de Pablo.

Quand le dîner se termine, Mme Veroni s'éclipse pour mettre Julia en pyjama. Il faut moins de trois secondes à Pablo pour me sauter dessus et capturer ma bouche sauvagement. Je pousse un cri, très vite étouffé par mes gémissements discrets. Je noue mes mains sur sa nuque et deviens guimauve. J'ai l'impression que tout mon être revit. Comme si j'avais besoin de mon carburant pour recharger mes batteries et avancer dans sa direction.

— Waouh ! souffle-t-il en reculant légèrement. J'avais envie de ça depuis l'instant où je t'ai vue sur le trottoir.

— Alors tais-toi et embrasse-moi.

Je ne réfléchis plus à l'endroit où je me trouve, à la possibilité de nous faire surprendre et que notre secret soit dévoilé ainsi alors que nous voulions faire ça bien pour Julia. Il n'y a plus que lui. Que nous. Et bien sûr, ce qui devait arriver arriva...

— Ze savais que le père Noël avait reçu ma lettre !

Nous nous écartons et faisons face à une Julia tout sourire et sa grand-mère qui chasse une larme émue.

— Alors, c'est vrai ? Vous êtes des zamoureux ?

Pablo et moi nous regardons. La gêne devrait nous envahir, mais il n'en est rien. Pablo m'attire plus près de lui et prend la parole.

— Oui, mon trésor. Caroline et moi nous aimons.

— Ouiiii !

Elle se précipite sur moi et je la réceptionne dans mes bras. Elle s'accroche à mon cou et y niche son nez.

— Moi aussi, z'aurai une maman, maintenant, déclare-t-elle.

— Je serai toujours là pour toi, ma puce. Je veillerai sur toi. Toutefois, je ne remplacerai jamais ta maman, ma chérie.

Elle m'observe et paraît assimiler mes explications. C'est tellement compliqué pour une enfant de son âge. La vie a déjà été tellement injuste avec elle. Je ne veux pas la blesser, seulement ne pas voler la place de sa défunte mère. Pablo lui chuchote je ne sais quoi à l'oreille et le sourire de la petite réapparaît.

— Et papa ? me demande-t-elle des étoiles plein les yeux. Tu l'aimes aussi ?

— Évidemment. Je vous aime tous les deux très fort.

C'est comme si j'avais toujours fait partie de cette famille. Comme s'ils attendaient que j'arrive. Je ne suis pas mieux que Mme Veroni qui renifle en s'essuyant les yeux. Je lui souris pour lui faire comprendre que tout ira bien. Message reçu, puisqu'elle hoche la tête avant de s'approcher et d'enlacer son fils.

Qui aurait pensé que de simples retrouvailles d'anciens lycéens se solderaient par une belle histoire d'amour qui ferait de moi une belle-maman comblée ? J'ai finalement réalisé mon rêve de séduire de nouveau le plus beau mec du bahut.

Nous n'avons plus la folie ou l'insouciance de nos dix-huit ans. À présent, nous savons que la vie réserve de bonnes et de mauvaises surprises. Qu'il faut la dévorer par les deux bouts pour ne rien regretter. Grâce à Pablo, j'ai appris qu'aimer n'est pas que souffrance et larmes. C'est surtout synonyme de partage et de grands moments en famille. De désir aussi… Chacha serait fière de moi de m'entendre dire ça, mais ça reste entre nous…

Épilogue

Pablo

Un an plus tard

— Julia, reste tranquille. Encore deux kilomètres et nous y serons.

Ma fille est intenable depuis plus d'une heure. Non, en fait elle est comme ça depuis au moins trois jours. C'est notre faute et je me promets de ne pas refaire la même erreur la prochaine fois que nous partirons en vacances. Je n'imagine pas l'enfer qu'elle nous aurait fait vivre si nous lui avions confié le mois dernier que nous irions à la montagne.

Je jette un coup d'œil dans le rétroviseur pour m'assurer que mon ordre est respecté. Échec cuisant. Elle se met à tressauter sur son rehausseur et la jolie coiffure que s'est appliquée à faire Caro tient de justesse par les deux barrettes roses qu'elle a clipsées sur les côtés de sa tête. D'ailleurs, cette femme qui a complètement changé ma vision de la vie et de l'amour se marre face à mon manque d'autorité.

— Mais moi, ze veux arriver maintenant ! proteste Julia sans perdre son sourire.

— Eh bien, il va falloir que tu prennes ton mal en patience.

J'insiste, mais...

— Ze veux arriver ! Ze veux arriver !

Je soupire en secouant la tête alors que Caroline rigole de plus belle.

— Merci pour ton soutien, râlé-je.

— À ton service !

Je me renfrogne derrière mon volant.

— Allez, avoue que toi aussi tu as hâte d'y être et de retrouver tes potes. Qui, hier soir, faisait des plans sur les activités que propose la station ? Qui trépignait de faire les quatre cents coups avec les gars ? « Ça va être trop bien ! J'ai tellement hâte ! »

Je me mords la langue pour ne pas rire à son imitation pourrie.

— Très petit... Tu as pensé à ta réorientation de carrière ? Si un jour le marché de l'immobilier venait à s'effondrer, tu pourras toujours te lancer dans la comédie.

Elle ne réplique pas, mais fait un mouvement de tête satisfait. Ce que je l'aime... La vie avec elle est un rêve que je n'avais osé imaginer après le décès de Samantha. Caroline est douce, aimante et attentive à ma fille. Elle sait se faire respecter sans jamais hausser le ton. En quelques semaines seulement, nous avons formé une belle famille recomposée. Julia a fait d'elle sa meilleure amie, sa confidente et sa partenaire de bêtises. Elles me rendent fou à longueur de journée, se liguent régulièrement contre moi et comme je ne résiste pas aux deux femmes de ma vie, je cède volontiers.

Caroline est à présent mon univers. Je l'aime à en crever. Elle apporte les couleurs qu'il manquait à mon existence. Elle veille sur ma fille et moi, me remet à ma place quand c'est nécessaire et surtout, elle est une amante incroyable. Pour ceux qui disent que le sexe ne fait pas tout, je peux assurer qu'il est le ciment de notre couple. Chaque corps à corps est de l'extase à l'état pur. Mais j'aime aussi nos moments de tendresse. Juste tous les deux lovés l'un contre l'autre à discuter ou à regarder le feu crépiter dans la cheminée.

Je glisse mes doigts dans les siens et les presse. Le sourire qu'elle me renvoie fait immédiatement battre mon cœur. Tout est simple, naturel. En un regard, nous nous comprenons. Pas de prise de tête ou de discussion qui ne mène à rien. Le bonheur...

« Vous êtes arrivés à destination », annonce la voix langoureuse du GPS.

— On est arrivés !!

Cette fois, on ne tient plus Julia. Elle se détache de son siège et entoure mon cou de ses minuscules bras.

— Il était temps, j'ai une de ces envies de pipi...

— C'est une blague ? m'étonné-je en voyant Caroline se dandiner à côté de moi. On s'est arrêtés y a une demi-heure.

— Oui, bah, j'ai une petite vessie ?

— C'est une question ou une affirmation ?

Elle me tire la langue et sort du véhicule puis ouvre la portière de Julia. Ma fille fait ses premiers pas dans la neige, des étoiles plein les yeux. Je la prends en photo pour immortaliser l'instant.

Nous sommes de retour à Aspen, dans le même chalet appartenant à un ami du père de Raven, un an jour pour jour après nos retrouvailles. Même si avec la bande nous nous revoyons régulièrement, les obligations de chacun font que nous n'avons jamais réussi à réunir l'équipe au complet au même moment. Il me tarde de poser nos valises et d'enfin profiter de cette semaine de repos. Enfin, de repos... Je m'entends, parce que, comme l'année dernière, Raven nous a concocté un planning bien chargé. Elle a tout organisé avec Caroline. Ces deux-là se sont beaucoup rapprochées et, à ma grande surprise, elles sont même devenues amies. Celle qu'on appelait la bimbo passe souvent à la maison et sa compagnie est des plus agréables. Malgré son divorce, elle est toujours...

elle. C'est-à-dire tirée à quatre épingles, fidèle à ses marques de luxe et ses mimiques, mais finalement, c'est comme ça qu'on l'aime.

D'ailleurs, elle court vers nous pour nous accueillir.

— Enfin vous voilà ! s'écrie-t-elle avant de nous offrir une étreinte rapide.

Oui, elle change, mais garde des manières bourgeoises comme les bisous volants.

— Si nous ne nous étions pas arrêtés à toutes les stations-service pour soulager les besoins de Caro, nous aurions été là il y a une bonne heure. Et malheureusement, je parle des besoins urinaires...

Raven rit et ma femme boude.

— Comme je suis une copine parfaite, je vous ai réservé la suite nuptiale. Elle communique avec la chambre d'à côté pour cette petite puce absolument *so cute* !

Voix trop aiguë et caresse sur les cheveux de Julia, puis elle fait voler sa crinière blonde en nous demandant de la suivre. Caroline trottine et nous prévient qu'elle passe devant parce que ça urge.

Raven a réussi le tour de force de divorcer à l'amiable sans rien perdre de son train de vie. Elle a réclamé une pension compensatoire qui lui a été accordée par son ex-mari sans aucune discussion. Je crois qu'elle est bien plus heureuse comme ça. Elle a expliqué à Caro qu'à son grand étonnement, sa famille était plutôt soulagée de cette séparation. Finalement, tout est bien qui finit bien.

Ma main dans celle de ma fille, je suis le plus heureux des hommes.

— Tata m'a promis de m'apprendre à faire un bonhomme de neige et tonton Zack à sauter comme un ninja pour passer dans le monde de Narnia, chantonne-t-elle alors que nous pénétrons dans le chalet.

— Ouais, parce que je me suis entraîné avec un cascadeur pro qui vient à la salle. Cette année, je vous éclate tous !

Zack est sûr de lui et frappe le poing de Julia.

— Salut, mon pote, lance-t-il ensuite en m'offrant une accolade.

Il me présente sa femme que j'avais aperçue rapidement il y a un an lors d'une soirée avant Noël dans un restaurant de Denver. Seulement, trop perturbé par la présence de Caroline, je n'ai pas eu le temps de faire réellement connaissance. C'est au tour de Rosie, son mari et ses enfants. Et pour terminer, Joey et Hope qui semblent plus proches que jamais. Notre intello est moins sur la réserve, plus ouvert et souriant. Quant à Hope, elle ne serait pas elle sans un tatouage et un piercing de plus. Cette fois, ce sont deux arbres entrelacés qui ornent son cou et un bijou fixé à sa peau dans le décolleté. Je surprends un effleurement, mais je n'en fais pas la remarque pour ne pas les mettre mal à l'aise. Je sais qu'ils sont pudiques sur leurs sentiments et qu'ils nous avoueront leur relation d'ici peu. Une relation fusionnelle comme la leur ne peut pas rester secrète très longtemps.

Cette année, c'est un joyeux bordel puisque nous avons décidé d'inclure nos familles dans ce séjour. Ma mère nous retrouvera d'ailleurs dès demain. Une obligation l'a retenue à Denver. Je suspecte un homme d'être à l'origine de cette urgence... Pas que ça me dérange, bien au contraire, mais en tant que fils aimant et protecteur, il est de mon devoir de mener mon enquête. Normal, non ?

Le plus jeune de Rosie s'amuse déjà avec Julia. Je regarde cette famille de cœur avec émotion alors que Caroline enroule son bras autour de ma taille.

— Ça va mieux ? murmuré-je à son oreille avant de grignoter son cou.

Immédiatement elle frémit et ronronne presque tandis que ma langue trace un sillon jusqu'à sa nuque.

— Et c'est reparti ! se lamente Charlotte haut et fort. Ils remettent ça... Y a des enfants ici !

— Dit celle que j'ai surprise pas plus tard qu'avant-hier dans une position... compromettante dans le couloir de chez moi, se moque Caroline. C'est le maroilles qui dit au camembert « tu pues » !

Voilà une expression bien française qui nous fait tous bien rire. Pour l'anecdote, les sœurs Servois se sont fait livrer ces deux fromages grâce à leur père et nous l'ont fait goûter à Jude et moi pour illustrer cette blague. Et effectivement, difficile de définir quel est celui qui sent le plus fort.

Charlotte balaie l'air devant elle puis nous ressort son excuse pourrie.

— Jude revenait de presque une semaine de voyage professionnel. On avait du temps à rattraper.

— Chez toi, Chacha pas chez les autres. Je suis traumatisée, moi...

Je les laisse se chamailler entre sœurs et file rejoindre les gars sur la terrasse après avoir averti Rosie de jeter un œil sur Julia. J'aime de tout mon cœur Caroline, mais quand elle se dispute avec sa frangine, elle peut devenir insupportable. Hors de question que je me mêle de cette histoire.

Caroline

La première soirée bat son plein. Les enfants sont couchés à l'étage et nous nous éclatons sur le dancefloor improvisé dans le salon principal. J'observe avec attention Joey et Hope et il ne fait aucun doute que ces deux-là nous cachent quelque chose. Plus tactiles, encore plus complices qu'avant, ils tentent de rester discrets, mais je suis certaine que leur relation a évolué. Ils sont partis en mission ensemble durant deux longs mois et depuis Joey est métamorphosé.

— Tu crois qu'ils vont enfin nous avouer qu'ils sont plus que des amis ? me demande Rosie alors que je me sers un rafraîchissement.

— On les y aidera s'il le faut.

Elle hoche la tête avant de sourire.

— Bon et toi ? Tu as un je-ne-sais-quoi de différent...

Elle me scrute de haut en bas et penche la tête sur le côté, un doigt sur la bouche. Mon cœur palpite et mes joues rougissent. Je nie sans attendre.

— Je suis juste heureuse.

— Nan, nan, nan... Je sais ce que je dis. J'ai du flair pour ça et...

Elle a deviné. Je le savais. Je la tire un peu à l'écart et lui fais signe de la fermer.

— Oh, c'est pas vrai ?! s'exclame-t-elle un peu trop fort. Tu...

— Chut !!

Je regarde autour de nous et repère Charlotte qui n'en a pas perdu une miette.

— Depuis combien de temps ? Personne n'est au courant ? C'est génial !

— Je voulais attendre avant d'en parler. Alors s'il te plaît, pas un mot.

Elle mime de verrouiller sa bouche, mais sa joie me touche beaucoup. De toute façon, un rien me fait chialer ces derniers jours. J'ai même versé ma larme en ouvrant le frigo ce matin lorsque j'ai constaté que Pablo avait terminé mon jus de fruits préféré. J'ai prétexté un coup de fatigue, ce qui n'est pas totalement faux non plus.

Je soupire de soulagement et bats le rythme de la musique en espérant passer à un autre sujet. Seulement, ma fouine de frangine se plante devant nous.

— Pourquoi tu as cet air débile sur la tronche ? balance-t-elle à Rosie. Et toi, c'est quoi ce rouge qui colore ton visage et ce tic nerveux, juste là ?

Elle pointe mon œil qui cligne malgré moi. Je vire sa main et la supplie silencieusement de se taire. Peine perdue...

— Qu'est-ce que tu me caches, Caro ?

Elle se tourne vers Rosie quand elle comprend que je n'avouerai rien, même sous la torture. En tout cas, pas comme ça. Pas avant que je l'apprenne à Pablo. Cet... imprévu n'était pas au programme et je crains sa réaction. Nous parlons voyages et même de l'ouverture d'un second restaurant pour lui.

Mon amie se racle la gorge et tourne la tête de droite à gauche pour lui faire comprendre qu'elle sait, mais qu'elle ne dira rien.

— Je finirai par découvrir votre secret, s'agace Chacha. Tu me connais, je suis tenace. Alors ?

— Tu as goûté ces délicieux petits fours à la truffe ? tenté-je de dévier la conversation en lui fourrant le toast dans la bouche.

Elle manque de s'étrangler avant de lever les yeux au ciel.

— Tu... Pablo t'a demandée en mariage ? insiste-t-elle malgré sa bouche pleine.

Je regarde partout sauf vers ma sœur. Rosie ne semble plus tenir. Elle sifflote et ouvre grand les yeux pour inciter ma sœur à chercher encore.

— Elle me prépare une surprise pour mon anniversaire ?

Rosie perd patience et s'agite. Quelles commères ! Elles ne vont pas abandonner, je les connais. Pourtant, je reste là au lieu de partir en courant. Parce que dans le fond, j'ai envie de le crier tellement je suis heureuse.

Charlotte se creuse vraiment la tête et je ne la freine pas.

— Bah alors les filles, on complote ?

Pablo me fait sursauter. Je renverse une partie du verre qui ne contient aucune goutte d'alcool. Mais ça, personne ne le sait.

— Pas du tout !

Réponse trop précipitée et voix trop perchée. Il tique et lève un sourcil curieux.

— Tout va bien ? s'inquiète immédiatement mon homme.

Une diversion ! Vite !!

— Bah alors, ça y est vous êtes en couple ?!

Hope et Joey, qui passaient non loin de moi, se figent avant de se regarder et de hausser les épaules. Ils se prennent dans les bras l'un de l'autre et s'embrassent passionnément. Nous les observons de concert, un peu surpris, mais pas tant que ça finalement. Zack tape dans le dos de son pote pour le féliciter. Ce dernier se redresse fièrement en collant un peu plus sa chérie contre lui. Personne n'en fait un fromage et l'attention revient sur moi illico.

J'hallucine ! Quand il était question de Pablo et moi, tout le monde a mis son grain de sel et là, personne ne réagit ?

Je sirote à la paille le cocktail que je me suis servi en évitant les regards scrutateurs de Chacha et la présence de Pablo.

— T'es enceinte ?!

Évidemment, le timing de l'intervention de Charlotte est parfait. Chris Martin cesse de chanter pile quand elle pose LA question. Tous les yeux sont braqués sur moi, mais seuls ceux de celui qui est à l'origine de ce qui se trame en moi m'importent. Brillants, intrigués. Je maltraite ma lèvre inférieure sans que les mots en franchissent la barrière.

— Caro ? Tu... On...

Il se masse la nuque et se balance d'un pied sur l'autre. Son malaise est palpable, ce qui me pousse à l'honnêteté. Pour lui. Pour nous et pour l'enfant que je porte.

— Oui, mon amour. Nous allons avoir un autre enfant. Parce que oui, même si je ne suis pas la génitrice de Julia, je l'aime comme une maman aimerait sa fille. Je suis sûre qu'elle sera une super grande sœur.

L'information vient de monter au cerveau de ma frangine et elle se met à hurler en sautant sur place.

— Ahhh !! Mais c'est génial ! Je vais être tata !

Elle frappe dans ses mains avant de me prendre dans ses bras. Je me laisse faire sans rompre le contact visuel avec Pablo. Chacha fait déjà des plans sur la comète en se détachant de moi et les autres me félicitent.

— Je vous préviens, les meufs, il ne peut y avoir qu'une seule marraine ! scande-t-elle, menaçante.

— Mais tu seras déjà sa tante ! En plus, tu n'as aucune expérience en matière d'enfants. Alors que j'en élève trois. S'il y a quelqu'un de bien placé, c'est moi.

Rosie ne rigole plus et me tire un sourire. Mais très vite, je reporte mon attention sur Pablo. Il n'a toujours pas réagi et m'observe comme s'il était sur pause.

J'avance vers lui et tends la main que je pose sur la sienne. Il cligne plusieurs fois des yeux et sa pomme d'Adam fait le yoyo dans sa gorge.

— Pablo ? l'appelé-je.

Ses doigts agrippent les miens avec force. Comme pour s'ancrer dans la réalité. Des larmes inondent à présent ses yeux alors que le silence a envahi le salon.

— Un bébé ? On va avoir un bébé ?

— Je sais que ce n'était pas au programme, mais... oui...

— Oui ? insiste-t-il comme s'il avait besoin que je lui confirme une nouvelle fois ma réponse.

— Oui.

— C'est... Waouh !

Il attrape ma taille et me soulève du sol pour me faire tournoyer avant de me faire glisser contre son corps. Sa bouche se pose tendrement sur la mienne avant que notre passion nous fasse à nouveau oublier que nous avons des spectateurs. Notre démonstration d'affection ne choque plus personne. Au contraire, ils nous observent avec émotion et provoquent la mienne. Nos amis sont devenus notre deuxième famille et j'apprécie qu'ils soient tous là pour entendre cette fabuleuse nouvelle.

Je soupire d'aise en me lovant contre cet homme merveilleux qui a ranimé mon cœur. Je suis liée à lui. Il possède mon âme.

Alors que mon ventre est encore plat, il le caresse en le regardant avec dévotion.

— Et si on allait le dire à Julia ? propose-t-il, la voix éraillée par l'émotion.

— Maintenant ? Mais elle dort.

Il hausse les épaules sans que son sourire se fane. Il est beau quand il est heureux. Toutes mes craintes se sont envolées. Jamais en un an il ne m'a fait douter de son amour et encore aujourd'hui, il me prouve que je peux lui faire confiance. Il est un incroyable papa avec sa fille et le sera tout autant avec cet enfant.

— Allons-y !

Je fais un pas, mais il m'arrête.

— Attends. Je dois te dire un truc avant.

Je me perds dans son regard et penche la tête quand il laisse traîner son index sur ma joue. Il m'admire avec cette étincelle dans les yeux qui me foudroie le cœur.

— Je t'aime si fort que... je t'appartiens, Caroline. Corps et âme. Pour toujours. Tu as redonné un sens à ma vie, m'a fait redécouvrir l'amour et croire en l'avenir. Je te promets de passer mon existence à faire de toi une femme comblée et heureuse.

Des larmes de joie roulent sur mes joues. Je lui souffle que je l'aime aussi sous les applaudissements de nos amis.

Remerciements

Je vous souhaite un joyeux Noël. À bientôt pour de nouvelles aventures...

Natacha Pilorge

13937

Composition
NORD COMPO

Achevé d'imprimer à Barcelone
par CPI BLACK PRINT
le 4 septembre 2023

Dépôt légal : octobre 2023
EAN 9782290394410
L21EPLN003576-611983

ÉDITIONS J'AI LU
82, rue Saint-Lazare, 75009 Paris

Diffusion France et étranger : Flammarion